KB271525

나투 新무협 판타지소설

세작 암류혼

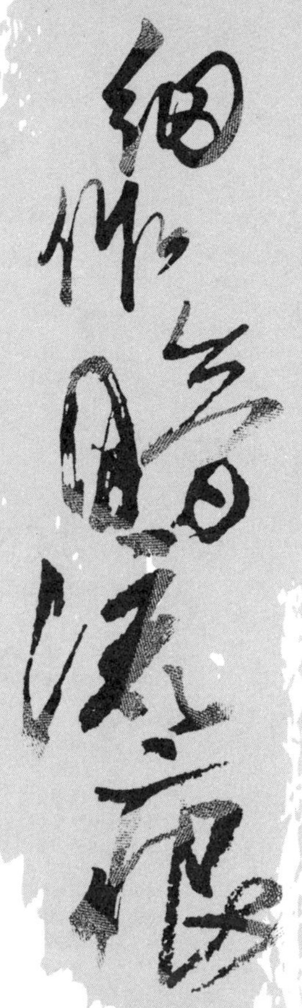

제작 암류흔 3

나투 新무협 판타지 소설

초판 1쇄 찍은 날 § 2006년 11월 7일
초판 1쇄 펴낸 날 § 2006년 11월 17일

지은이 § 나투
펴낸이 § 서경석

편집장 § 문혜영
편집책임 § 장상수
편집 § 이재권 · 유경화

펴낸곳 § 도서출판 청어람
등록번호 § 제1081-1-89호
등록일자 § 1999. 5. 31
어람번호 § 제2-1055호

주소 § 경기도 부천시 원미구 심곡1동 350-1 남성B/D 3F (우) 420-011
전화 § 032-656-4452 팩스 § 032-656-4453
http://www.chungeoram.com
E-mail § eoram99@chollian.net

ⓒ 나투, 2006

ISBN 89-251-0343-5 04810
ISBN 89-251-0340-0 (세트)

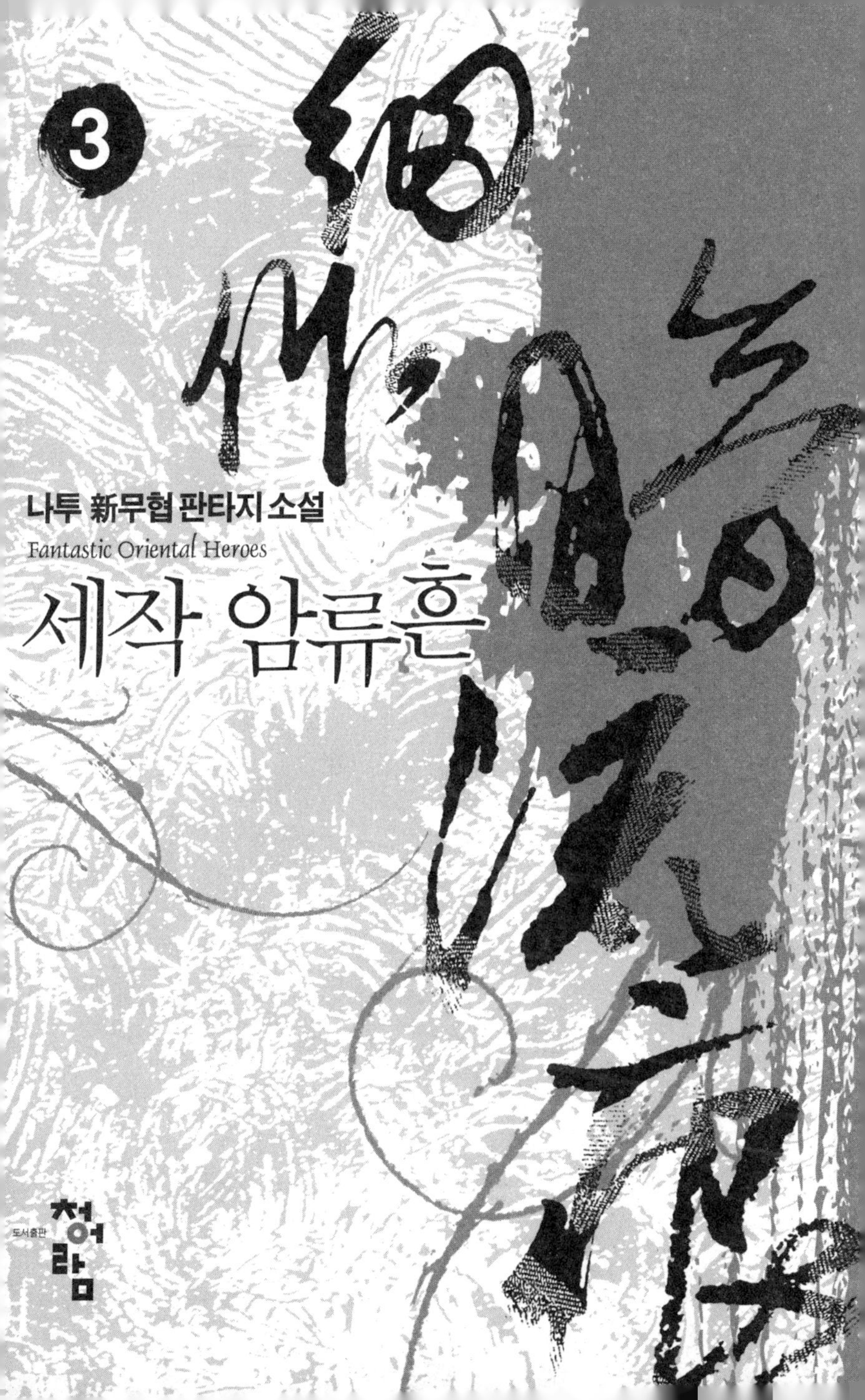

3
나투 新무협 판타지 소설
Fantastic Oriental Heroes
세작 암류흔
도서출판
청어람

목차

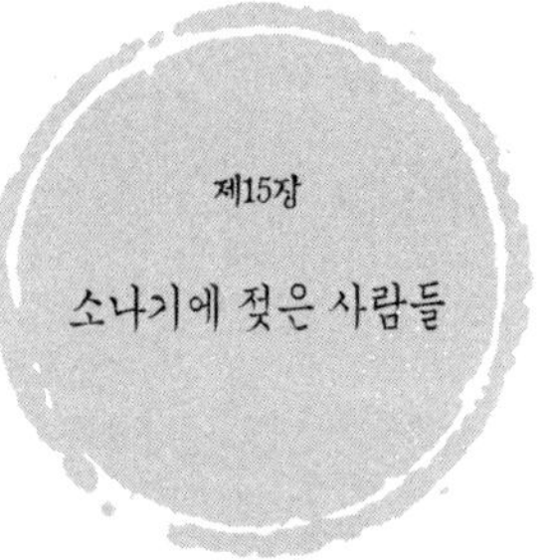
제15장
소나기에 젖은 사람들

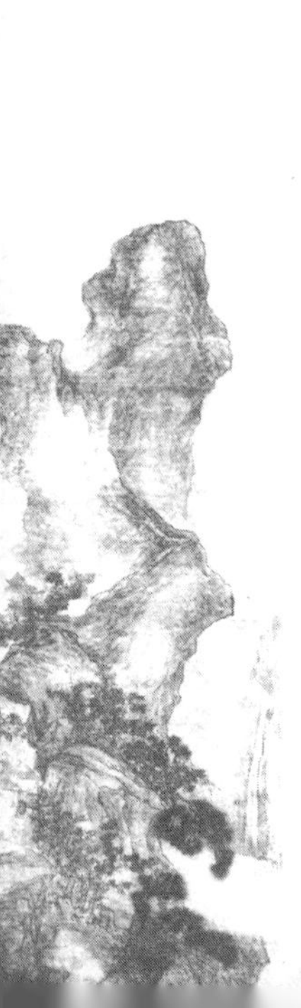

취릿—!

모양과는 전혀 어울리지 않는 날카로운 파공성을 남기며 한 자루 도끼가 허공을 갈랐다.

도끼가 그리는 궤적의 끝에는 생쥐 한 마리가 보였다. 먹이를 찾아 이제 막 구멍에서 대가리를 내밀고 있던 중이었다.

팍!

도끼는 정확하게 생쥐의 목을 자르고 바닥에 깊숙이 박힌 채 부르르 자루를 떨었다.

어찌 보면 우스운 광경이었다. 아기들 주먹만 한 생쥐 한 마리를 노리고 거대한 도끼가 날아가 그 목을 떨어뜨렸으니 말이다.

도끼 자루의 떨림이 서서히 잦아들었다. 그 광경은 마치 먹이가 죽을 때까지 물고 늘어져 독을 뿜어 넣던 독사가 먹이의 죽음과 함께 뿜던 독을 멈춘 것과 흡사하게 느껴졌다.

기막힌 광경은 그것만이 아니었다. 떨림을 멈춘 도끼가 움찔거린다 싶더니, 이내 날아왔던 궤적을 정확하게 되짚어 돌아갔다.

착!

손가락 마디가 유난히 굵어 보이는 손이 날아온 도끼를 받아 들었다.

"멋진 솜씨로군!"

짝짝짝─!

박수와 탄성 소리가 여기저기서 터져 나왔다.

쌍도끼는 살짝 미소를 지었다. 이렇게 사람들이 지켜보는 가운데 장기 자랑을 한다는 게 쑥스러웠다.

"그런데 어떻게 도끼가 되돌아왔지? 허공섭물(虛空攝物)이라도 익혔나?"

이런 질문을 던진 건 상춘풍이었다.

"철삭을 사용할 줄 아는 건 의문표만이 아냐! 다만 내 철삭은 약간의 탄성이 있고, 의문표의 것보다 덜 눈에 띄지!"

쌍도끼가 방금 받아 든 도끼의 날을 점검하며 툭툭 침을 뱉는 것처럼 말을 뱉었다.

"그건 그렇고 다음은 열반노 차례 아니오? 얼른 밑천을 털어놔 보슈!"

"허어, 이것 참 쑥스럽구먼!"

뒷머리를 긁적이며 열반노는 천천히 앞으로 걸어나가 목에 감고 있던 구절편을 풀었다.

구절편은 힘없이 바닥에 늘어졌다. 아홉 개의 마디를 이루는 건 쇠였지만, 거기에 가해지는 힘이 없으니 아직은 병기로서 기능을 다하지 못하고 있었다.

열반노의 시선이 아주 잠깐 암류흔에게 건너왔다. '잘 보게' 하는 것처럼 옅은 웃음이 눈꼬리 주변을 떠돌았다.

"하압!"

강한 기합성이 열반노의 입에서 터졌다 싶은 순간, 풀어놓은 허리띠처럼 맥없이 늘어져 있던 구절편의 끝이 꼿꼿하게 머리를 쳐들기 시작했다.

"호오, 대단하군!"

"멋지다!"

여기저기서 탄성이 터져 나왔다. 설명이야 쉬웠지만, 지금 열반노가 보이고 있는 건 여간 힘든 게 아니었다.

이윽고 구절편이 일직선으로 곧추서 한 자루 창처럼 변했다.

"핫!"

또 한 번의 기합성이 열반노의 입에서 토해지자 창처럼 뻣

뺏하던 구절편이 일시에 허물어졌다.

그 끝이 막 땅에 닿으려는 찰나, 열반노는 재빨리 구절편을 끌어당겼다.

쉿!

구절편의 날카로운 끝은 마치 강태공의 손에 끌려가는 낚싯바늘처럼 열반노를 향해 쭉 끌려갔고,

툭!

열반노의 발이 그 끝을 가볍게 걷어찼다. 마치 애들이 길가의 돌멩이를 차는 것처럼 가볍고 간단한 동작이었다.

그러나 그 결과는 그리 가볍고 간단한 게 아니었다.

촤악!

마치 풀숲을 헤치고 먹이를 향해 저돌적으로 공격하는 독수리의 발톱처럼, 구절편의 날카로운 그 끝은 대기를 꿰뚫으며 빠르게 날아갔다.

'허억!'

돌연 암류흔은 다급하게 호흡을 끊어 삼켰다. 반사적으로 뒤로 젖혀지려는 허리를 간신히 버텨야 했다. 열반노가 차서 날아오는 구절편의 그 날카로운 끝이 곧장 미간으로 꽂혀들었기 때문이다.

암류흔에게 있어 그건 실로 위협적인 것이었다. 분명 사정거리 밖에 서 있었지만, 구절편은 마치 그 길이가 쭈욱 늘어나는 것처럼 날아들었던 것이다. 이대로 있다가는 정말 미간

이 꿰뚫릴지도 모른다.

그러나 암류흔은 두 눈을 부릅뜬 채 그대로 서서 버텼다. 일행 중 가장 무공이 약한 자신이 담력까지 약하게 보인다면 이들을 통솔할 수 없게 된다. 하나쯤은 강하다는 걸 인식시켜 줘야 한다.

팟!

암류흔의 미간을 꿰뚫을 듯 날아들던 구절편의 끝이 홀연히 사라져 버렸다.

그 다음부터는 원의 향연이었다.

패패패액, 쐐액!

열반노의 구절편은 날카로운 파공성을 발하며 그의 주변에 커다란 구(球)를 형성했다. 실로 빗방울 하나 스며들지 못할 정도로 엄밀한 막이었다.

그렇게 맹렬한 회전을 거듭하는 구절편의 원 속에 서 있는 열반노는 정작 한 발짝도 움직이지 않았다. 못 박힌 듯 두 다리로 탄탄히 버티고 서서 오직 손목과 팔로만 자신의 애병(愛兵)을 다루고 있었다.

"오호!"

"이크, 깜짝이야!"

갑자기 일행 사이에서 탄성이 토해졌다. 조금 전 암류흔이 경험한 것과 비슷하게, 열반노의 구절편 끝이 노리고 나른 곳에 있던 사람들 입에서 나온 것이었다.

특히 상춘풍은 유난히 호들갑을 떨며 뒤로 두어 걸음 물러섰다. 그 정도로 열반노의 구절편은 가히 절정을 향해 치닫고 있었다.

'고슴도치 같군!'

이게 지금의 열반노를 보고 있는 암류흔의 솔직한 심정이었다. 그처럼 원과 거기서 튀어나오는 구절편의 끝이 이루는 조화는 살벌하고도 자연스러웠다.

툭!

돌연 열반노 주변을 감싸고 있는 원이 씻은 듯 사라져 버렸다. 그걸 만들어낸 구절편이 다시 바닥에 늘어진 것은 말할 것도 없고…….

촤랏!

열반노는 빠르게 손목을 떨쳤다. 바닥에 길게 늘어져 있던 구절편이 가볍게 딸려와 그의 목을 휘감았다.

"영감, 멋진데!"

"확실히 아직 녹이 슨 건 아니군!"

일행 사이에서 다시 찬사가 터져 나왔다. 위력은 물론, 보기에도 좋았던 열반노의 시범이었다.

"자, 다음은 누구야?"

"활귀, 당신 차례요!"

의문표가 예의 그 신경질적인 고음으로 활귀에게 다음 차례임을 알렸다.

"내 건 그리 볼만한 게 아닐 텐데……."

활귀는 멈칫거렸다. 지금은 말 그대로 장기 자랑 중이다. 되도록 화려한 무공을 선보여야 한다는 말이다.

그 점에 있어 활귀는 자신이 없었다. 자신이 아는 무공은 오직 살인을 위한 것뿐이었다. 결코 보이기 위한 게 아니었다.

그래도 할 수 없었다. 다른 사람들은 이미 했거나, 아니면 할 예정이다. 남의 무공만 보고 자신의 것만 감춘다면 자칫 오해를 살 수도 있는 일이다.

다른 사람이 시범을 보였던 객잔 후원 한복판에 서서도 활귀는 잠깐 동안 아무것도 하지 못했다. 뭘 보여야 할지 아직 생각이 나지 않아서였다.

"그 기막힌 발도(拔刀)를 보여주시오!"

활귀의 마음을 짐작했다는 듯 의문표가 거들고 나섰다.

"그게 좋겠소, 활귀!"

"이번에야말로 눈 똑바로 뜨고 봐야겠군. 그 칼이 보이는지 어떤지……."

열반노도 한 걸음 앞으로 나섰다. 정말로 두 눈을 크게 부릅뜨고 있었다.

"도와주겠나?"

활귀가 의문표에게 도움을 청했다 그게 더 효과적일 것 같아서였다.

"어떻게 하면 되오?"

"거기 있는 나뭇토막을 내게 던지게!"

활귀는 의문표의 발밑을 가리켰다. 장작을 패다 바스러진 자잘한 나뭇조각들이 떨어져 있었다.

의문표는 한 손 가득 움켜쥐었다.

"다쳐도 책임지지 않겠소!"

의문표가 조금은 가라앉은 목소리로 말했다. 비록 나뭇조각에 불과하지만 무림인이 던진다면 암기나 다름없다. 조심하라는 의미였다.

의문표는 싱그레 웃었다. 빤히 알고 있을 활귀에게 일부러 경고까지 했으니, 사력을 다해 던질 작정이었다. 그래야 그의 진정한 실력을 볼 수 있을 테니까 말이다.

"염려 말게!"

활귀는 전혀 긴장하지 않은 표정으로 오히려 가볍게 웃기까지 했다.

의문표의 표정이 살짝 굳어졌다. 듣기에 따라선 자신을 무시하는 것 같기도 했기 때문이다.

의문표는 망설이지 않고 힘껏 던졌다. 활귀와의 거리는 이 장 반 정도, 일부러 맞히지 않으려고 해도 빗나갈 염려는 없었다.

쐐애액!

나뭇조각은 하나가 아니었다. 총 다섯 조각이 조금씩 방향을 달리해서 활귀의 상체로 꽂혀 들어갔다.

활귀는 여전히 움직이지 않았다. 마치 그대로 날아드는 나뭇조각의 표적이 된 것 같았다.

"어? 저거 위험한데……."

"지금 뭐 하는 거야?"

일행이 술렁거렸다. 그만큼 나뭇조각은 활귀가 피하거나 막을 수 있는 공간보다 더 가까이까지 접근해 있었다. 이대로라면 정말 위험할지도 모른다.

"아앗, 저, 저런!"

"피햇!"

기어이 사람들 입에서 경악성이 터져 나왔다. 의문표가 던진 나뭇조각들이 활귀의 옷자락에 닿기 직전이었다.

그때 몇 가닥의 빛줄기가 활귀 주변에서 번쩍이다 순간적으로 사라져 버렸다.

씨익!

처음 서 있던 자세 그대로 활귀는 웃었다. 얼굴 한쪽을 찢어놓은 상처로 인해 그리 보기 좋은 웃음은 아니었다.

사람들은 말을 잊었다. 활귀의 웃음이 흉해서가 아니라, 자신들이 눈으로 본 광경을 믿을 수 없어서였다.

아니, 정확하게 말한다면 자신들이 아무것도 볼 수 없었기 때문에 놀라고 있었다. 언제 활귀가 칼을 뽑았는지, 그길 휘둘러 나뭇토막을 잘랐는지 누구도 정확하게 보지 못했었다.

　그런데도 다섯 개의 나뭇조각은 활귀의 발밑에 뒹굴고 있었다. 거의 옷깃에 닿을 듯 가까이 날아들었던 것들이었는데…….

　"그렇게 빠른 발도와 칼놀림은 나 역시 처음 보는 것 같군. 하지만 실전에서 그렇게 사정을 뒀다가는 낭패를 면치 못할 걸세!"

　넋을 잃고 있던 사람들의 시선이 일제히 말이 들려온 곳으로 돌려졌다. 단연이 뒷짐을 진 채 걸어오고 있었다.

　"사정을 두다니? 그게 무슨……?"

　"아, 이것 좀 보게!"

　상춘풍이 단연의 말에 고개를 갸웃거릴 때, 열반노가 벌써 달려가서 바닥에 떨어진 나뭇조각들을 집어 들었다.

　사람들이 우르르 열반노 주위로 몰려들었다. 그리고 그들은 또 한 번 놀라 입을 벌려야 했다.

　바닥에 떨어진 나뭇조각, 그건 잘린 게 아니었다. 두께가 일정치 않은 그것들엔 정확하게 절반 깊이의 칼자국만 나 있었을 뿐이었다. 그것도 하나당 두 번씩!

　그러니까 활귀는 그 짧은 시간에 칼을 뽑아 열 번 휘둘러 나뭇조각에 자국을 내고 다시 납도(納刀)까지 했다는 얘기였다.

　"볼 거나 있었는지 모르겠군."

　사람들의 시선이 자신에게 집중되자 활귀는 쑥스러운 표

정으로 얼굴의 상처를 닦았다.

"볼 게 있었냐니? 이 일을 끝내고 헤어지더라도 우리 적으로는 절대 만나지 마세. 자네에게 걸리면 시체조차 온전히 보전하지 못하겠어!"

열반노가 다시 호들갑을 떨었다.

"그럼 다음 분 부탁드리겠소!"

"다시 해보게!"

활귀가 다음 차례로 넘기고 물러가려는 찰나, 단연이 재차 말을 걸어 그를 제지했다.

"이번엔 사양할 것 없네. 쌍도를 다 사용해서 맘껏 베어보게!"

말을 하면서 단연은 수중의 나뭇토막을 들어올렸다. 어린애 팔뚝 굵기만 했다.

활귀의 표정이 살짝 굳어졌다. 단연의 이 행동은 도전으로 봐도 무방한 것이었다.

"다른 뜻은 없네. 다만 내 평생 처음 보는 빠른 칼이라 다시 한 번 보고 싶을 뿐이네!"

활귀의 심정을 눈치 챈 단연이 한마디 덧붙였다.

"한 번 더 해보게! 이번엔 나도 제대로 볼 수 있을 것 같으니……."

열반노도 활귀를 부추겼다. 그 역시 조금 전엔 활귀의 칼놀림을 제대로 보지 못했었다.

“알겠소!”

승낙하는 활귀의 말투는 뚝뚝 부러지는 것 같았다. 약간은 긴장을 한 탓이었다.

사실 조금 전에 의문표가 던진 나뭇조각의 속도도 그리 느린 건 아니었다. 할 수만 있었다면 세 번쯤의 칼침을 남기고 싶었지만 두 번밖에 할 수 없었을 정도로 말이다.

그런데 그 의문표보다 훨씬 강할 게 분명한 단연이 이번엔 나뭇토막을 던지려 한다. 얼마나 빠르게 날아들지, 또 그걸 제대로 벨 수 있을지조차 의문이었다.

‘나 자신에 대한 시험도 되겠지!’

어쩌면 바로 이게 활귀가 단연의 말을 따르게 된 이유인지도 몰랐다.

사람들이 재빨리 활귀의 주변에서 물러나 그가 마음껏 칼을 휘두를 수 있는 공간을 마련해 주었다.

“준비됐나?”

“언제라도!”

대답하면서 활귀는 두 손을 교차시켜 양 옆구리에 매달려 있는 칼자루에 손을 댔다. 전에 없던 모습이었다.

꿀꺽!

누군가의 목으로 군침이 넘어가는 소리가 들렸다. 단연과 활귀가 자세를 취한 것만으로도 터질 듯한 긴장감이 후원을 가득 메웠다.

“자, 가네!”

파바밧!

그게 끝이었다.

사람들은 단연의 말만 들었지, 정작 그가 던진 나뭇토막은 보지 못했었다.

아니, 보긴 했었다. ‘간다’라는 말과 거의 동시에 활귀의 전면에 순간적으로 나뭇토막은 그 형체를 드러냈었다.

하지만 그건 말 그대로 찰나의 순간이었다. 사람들은 과연 나뭇토막이 그 형체를 드러냈나? 라는 의문을 가졌을 정도였으니 말이다.

실제로 사람들이 봤다고 확신할 수 있는 건 지금 활귀의 모습이었다. 언제 뽑았는지도 확실치 않은 그 칼을 그는 천천히 칼집에 집어넣고 있었다.

“몇 번이나 베었는가?”

“다섯 번!”

그 말에 단연은 가볍게 고개를 끄덕였다.

단연의 질문이나 활귀의 대답, 그 둘 모두가 사람들로선 그저 놀라울 뿐이었다. 눈에 보이지 않을 정도로 빠르게 나뭇토막을 던진 사람이나, 또 그걸 받아서 다섯 번이나 칼질을 했다고 하니, 봤으면서도 믿기 힘들었다.

표정이 굳어진 건 활귀도 마찬가지였다.

‘그는 알고 있다. 헤아렸다!’

자신이 칼질을 몇 번이나 했는지 단연은 정확하게 보고 있었다고 활귀는 생각했다. 지금까지 그 누구도 보지 못했었는데…….

문득 활귀는 얼굴이 달아오르는 걸 느꼈다. 마치 벌거벗고 밝은 햇살 아래 서 있는 것 같은 기분이 들었다.

"자네와는 되도록 일 대 일 대결을 피해야겠군. 솔직히 맨 처음 칼질은 보지 못했었네. 정말 빠르더군!"

단연이 느릿하게 한마디 하고선 몸을 돌려 암류흔이 있는 곳으로 걸어갔다.

이건 결코 활귀의 마음을 위로하려고 한 말이 아니었다. 사실 그대로 얘기한 것이었다.

그사이 열반노는 또 방정맞게 활귀가 자른 나뭇토막을 주워 들었다. 정확하게 여섯 조각, 다섯 번의 칼질을 한 게 분명했다.

"중요한 일이 있다고 들었네. 뭔가 할 말이라도 있나?"

암류흔에게 다가온 단연은 특유의 그 느릿한 어조로 물었다. 중요한 일이 있다는 기별을 증두를 통해 받고는 오는 길이었다.

"파사륵은 어떻게 하고 있소?"

"먹고는 자고, 자다가 깨면 다시 먹고…… 그러고 있네. 그걸 묻기 위해 부른 건 아니겠지?"

"도대체 뇌음사와는 어떤 원한이 있는 거요?"

암류혼은 불쑥 물었다. 증두에게 알아보라고 했더니 단연이 뇌음사와 모종의 원한 관계에 있는 것 같다고 해왔던 것이다.

단연의 표정이 살짝 굳어졌다. 동시의 그의 형체가 아지랑이처럼 흐릿해지더니 다시 본모습을 되찾았다.

“두 번 다시는 그에 대해 묻지 말게. 그땐 내 손속을 원망하게 될지도 모르네!”

“어쨌든…….”

단연의 말이 끝나자마자 암류혼은 그 끝을 재빨리 잡아챘다. 분명히 해둘 건 확실히 얘기해 줘야 한다.

“나랑 같이 있는 곳에서 파사륵에서 무슨 짓을 하는 건 용납치 않겠소! 아직까지 당신은 내게 고용되어 있는 상태니까!”

솔직히 지금 암류혼은 속으로 떨고 있었다. 단연이 당장에라도 계약을 파기하자고 하면 막을 도리가 없다. 기간을 무기한으로 해뒀지만, 그건 서로가 지킬 때 의미가 있는 거지 한쪽이 돌아서면 그만인 말뿐인 계약이었다.

단연의 눈길이 암류혼을 정면으로 쏘아보았다. 감정이라고는 단 한 톨도 찾아볼 수 없는 마치 파충류 같은 눈빛이었다.

‘제길, 괜한 말을 했나?

약간의 후회가 암류혼의 가슴을 세차게 두드렸다. 금방이라도 단연이 돌아서서 가버릴 것만 같았다.

그러나 반드시 필요한 일이었다. 지금부터 하려는 일을 생각한다면, 단연과의 관계만큼은 보다 확실히 정립해 둬야 한다.

"노력해 보지! 그보다 중요한 일이란 게 뭔가?"

단연의 이 말을 들었을 때, 암류흔은 내심 안도의 한숨을 내쉬었다. 이로써 가장 중요한 고비 하나는 넘긴 셈이었다.

"조금만 기다리시오. 중두가 매보자를 데리고 올, 아, 마침 저기 오는군!"

암류흔의 말대로 매보자를 데리고 중두가 빠른 걸음으로 후원에 모습을 나타냈다.

"자, 그만 하고 다들 이리 오시오!"

그때까지 장기 자랑에 여념이 없는 사람들을 암류흔은 큰 소리로 불러 모았다.

"에이, 한창 재미있어지는데……."

"무슨 일이오?"

까닭을 알지 못하는 사람들은 혹은 불평하고, 혹은 궁금하다는 얼굴로 암류흔 주변으로 모여들었다.

2

암류흔의 말을 들은 사람들의 반응은 제각각이었다.

"그러니까 네 말은 우릴 하나로 묶어서 문파를 만들겠다는 거야?"

우선 증두가 정면으로 의혹을 제기하고 나섰다.

"문파라고 거창하게 얘기할 건 없고, 그냥 내가 목표로 하는 일이 완수될 때까지 같이하고 싶어서 이런다고 생각해 줘!"

"그 일이 뭐요?"

이번엔 의문표가 물었다. 무슨 일인지 확실히 알아야 대답을 하겠다는 태도였다.

암류흔은 잠시 망설였다. 솔직히 자신도 부총령이 왜 이들을 한데 묶어두라고 했는지 자세히 알 수 없었다.

물론 자신이 해야 할 일 한 가지는 분명하다. 견철을 잡는 것!

'솔직히 얘기해 주는 게 좋겠군!'

부총령의 의도에 대한 거라면 말을 아낄 필요가 있다. 그건 모르니깐 말이다.

그러나 자신의 의도는 확실히 밝혀야 할 것 같았다. 그래야 이들을 하나로 묶어두거나, 아예 해체되거나 하기 때문이다.

"확실하게 해줄 수 있는 말은 밀화궁 추살대주 견철을 사로잡아야 한다는 거다! 그 이상은 솔직히 나도 모른다. 다만 현 무림 정세와 연관이 있다고 봐도 무방하다!"

암류흔은 일부러 딱딱 끊어지게 말했다. 이게 보다 효과적으로 자기의 뜻을 전달할 수 있을 터였다.

"흥, 알지도 못하는 일을 하기 위해 모두가 한데 모인다? 웃기지도 않는 얘기군!"

동의를 구하는 듯 동료들을 둘러보는 의문표의 말투는 잔뜩 뒤틀려 있었다.

"그럼 대가는 얼마야? 한군데로 모인다면 지금처럼 일당이나, 싸울 때마다 수당을 주는 걸로는 안 되잖아? 매달 일정 금액을 지급해야지. 그것도 많이!"

중두가 얼른 동조할 뜻을 비추고 나섰다. 그만은 암류흔의 뜻을 알고 있었다. 그래서 이런 식으로 돕고 있는 것이었다.

그래도 여전히 돈 얘기는 빠뜨리지 않았다.

"당신은 어떻소?"

암류흔은 단연에게 물었다. 그의 대답이 동료들에게 미치는 영향이 가장 클 게 뻔한 터, 가장 먼저 그의 의중을 알아보는 게 중요했다.

"정해진 일이 있다면 재미가 반감되겠지. 뭘 해야 될지도 모르면서, 어디로 가는지도 모르고, 그냥 눈감고 달려보는 게 훨씬 재미있겠지! 난 찬성일세!"

평소보다 느리게, 비교적 긴 얘기였기에 단연의 말은 조금 지루하게 들렸다.

그러나 그 뜻만은 아주 확실하게 사람들의 가슴에 파고들었다.

"단 형이 남겠다면 나도 남겠소!"

단연의 말이 끝나자마자 활귀가 동조하고 나섰다. 그 뜻에 따른다기보다는 다분히 경쟁 의식이 있는 듯한 말투였다.

"헤헤헤, 나도 이제 나이가 들어 더 이상 써주는 곳도 없고…… 나도 남겠네!"

다음은 열반노였다. 그 실력이라면 나이 정도는 문제가 되지 않을 테고, 또 실제 나이도 노인 소릴 들을 정도는 아님에도 그는 남았다.

"이보게, 자네도 이리 오게. 자넨 대장이 왠지 좋다고 하지 않았나? 어서 오라니깐!"

암류흔 쪽으로 한 발짝 다가선 열반노가 망사웅을 불렀다.

망사웅의 얼굴이 시뻘겋게 달아올랐다. 열반노에 의해 속마음을 들킨 탓이리라.

어쨌든 그도 뒷머리를 긁적이며 암류흔 쪽으로 걸어와 섰다.

"내 수하들도 물론 포함되겠지?"

떠보는 듯한 증두의 질문에 암류흔은 고개를 끄덕였다. 어차피 그와 수하들은 떼어놓을 수 없었다.

힐끗, 단연의 눈치를 살피며 증두는 암류흔 곁에 섰다. 지난번 채가파로 갈 때 수하들을 떼어놓고 오라는 그의 말을 기억한 탓이었다.

"이 늙은이도 해당된다면, 당연히 찬성일세!"

매보자도 증두의 뒤를 따라왔다. 연신 암류흔의 눈치를 살피는 건 자신이 배제되지 않을까 싶어서였다.

사실 매보자에게 이 선택은 최상의 것이었다. 본의 아니게 밀화궁 추살대에서 떨려(?) 나온 후, 늘 생명의 위협을 느끼고 있었으니까 말이다.

다행히 암류흔의 손에선 살아남았지만, 그렇게 되자 이젠 돌아갈 곳이 없었다. 이대로 추살대로 돌아가 봤자 의심을 받아 죽기는 매한가지니까 말이다.

"지난번과 같은 일이 자주 있다면… 내 도끼날은 피를 마시지 않으면 녹이 스니까……."

이유치고는 조금 이상했지만, 어쨌든 쌍도끼도 암류흔의 곁으로 와서 섰다.

"우리도 가세. 요즘 세상에 싸움 기술을 팔아서 살아가기가 힘들지 않나? 그나마 여기 있으면 밥벌이는 되겠지!"

상춘풍이 자욱한 눈웃음을 머금은 채 의문표를 달렸다.

"흥!"

여전히 의문표는 차가운 콧방귀뿐이었다. 하지만 혼자 남게 되자 어쩔 수 없이 표정이 살짝 굳어졌다.

의문표는 지금 상황이 이해되지 않았다. 이번에 고용된 자들 대부분은 대리 싸움이 그 직업이나 마찬가지였다. 계약된 그 싸움이 끝나면 모두 뿔뿔이 흩어져 또 다른 싸움판을 찾아 떠돌아다니는 게 상례였다. 그래서 간혹 어제의 동료가 오늘 싸움터에선 적으로 만나는 경우도 없지 않았다.

결론적으로 이들은 싸움을 좋아하고, 그보다 더 근원적으론 자유를 추구하는 사람들이다.

그런데 그들이 모여 하나의 집단을 만들려 하고 있다. 있을 수도 없는 일이라고 생각하고 있던 터라 믿기도 힘들었다.

"솔직히 너도 놓치기 싫다. 우리와 함께하지 않겠나?"

"흥!"

아주 솔직한 말로 의문표의 마음을 돌리려고 했지만, 그는 콧방귀로 대꾸했다. 마치 할 줄 아는 게 그것밖에 없는 것처럼 말이다.

암류흔은 잠시 의문표를 바라보았다. 입이 아니라, 눈으로 말을 할 수 있다면 주변이 시끄러웠을 정도로 많은 의미를 담은 눈길이었다.

그래도 의문표의 표정은 바뀌지 않았다.

그렇다고 선뜻 뒤돌아서 가지도 않았다. 한가닥 미련이 남아 있는 건 분명했다.

"이렇게 하지. 만약 네가 떠나고 싶다면 언제든지 보내주겠다. 이 암류흔 곁에 있는 게 시시하다고 생각되거든 언제라도 말만 해! 보내주겠다. 다른 사람도 마찬가지!"

그 말에 사람들이 술렁거렸다. 어쩌면 앞으로 평생 암류흔과 함께하겠다는 각오를 세웠다가 방금 그 말을 듣고는 조금 씩 안도했는지도 모른다.

의문표도 예외는 아니었다. 딱딱하게 굳어져 있던 표정이 조금은 풀린다 싶더니 마침내 그 입이 열렸다.

"언제라도 좋단 말이지?"

"그래, 언제라도!"

약속을 받아내려는 의문표의 질문에 암류흔은 흔쾌히 고개를 끄덕였다.

"알겠소. 당분간 용채나 번다고 생각하지 뭐!"

"이야아! 잘 생각했네, 잘 생각했어!"

열반노가 환성까지 터뜨리며 의문표를 반겼다. 심지어는 그의 어깨까지 가볍게 두드렸다.

"이거 왜 이러시오!"

거친 손길로 의문표는 열반노를 떠밀었다. 다분히 감정이 실린 동작이었다.

"어이쿠, 늙은이 죽네!"

요란한 너스레를 떨며 열반노가 저만치 나가떨어졌다.

"아이구, 세상이 거꾸로 돌아가도 유분수지. 젊은 놈이 늙은이를 치다니……."

바닥에 주저앉은 채 열반노는 연신 소리를 높였다.

그러나 누구도 신경 쓰지 않았다. 의문표가 아니더라도 누군가 자기 몸에 허락없이 손을 댔다면 똑같은 반응을 했을 사람들이었기 때문이다.

게다가 열반노가 멀쩡하다는 걸 모두가 알고 있었다. 그저 사람들을 웃기기 위해 저러고 있을 뿐이니 달리 반응할 필요도 없었다.

"매정한 사람들……."

누구도 반응하지 않자 열반노는 멋쩍게 웃으면서 엉덩이를 털고 일어섰다.

"단순히 사람들만 모아둔다고 조직이 되는 건 아닐세. 그에 상응하는 체계가 확실해야 되는데, 거기에 대한 생각은 있는 건가?"

사람들과 더불어 다시 객잔 안으로 들어가며 단연이 나직이 속삭였다.

전적으로 옳은 얘기였지만 암류흔은 약한 저항감을 느꼈다. 사람이라고 해봐야 고작 열 명이다. 조직이니, 체계니 할 것도 없다는 말이다.

"내 말에 동의하지 않는가 보군. 하긴 사람이 적긴 하지! 그래도 지금처럼 중구난방 식은 안 되네. 하다못해 나이에 따라서라도 서열은 정해야 돼!"

의외로 단연은 그 문제에 집착했다.

"이제부터 다 같이 얘기해 봅시다!"

얘기는 의외로 빨리, 그리고 쉽게 끝났다. 암류흔이 대장이니 마음대로 하라는 걸로 결론이 났다.

어쩌면 당연한 일인지도 몰랐다. 이들은 계약을 맺고 싸움을 하는 걸 업으로 삼는 사람들이었다. 명을 내리기보다는 누군가의 명을 받는 것에 익숙해져 있다.

이제 난감해진 건 암류혼이었다. 마음대로 하라고는 했지만, 도대체가 이런 조직을 꾸려본 경험이 없었다. 어떻게 해야 될지 막막하기만 했다.

이럴 때 중두라는 존재는 암류혼에게 있어 보석과도 같았다.

그는 암류혼의 막막한 심정을 눈치 채고는 재빨리 밖으로 나가 큰그릇을 하나 들고 들어왔다.

"얘기가 여기까지 진행된 이상 더 망설일 게 뭐 있겠소? 또 새삼 조직을 하나 만들었다고 해서 상하를 구분할 필요가 뭐 있겠소? 그저 형제의 의를 맺고 생사고락(生死苦樂)을 같이합시다!"

시원스레 내뱉은 후 소도를 꺼내 자기의 새끼손가락을 그었다.

뭉클, 솟아 나오는 피를 중두는 재빨리 가지고 왔던 커다란 그릇에 받았다. 바로 의형제를 맺는 의식이었다.

사람들에게 있어 이건 상당한 부담이 될 수도 있는 일이었다. 그저 상하 관계로 맺어진다면 언제라도 싫어지면 떠날 수 있다.

그러나 의형제가 된다면 이건 문제가 다르다. 그야말로 한 가족이 되어 쉽사리 마음을 바꿀 수가 없게 된다.

아무튼 지금 이 시점에선 그 점을 염두에 두는 사람은 없었다. 설혹 있다손 쳐도 분위기상 말을 할 수가 없었으리라.

"자!"

자기의 피를 받은 그릇과 소도를 증두는 암류흔 앞에 내밀었다.

사실 이건 순서가 뒤바뀐 것이었다. 어쨌든 암류흔이 대장이니 그의 피를 가장 먼저 받았어야만 했다.

하지만 암류흔은 그런 의식의 순서 자체를 몰랐고, 또 따져봐야 다시 할 수도 없는 노릇이었다.

암류흔 역시 새끼손가락을 잘라 피를 받았다.

다음은 단연이었다. 그 다음은 파격적으로 매보자의 피를 받았고, 열반노, 활귀……

이윽고 그릇은 의문표 앞에 놓여졌다.

사람들의 시선이 일제히 의문표에게 집중되었다. 그는 처음부터 이 결성을 반대했었다. 그게 한술 더 떠 비약해서 의형제를 맺는 것으로까지 비약했으니, 그가 어떤 반응을 보일지 다들 궁금해했다.

확실히 의문표는 망설이는 기색이었다. '의형제'라는 말과 의미가 갖는 무게감 탓이었다.

이번엔 암류흔도 아무 말 하지 않았다.

아니, 누구도 입을 열지 않았다. 그저 함께하는 것과 의형제를 맺는 것의 차이를 다들 잘 알기에 강요할 수가 없었다.

잘근!

의문표가 입술을 깨물었다. 해서는 안 된다는 이성과 왠지 이들과 헤어지기 싫다는 감정이 지금 그의 내부에서 격렬하게 싸우고 있는 중이었다.

그릇에 담긴 피가 아주 조금씩 응고되기 시작했다. 조금만 더 지나면 의식 자체를 못하거나, 아니면 다시 피를 받아야 될 터였다.

아마 그게 의문표의 감정이 이성을 이기게 만든 촉매제(觸媒劑)가 된 모양이었다. 그는 더 이상 망설이지 않고 소도를 집어 손가락을 그었다.

의문표의 피까지 그릇에 받아지자 증두가 재빨리 거기에 술을 부었다. 그리고 그걸 암류흔에게 건네주었다. 먼저 마시라는 의미였다.

암류흔은 천천히 그릇을 입으로 가져갔다.

"천지신명께 고하옵니다. 오늘 우리 열 명은 형제의 의를 맺사옵니다. 비록 태어난 일시는 다르지만, 한날한시에 죽고자……."

"치워!"

의형제를 맺을 때 하는 의식의 말을 주절주절 늘어놓는 증두의 말을 암류흔이 잘라 버렸다. 왠지 낯간지럽다는 생각이 들어서였다.

그러나 이런 자리에서 말 한마디 없이 그냥 혈주(血酒)만 돌려 마실 수는 없는 노릇이다.

"이제부턴 우린 형제다!"

간단하게 한마디 하고선 혈주를 한 모금 들이켰다. 그리고는 단연에게 그릇을 넘겼다.

하지만 단연은 그 그릇을 사양했다.

"의형제라고 하면 아무래도 나이 순서대로 마셔야 하지 않겠나. 자, 먼저 드시오."

하며 매보자에게 그릇을 넘겼다.

"아, 아니오. 어찌 이 늙은이가……."

"그렇게 늙었으니 먼저 드셔야 하지 않겠소. 자, 사양하지 마시오. 우린 형제가 아니오."

아주 드물게 농담조로 말하며 단연은 연신 그릇을 매보자에게 권했다.

다른 사람들도 모두 동조하고 나섰다. 무림인들은 무공으로 말을 한다지만, 그래서야 위계가 서지 않는다. 당장 대장이라는 암류흔만 해도 이들 중 가장 무공이 약하니까 말이다.

어쩔 수 없이 혈주를 마신 매보자는 다시 그릇을 단연에게 넘겼다.

그러나 단연은 이번에도 열반노에게 먼저 마시라고 권했다.

열반노는 사양하지 않았다.

"그럼 내가 자네의 형이 되는 셈인가? 반갑구먼, 반가워!"

너스레까지 한마디 떨며 혈주를 시원스레 한 모금 들이켰다.

"원래 대작은 하지 않지만, 오늘 같은 날까지 피할 수는 없겠지! 좋은 형, 좋은 아우가 되도록 하겠소!"

묵직한 한마디를 남긴 후 네 번째로 단연이 혈주를 마셨다.

다음은 쌍도끼, 활귀, 상춘풍, 증두, 의문표의 순서였다.

의외로 망사웅은 나이가 적었다. 자기 입으로 밝힌 게 스물둘이었다. 나이가 결코 덩치나 외모와는 비례하지 않는다는 걸 극명하게 보여준 셈이었다.

"자, 이제 남은 건 우리 모임의 이름인데… 뭐가 좋을까?"

모두 한 모금씩 마셔 깨끗하게 비워진 잔을 치워두며 증두가 또 입을 열었다. 일부러 시선을 암류흔과 자기보다 동생으로 정해진 의문표, 망사웅에게로만 던졌다.

"그게 필요할까?"

"가장 중요한 일일세!"

번거롭다는 표정으로 내뱉은 암류흔의 말을 단연이 정면으로 잘라 버렸다.

"이름이 없는 사람을 본 적이 있나? 여기 있는 사람들은 모두 본명을 사용하는 건 아니지만, 나름대로 부를 수 있는 건

한 가지씩 가지고 있네. 그게 중요하네! 어떤 이름으로 불린다는 건 바로 그 존재를 표시하는 거니까 말일세!"

'정말이지 묘하게 집착을 하는군!'

암류흔은 새삼스런 눈길로 단연을 바라보았다. 세상 모든 일에 무심할 것 같았는데, 이 일엔 묘하게 구애를 받는 모습이 조금은 이상하기도 했다.

"집준당(集俊黨)이 어떨까? 우리 같은 준걸들이 모였으니 딱 어울릴 듯한데……."

"치우쇼. 촌스럽게 집준당이 뭐요, 집준당이?"

맨 처음 내놓은 열반노의 의견은 의문표에 의해 여지없이 묵살되고 말았다.

"그럼 자네가 좋은 걸 하나 내놔보게!"

불퉁한 어조로 열반노가 의문표에게 쏘아붙였다. 기껏 머릴 써서 지은 이름인지라 더욱 서운했는지도 모른다.

"흥!"

콧방귀를 날리며 의문표는 외면해 버렸다. 그에게도 달리 좋은 생각이 있는 건 아니었다.

"취우당(驟雨黨)이 어떻겠소? 우리가 모여 맨 처음으로 싸운 게 세찬 소나기 속이었으니……."

"얼래?"

이 말을 들은 열반노가 눈을 둥그렇게 떴다. 다름 아닌 활귀의 입에서 나왔기 때문이다.

표를 내지는 않았지만 다른 사람들도 대부분 놀랐다. 외모로만 봤을 땐 망사옹과 더불어 무식의 쌍벽을 이루는 활귀가 저처럼 멋진 이름을 내놨으니 말이다.

"소나기의 무리라… 난 괜찮은 것 같은데, 매 형(賣兄)은 어떠시오?"

활귀의 말에 찬성을 보내던 단연은 돌연 질문을 매보자에게 돌렸다. 호칭도 바뀌어져 있었다.

"아, 이 늙은이에게 무슨 다른 생각이 있겠소? 아니, 있겠나? 알아서들 하시게."

겸연쩍은 표정으로 매보자는 꽁무니를 뺐고, 단연의 시선이 돌려져 열반노에게 꽂혔다.

"나, 나도 별 이의 없네!"

열반노도 더듬거리며 찬성의 뜻을 표했다. 아무래도 그와 매보자는 단연이 동생이라는 게 아직은 부담스러운 것 같았다.

"다른 사람들은?"

위의 형뻘들이 다 찬성이니 이의가 있을 턱이 없었다.

"그럼 우리의 모임은 취우당으로 결정되었네. 총수(總帥)는 당연히 여기 이… 그런데 자네 이름이 뭔가? 뭐라도 부를 만한 걸 하나 들려주게."

"알 거 없……."

반사적으로 튀어나오려는 말을 암류흔은 간신히 씹어 삼

컸다. 오늘부로 이들과 자신은 형제가 되었다. 이름까지 알려주지 않는 건 너무한 것 같았다.

"암류흔이오!"

"암류흔! 좋은 이름이군. 우리 취우당의 총수는 당연히 여기 암류흔 아우일세. 다들 암 총수로 부르는 게 좋겠지."

단연이 필요 이상으로 엄숙하게 얘기하는 바람에 오히려 약간 우스워 보일 지경이었다.

"이렇게 우리 취우당이 결성되었으니 그 기념으로 뭔가 한 가지 일을 해야 하지 않겠나? 강호에 우리의 이름도 알릴 겸……."

열반노가 두 손을 비비며 말했다. 어떤 핑계를 대든 한판 벌이지 않으면 근질거리는 모양이었다.

"그것도 좋겠지!"

"그럼 견철을 때려잡자! 그게 류흔이, 아니, 암 총수가 가장 바라고 있는 일이니까!"

단연이 열반노의 말에 찬성하자마자 증두가 재빨리 나섰다.

암류흔은 속으로 증두에게 고마움을 느꼈다. 이처럼 가려운 곳을 잘 알아서 긁어주니 더 바랄 게 없을 성싶었다. 돈 밝히는 건 물론 제외하고 말이다.

"흥, 어떻게? 듣자니 북도맹은 산하에 산재해 있는 모든 문파나 세가들을 집결시켰다고 하던데… 밀화궁의 추살대도 예외는 아니고……."

'맞다. 방법이 없군!'

여전히 비꼬인 어투로 내뱉은 의문표의 말에 암류흔의 얼굴이 살짝 굳어졌다. 이 인원으로 북도맹에 정면으로 달려들 수도 없으니 손을 놓고 있을 수밖에 없는 노릇이었다.

"거기에 대해 내가 하, 한마디 해도 되, 되겠나?"

매보자가 쭈뼛거리며 한마디 했다.

"말씀하시오. 우리 중 가장 대형(大兄)이신데 뭘 그리 꺼려 하시오?"

"이대로는 추살대를 칠 수는 없고, 어떻게든 밖으로 끌어 내야 되는데, 예사 수단으론 안 될 걸세. 내게 한 가지 생각이 있는데 그건 바로 변상을 이용하는 걸세. 그는 밀화궁이나 추살대와는 따로 움직이면서 정보를 수집하니 우선 그자부터 잡아서……."

다들 매보자의 얘기에 귀를 기울였다.

그때 문이 열리며 서너 명의 여자들이 안으로 들어왔다. 왕모모를 비롯해서 그녀들은 하나같이 음식 접시를 들고 있었다.

맨 뒤에는 아직도 다리를 약간 저는 진덕이 유난히 큰 접시를 들고 따라 들어왔다.

향긋한 음식 냄새가 풍겼지만 누구도 그것엔 신경 쓰지 않았다. 바야흐로 매보자의 이야기가 한창 고조되고 있었기 때문이다.

매보자의 말이 끝났을 때에야 취우당원들은 부지런히 음식을 먹기 시작했다.

3

예천(禮泉)!

함양(咸陽)에서 황하를 백이십여 리쯤 거슬러 올라가면 만나게 되는 작은 시진이다.

그래도 꽤 이름난 곳이다. 늘 황톳물이 흐르는 황하를 바로 옆에 끼고 있으면서도, 지명(地名)에서 알 수 있듯이 물맛이 아주 좋아서였다.

그런데 요즘 예천의 토박이들은 불만이 많았다. 뜻하지도 않게 사람들이 엄청나게 몰려와 그 좋던 물을 흐려놓았기 때문이다.

그래도 사람들은 불만을 뱉어낼 수는 없었다. 몰려온 사람들이 무림인들이었고, 그것도 북도맹에 소속된 자들이라면 있는 입도 없게 만들기 충분했다.

이 예천의 중심부는 누가 뭐래도 시원천(始原川)이라는 곳이다. 이 지방에서 가장 먼저 물이 솟은 곳이라, 일부러 단을 쌓아 해마다 제사를 지내는 곳이기도 했다.

그 시원천에서 불과 반 리도 떨어지지 않은 곳에 한 채의 장원이 솟아 있었다.

작은 시진에선 보기 드물게 크고 화려한 장원, 이 예천에서 제일가는 갑부인 홍 노인의 집이었다.

그러나 지금은 그 장원에 홍 노인 일가는 아무도 살지 않았다. 북도맹에게 징발(徵發)을 당하고, 그들은 자기 소유의 객잔으로 내쫓겼다.

그 장원의 대청에서 공손웅은 오늘도 울적한 심사를 술로 달래고 있었다.

"아직 공격 명령은 내려오지 않았소?"

급하게 한 잔 비운 후 공손웅은 곁에 선 신산자에게 거친 어조로 물었다.

"조금만 더 자중하고 계시옵소서. 아직 그놈들의 정체를 파악하지 못했사옵니다."

지금 공손웅이 극도로 짜증이 난 상태임을 잘 아는지라 신산자의 말투는 공손하기 그지없었다.

"바로 그게 마음에 안 들어! 놈들의 정체가 뭐 그리 중요한가? 이러고 있는 시간에도 서광막 놈들은 꾸준히 대비를 강화할 텐데……."

이제 공손웅의 어투는 완전히 아랫사람을 대하는 말투로 변해 버렸다. 여태 마신 술에 의한 취기 탓도 없지 않았다.

"남선련이 주축이 되어서 서광막과 동상벌이 연합을 했다던데, 거기에 대해선 뭐 알아본 게 있나?"

여전히 공손웅의 말투는 거칠었다.

"아직 구체적인 건 없습니다만, 그들의 연합은 성사될 듯하옵니다."

"일이 그 지경이 되도록 대체 뭘 했어? 사전에 알아서 그런 건 차단해야지!"

"설마 남선련이 주축이 되리라곤 미처 생각지 못했사옵니다. 본 맹의 이목이 온통 서광막에 쏠려 있었던 터라……."

"그게 틀렸다는 거야! 명색이 내게 딸린 두뇌라는 사람이 그렇게 허술해서야 어디! 밀화궁주도 여기 와 있을 거요! 당장 불러. 이런 일엔 밀화궁이 적격이지!"

밀화궁의 이름이 나오자 신산자의 표정이 살짝 굳어졌다. 평소 밀화궁주 도욱천과 경쟁 의식을 갖고 있었던 탓이었다.

그래도 공손웅이 지시를 내렸으니 어쩔 수 없이 따라야 한다. 밖으로 나온 신산자는 가장 먼저 만난 수하에게 도욱천을 불러오라고 지시했다.

그야말로 도욱천은 번개처럼 나타났다. 부르지 않아도 올 판이었는데 불러줬으니 오죽했으랴!

"부르셨소, 소맹주?"

어깨라도 칠 것처럼 친근하게 인사를 건네며 도욱천은 공손웅 앞으로 걸어갔다.

“한 가지 해줘야 할 일이 있소!”

공손웅의 어조는 불손하기 짝이 없었다. 아무리 술에 취했다고 해도 너무 심한 경우였다.

그러나 도욱천의 눈엔 공손웅이 그저 예쁘게만 보였다. 미래의 사윗감으로 점찍어뒀던 터라, 설사 자기 바짓가랑이에 오줌을 싼다고 해도 밉지 않을 것이다.

“소맹주의 지시라면 뭘 거절하겠소? 그저 시켜만 주시오! 이 늙은이의 뼈가 부러지는 한이 있더라도 반드시 들어드리겠소!”

도욱천은 귀가 번쩍 틔었다. 시키지 않아도 알아서 기어야(?) 할 판인데, 공손웅이 뭔가를 지시한다니 뛰어오를 듯 기뻤다.

‘뭐든 해주고 나서 딸 얘기를 넌지시 꺼내야겠군!’

바로 이게 도욱천의 속내였다. 이런 일이 하나씩 겹칠 때마다 공손웅은 자신에게 신세를 졌다고 인식하게 될 게고, 그때 딸과의 혼사를 꺼낸다면 빼도 박도 못할 게 아닌가 말이다.

“지난번 서광막을 칠 때, 난데없이 본 맹의 배후로 뛰어들었던 놈들을 찾아내시오! 그놈들의 정확한 정체를 파악하지 못해 맹주께서 서광막에 대한 공격을 망설이고 계시니 최대한 빨리 찾아내시오!”

“허허허허—!”

공손웅의 말에 도욱천은 너털웃음을 터뜨렸다.

　"그 일이라면 벌써 변 군사와 추살대가 알아보러 떠났소이다. 이제 곧 좋은 소식이 있을 테니, 소맹주께선 서광막들 요리할 궁리나 잘해두시오!"

　"벌써 떠났다고? 내 명령도 없이?"

　어쨌든 예천에 나와 있는 북도맹의 총지휘자는 공손웅이었다. 한두 명도 아니고, 밀화궁의 추살대 전체가 움직였다면 분명 보고와 재가가 있어야만 한다.

　하지만 공손웅은 이내 생각을 돌렸다.

　"아니지. 잘했소, 잘했어! 신산자, 일이란 이렇게 하는 거야, 알겠소?"

　조금 전까지 남선련이 주축이 된 삼세연합(三勢聯合)을 미리 차단하지 못했다고 신산자를 꾸짖었었다. 미리 예견하고 추살대를 파견한 도욱천까지 꾸짖는다면 자기 행동이 극명한 모순이라는 걸 깨닫고서 한 공손웅의 말이었다.

　어쨌든 신산사로선 오물을 한 바가지 뒤집어쓴 기분이었다. 경쟁 상대로 생각하는 도욱천 앞에서 공손웅의 면박을 받았으니 말이다.

　"언제쯤 소식을 받을 수 있겠소?"

　이어진 공손웅의 질문에 도욱천은 잠시 생각에 잠겼다.

　"우선 며칠이나 시간적 차이가 있고, 또 그들이 하류로 내려갔다고는 하지만 정확한 행선지를 모르니 최소 사나흘은 걸릴 것 같소이다."

"사나흘이라… 알았소. 신산자는 그에 맞춰 서광막을 칠 수 있도록 만반의 준비를 갖추도록!"

엄격하게 명을 내려놓고 공손웅은 다시 술잔을 기울였다. 다른 말은 없었지만 이만 가보라는 축객령이었다.

'빨리 추살대에서 연락이 와야 할 텐데……'

사실 사나흘이라고 한 건 도욱천의 호언장담에 지나지 않았다. 그로선 하루빨리 추살대가 보고를 해주길 바랄 뿐이었다.

그렇게 조금 복잡한 심정으로 도욱천은 자기에게 배당된 집으로 들어섰다.

"궁주, 급전(急傳)이옵니다!"

"응, 그래?"

대수롭지 않게 도욱천은 부하가 내민 봉서를 받아 들고 펼쳤다.

"아니, 이건?"

봉서의 내용은 간단했다. 하지만 도욱천의 얼굴에서 핏기를 싹 가시게 만들기엔 충분한 내용이었다.

"빨리, 빨리 부하들을 모아라! 본 궁의 인원을 총동원하라! 맹에도 도움을… 아니다. 그건 내가 직접 하겠다!"

미처 말을 끝내기도 전에 도욱천은 빠른 걸음으로 밖으로 달려나갔다.

그의 손에는 여전히 봉서가 펄럭이고 있었다.

급전 기(其) 삼(三)!

본 궁의 배후를 치고 나갔던 자들이 추살대주 견철을 노리고 있음. 그들은 그 후 취우당이라는 의형제의 결사(結社)를 맺었음. 상계에 잠복해서 추살대를 칠 것으로 사료됨!

봉서에 적힌 내용이 그렇게 언뜻언뜻 보였다.

*　　　*　　　*

도욱천이 공손웅 앞에서 했던 호언장담은 기대 이상의 효과를 올리고 있었다. 추살대가 벌써 취우당의 꼬리를 잡았던 것이다. 물론 그 이름까지 알고 있는 건 아니지만 말이다.

그 일등 공신은 변상이었다. 그는 마치 뭔가에 홀린 사람처럼 추살대를 이끌고 예천에서 백여 리 떨어진 상계(桑溪)라는 이름도 알려지지 않은 작은 촌락으로 왔었다.

그리고 거기서 전날 북도맹의 배후를 찔렀던 놈들이 불과 한 시진 전에 하류 쪽으로 갔다는 얘기를 듣게 되었다.

"대단하오, 변 군사! 대체 어떻게 아셨소?"

평소 변상에게는 말을 잘 하지도 않는 견철까지도 약간 들떠서 이렇게 물었을 정도였다.

변상은 그저 웃기만 했다. 자신의 밑천은 결코 털어놓지 않겠다는 미소였다.

사실 변상으로서도 이건 의외의 소득이었다. 영영 사라져 버린 줄 알았었던 매보자에게서 은밀한 제보가 올 줄 어떻게 알았겠냔 말이다. 그것도 벌써 사흘 전의 일이었다.

물론 매보자는 조건을 달았었다. 자신의 생명을 보장해 줄 것과 은자 만 냥을 요구했었다.

충분히 있을 수 있다고 변상은 생각했다. 만약 이 조건이 없었다면 오히려 매보자를 의심했을지도 모른다.

이 사실을 극비에 부친 채, 변상은 매보자가 정한 장소에 은자 오천 냥을 갖다 뒀었다. 그의 조건을 수락하겠다는 의미였다.

다음날 확인해 보니 은자는 사라졌고, 이곳 상계에 바로 '그놈들'이 은신해 있다는 쪽지가 놓여져 있었다.

그때까지도 변상은 그 사실을 보고하지 않았다. 이건 어디까지나 자기 혼자서 찾아내고, 밀화궁 단독으로 잡거나 제거했다고 되어야 할 일이다. 그래야 지금 모여든 북도맹 산하 숱한 세력들 중에서 그 공이 단연 돋보일 테니까!

그래서 은근히 도욱천을 사주했었고, 제꺽 추살대를 이끌고 놈들을 추적, 제거하라는 명을 받아냈다.

그리고 실제로 이 상계에서 놈들의 흔적을 찾아냈다. 매보자의 말이 틀리지 않았음이 증명된 셈이었다.

그 바람에 변상은 한껏 고무되었다. 여기까지 오면서도 혹시라도 매보자가 거짓 정보를 줬으면 어떻게 하나? 하면서 졸였던 가슴이 한꺼번에 해소되고 말았다.

아마 그 때문이었으리라. 변상은 매보자가 준 이 정보의 출처가 어디일까? 하는 의심은 잠시 접어두기로 했다.

"영악한 놈들이군요. 본 맹의 주력이 나가 있는 채가파의 바로 턱밑에서 은신하고 있었다니……. 등하불명(燈下不明)이란 말이 여실히 맞아 떨어졌소이다!"

철갑마차 안에서 견철과 마주 앉아 변상은 한마디 덧붙였다.

이 역시 자화자찬에 다름 아니었다. 이처럼 교묘한 놈들의 꼬리를 잡은 자신이 대단하지 않느냐, 하는 얘기였다.

그 말에 견철은 대꾸하지 않았다. 지금 그는 조금 다른 생각을 하고 있었다.

'과연 상대할 수 있을까?

올해는 견철에게 있어 최악의 한 해라고 해도 과언은 아니었다. 겨울에 밀화궁에 잠입했던 세작을 놓친 것을 비롯해서, 몇 차례 시도했었던 일이 번번이 실패했었다.

물론 그 일로 해서 문책을 받은 건 아니었다. 다만 견철의 자존심이 자기 자신을 용납치 못하고 있을 뿐이었다.

그래서 이전의 실패를 한꺼번에 만회할 수 있는 이 일에 견철은 자신의 모든 것을 걸 작정이었다.

그런데…….

‘놈들은 너무 강했다!’

이게 지금 견철의 가슴을 누르고 있는 압박감의 이유였
다.

아무리 뜻하지 않게 배후를 찔렀다고는 하지만 천하의 북
도맹이다. 그처럼 쉽게 뚫고 나갈 수는 없는 일이었다.

게다가 마지막엔 소맹주인 공손웅이 직접 금도대와 은도
대를 거느리고 그들을 막았었다.

결과는 은도대의 비참한 희생만 남기고 놈들은 사라졌었
다.

자신이 쫓는 자들이 바로 ‘그런 놈’ 들임을 견철은 확실히
자각하고 있었다.

“대주, 이제 곧 놈들의 꼬리가 잡힐 것 같습니다!”

전영의 보고에 견철은 화들짝 생각에서 깨어났다. 그리고
는 반사적으로 명을 내렸다.

“철환포(鐵丸砲)를 준비하라! 놈들이 사정거리 안에 들어오
면 그대로 발사하도록! 경고 따위는 필요없다. 실제 포탄의
사용도 허락하겠다!”

그 명에 전영은 고개를 갸웃거렸다. 추살대가 생긴 이후로
이런 명은 처음이었다.

하지만 이미 한 번 내린 명을 거둘 견철은 아닐 터, 전영은
곧바로 마부에게 그 명을 전달했다.

마부 중 한 명이 마차 지붕으로 올라갔다. 그리고 뭔가를 조작하자 철환포의 그 거무튀튀한 형체가 아래에서부터 서서히 솟아올랐다.

"알겠느냐? 놈들의 모습이 보이거든 무조건 쏴대는 거다! 빗나가는 일이 있어선 안 된다!"

명을 내려놓고도 전영은 회의적이었다. 달리는 마차에서 쏘는 대포는 열에 하나만 맞아도 다행인 것이다.

"아, 놈들의 마차가 보입니다!"

"사정거리에 들어왔나?"

이미 명은 내려진 상태다. 놈들이 사정거리에 들어왔다면 발포하면 그만이다.

그 명은 포수(砲手)에게도 단단히 인식되었나 보다. 별다른 말도 없었는데 벌써 초탄(初彈)을 발사했다.

콰아앙!

발사와 동시에 철갑마차가 크게 흔들렸다. 실제 포탄을 발사한 것이었다.

굉음은 발사될 때만 터진 게 아니었다. 앞서 가는 그놈들의 마차 바로 두어 발짝 뒤에서 터지면서도 울려 퍼졌다.

첫 번째 포탄이 꽁무니에서 터졌을 때, 마차 안에 들어가 있던 암류혼은 내심 쾌재를 불렀다. 말로 표현하자면 '걸렸다' 였다.

쿠웅!

또 한 발의 포탄이 왼쪽 언덕의 비탈에 떨어지며 파편들을
마구 튀겼다.

'조금만 더!'

암류흔은 전속으로 마차를 몰았다. 조금만 더 가면 눈여겨
봐 뒀던 지형이 나온다. 거기 도착하기 전에 포탄의 밥이 된
다면 웃기지도 않는 일이다.

와두두두둑―!

마차가 속도를 더했고, 목표로 했던 지형이 쏘아지듯 가까
워졌다. 왼쪽으로 크게 도는 굽잇길이었다.

꽈앙!

이번엔 포탄이 전방에서 터졌다. 말들이 놀라 설쳤고 그 바
람에 마차는 전복될 듯 크게 휘청거렸다.

그러나 마차는 이내 안정을 되찾았고, 마침내 굽잇길을 돌
았다.

동시에 암류흔은 가죽 끈을 잡아당겼다. 기름을 쏟아 붓는
장치였다.

이후 암류흔은 마차를 멈추며 휘파람을 크게 불었다.

삐이이잇―!

마치 호응하는 것처럼 사방에서 휘파람 소리가 들려왔
다.

소리는 그것만이 아니었다.

와두두두둑—!

추살대의 기마무사들이 달려오는 말발굽 소리도 굽잇길 저편을 울리고 있었다.

'아쉽군. 원래는 철갑마차를 잡으려고 한 건데…….'

아무래도 마차보다는 단기(單騎)로 달리는 무사들이 빠르다. 이 기름불의 제물은 아쉽게도 그들이 될 것 같았다.

사실 암류흔은 추살대 전체를 괴멸시킬 생각은 전혀 없었다. 그 우두머리인 견철을 잡으려니 어쩔 수 없이 그들 모두를 전멸시켜야 될 것 같았다.

굽잇길을 돌아오는 기마무사의 선두가 보였다. 그리고 그들이 기름을 뿌린 길의 가운데까지 왔을 때, 암류흔은 부싯돌을 튕겼다.

화아악!

기름의 화력은 엄청났다. 부싯돌의 그 부실한 불똥 몇 개에도 마치 초열지옥(焦熱地獄)과도 같이 맹렬하게 타올랐다.

말과 사람의 비명이 뒤섞여 주변은 한동안 아수라장이었다.

'지독하군!'

암류흔의 이 생각은 두 가지 의미에서 정확하다고 할 만했다.

그 첫째는 물론 자신이 흘렸던 기름의 화력이었다. 땅에 흘렸음에도 불구하고, 그 불길은 삽시간에 말과 사람에게 옮겨 붙어 그들을 태워 버렸다.

또 하나는 견철의 반응이었다. 수하들이 눈앞에서 타 죽고 있는데도 그는 마차를 세운 채 꿈쩍도 하지 않았다. 어지간히 냉정한 자가 아니면 흉내도 낼 수 없는 일이었다.

어떤 점에선 그것도 괜찮다고 암류흔은 생각했다. 견철의 잔인한 모습을 보면 볼수록 그에 대한 살심이 더욱 확고하게 자리를 잡으니까 말이다.

어자석에 앉아 불길 너머로 철갑마차를 쏘아보며 암류흔은 품속을 더듬었다. 자신의 눈물이 묻어 있는 천 조각을 찾는 것이었다.

그게 손에 잡혔을 때,

'머지않았다, 희향!'

어떤 일이 있어도 오늘 견철을 사로잡을 결심인 암류흔이었다. 만에 하나 여기서 놓친다면 북도맹까지 쳐들어가는 일이 있더라도 끝장을 볼 작정이었다.

바로 그게 금희향의 시신을 두고 맹세했던 바를 이루는 것이고, 취우당의 결성을 천하에 선포하는 방법이었다.

불길이 잦아들기 시작했다. 타오를 때 맹렬했듯이, 꺼질 때도 '순식간에' 란 말이 적당하다 싶을 정도로 황급히 사그라졌다.

끼이익—!

견철이 타고 있던 철갑마차의 문짝이 길게 끌리는 소리를 냈다.

그리고 그 소리가 끝났을 땐, 암류흔이 바위 몸뚱이라고 별명을 붙였던 자가 천천히 마차에서 내리고 있었다.

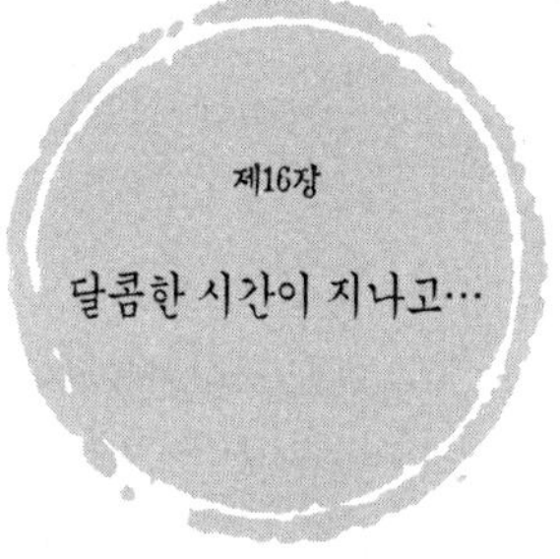
제16장
달콤한 시간이 지나고…

"**허**어, 저놈은 막내의 몫이로군!"

바위 몸뚱이가 모습을 보이자마자 어디선가 열반노의 목소리가 들렸다.

암류흔은 그쪽으론 시선도 돌리지 않았다. 오직 한곳, 견철이 타고 있는 철갑마차만을 뚫어질 듯 바라볼 뿐이었다.

그래도 열반노가 한 말의 효과는 즉각 나타났다. 어디선가 망사웅이 나타나 그대로 바위 몸뚱이에게 부딪쳐 갔던 것이나.

"어딜? 물러서랏!"

바위 몸뚱이 곁에 있던 전영이 재빨리 한 자루 철검(鐵劍)

을 뽑아 들며 덮쳐 오는 망사웅을 향해 휘둘렀다.

"실례, 자네 상대는 날세!"

전영이 휘두른 검을 향해 구절편을 날리며 열반노 역시 그쪽으로 몸을 날렸다.

"막아랏!"

"죽여도 상관없다! 죽여랏!"

동료들의 절반이 불바다 속에서 죽어갔음에도 추살대의 기세는 아직 꺾이지 않았다. 아마도 상대가 셋뿐이라 여긴 탓이었다.

하지만 그들 중 일부는 바로 그게 이 세상에서 자신들이 지를 수 있는 마지막 고함이 되고 말았다.

아니, 한 가지 더 있었다. 바로 비명이었다.

"아악!"

"윽, 이게 뭐냐?"

그들이 깨달았을 때는 허공중에 솟구쳐 선연한 피보라를 뿌리고 있는 자신들의 사지 중 하나를 보며 땅으로 거꾸러지고 있었다.

의문표였다. 그는 곧바로 추살대 한가운데에 뛰어들어 예의 그 살 떨리는 춤사위로 놈들을 마구 휘저었다.

이쯤 되면 그냥 지켜만 보고 있을 활귀가 아니었다.

"열 형은 물러나시오. 그놈은 소제가 상대하겠소!"

말이 끝났을 땐 이미 활귀는 쌍도를 휘두르며 열반노와 전영 사이로 날아들고 있었다.

활귀에게 있어 다른 추살대원들은 시시한 존재였다. 눈에 보이는 자들 중 가장 강하다고 판단한 전영에게 달려든 것도 그 때문이었다.

"어? 아우가 맡겠나? 그럼 우형(愚兄)은 이만!"

마치 두 사람이 미리 약속이라도 한 것처럼 손발이 척척 맞는 교대였다.

'역시 예사 놈들이 아니다!'

북도맹의 후미를 치고 빠져나갔을 때부터 이들의 실력을 알고 있었던 전영이었다. 막상 부딪쳐 본 열반노의 구절편은 확실히 만만치 않았다.

그런데 다시 그와 교대해서 달려온 애꾸눈의 쌍도는 또 다른 느낌이었다. 한마디로 칼이 아니라 살기 덩어리였다.

힐끗, 전영의 시선이 마차로 향했다. 어쩌면 이대로 견철의 얼굴을 다시 보지 못하고 죽어버릴 수도 있을 것 같았다.

'이 무슨 약한 마음을!'

퍼뜩 정신을 차리며 전영은 자신의 약한 마음을 꾸짖었다. 그리고는 재빨리 말에서 내렸다.

그저 짓밟고 지나가는 무리 대 무리의 싸움이라면 말이 필요하지만, 이건 일 대 일의 대결이다. 아무래도 말 위에서는 행동의 제약이 컸다.

"준비됐냐고 묻는다면 실례겠지?"

말과 칼을 동시에 날리며 활귀는 앞으로 두어 걸음 전진했
다. 그사이 그의 칼은 벌써 여섯 번, 좌우 합쳐 열두 번이나
허공을 긋고 전영의 전신을 난자해 들어갔다.

"파(破)!"

묘한 기합성과 함께 전영은 그 칼 그림자 한가운데로 장검
을 찔러 넣었다.

현란하게 휘두른―실은 눈에 잘 보이지도 않았지만―활귀의
도법에 비해, 방금 보인 전영의 한 수는 단순하기 그지없었
다.

그러나 그 두 개의 기세가 격돌했을 때, 한 발 주춤 물러선
건 활귀였다. 병장기 부딪치는 소리도 들리지 않았는데 말이
다.

그렇다고 전영의 사정이 좋은 건 결코 아니었다. 검을 쥐고
찔러 넣은 팔은 물론이고, 가슴의 옷자락까지 갈가리 찢겨 있
었다. 조금이라도 늦었거나, 활귀의 칼이 조금만 더 길었다면
치명상을 면치 못했을 터였다.

두 사람은 잠시 서로를 노려보며 틈을 노렸다.

활귀로서도 이건 뜻밖의 상황이었다. 고수라는 건 한눈에
알아봤지만 단 일검에 자신의 공격을 파훼할 정도일 줄은 몰
랐었다.

하지만 그럴수록 투지가 더욱 끓어오르는 활귀였다. 하나
남은 눈에 새파란 독기를 뿜으며 한 걸음 천천히 내밀었다.

주르륵!

진득한 땀 한 방울이 활귀의 귀밑머리를 타고 턱까지 단숨에 흘러내렸다.

말이 쉬워 한 발짝이지, 지금 활귀는 거대한 벽을 밀고 나가는 듯한 느낌이었다.

게다가 정면을 향해 내밀어진 전영의 검끝이 미간을 정확하게 노리고 있어, 마치 바늘로 꿰뚫는 듯한 예기가 전해지고 있었다.

별안간 활귀는 왼손에 들고 있던 칼을 칼집에 집어넣었다. 그리고는 양손으로 한 자루 칼을 단단히 쥐고 전영과 똑같이 정면을 겨누는 자세가 되었다.

출렁!

실제로 전영이 움직인 건 아니었다.

그러나 활귀가 칼 한 자루를 거두는 순간, 그의 기세는 크게 흔들리며 약간의 틈을 보였다.

그걸 놓칠 활귀가 아니었다.

"끼야야아아아압!"

별호 그대로 귀신의 울부짖음과도 같은 기합성을 토하며 활귀는 그대로 전영을 향해 뛰어들었다.

씨오옷—!

그 뒤를 이어 칼 그림자가 길고 짧은 상반된 궤적을 남기며 전영을 덮어씌웠다.

전영은 황급히 뒤로 서너 발짝 물러섰다. 잠깐 동안 흐트린 기세의 간격은 스스로도 알고 있었지만, 그렇다고 해도 활귀의 공격은 너무 저돌적이었다.

'이대로 검을 찔러 넣기만 해도……'

활귀의 가슴을 그대로 꿰뚫을 수 있을 것 같았다.

하지만 그래서는 자신도 무사할 수 없다. 저 날카로운 왜도의 날 아래 자신의 신체도 절반 정도 쪼개질 게 분명했다. 일단 뒤로 물러선 것도 그러한 계산을 순간적으로 해낸 뒤의 일이었다.

스왁!

섬뜩한 활귀의 칼날이 얼굴을 스칠 듯 비껴나가고, 전영은 튕기듯 한 발 내디디며 검을 힘껏 찔러 넣었다.

따앙!

최초로 두 개의 병기가 부딪쳤다. 불꽃이 찰나적으로 명멸해 갔고, 그사이에도 활귀의 칼은 허공을 서너 번 더 그었다.

'협!'

다급하게 호흡을 끊어 삼키는 전영의 검도 바빠졌다. 일검으로 어쩌구 하는 따위의 멋이나 부리고 있을 때가 아니었다.

쉬쉬싯, 퓨퓻!

삽시간에 두 사람의 주변엔 삼엄한 병기의 막이 형성되었다. 칼로 긋고 난 간격을 헤집으며 검끝이 찔러 들어오고, 다시 그 첨단을 도려내며 칼 그림자가 너울거렸다.

"크아악!"

"으아악!"

멋모르고 취우당 형제들에게 밀려 그 막에 걸린 추살대원들은 여지없이 갈가리 찢겨 나갔다.

"활귀가 이기겠군!"

언제 나타났는지 단연이 암류흔의 옆 어자석에 올라앉으며 나직이 중얼거렸다.

"그래도 활 형의 싸움은 너무 무식하오."

"배운 게 저러니 어쩌겠나."

그 말에 암류흔은 새삼스런 눈길로 단연의 옆얼굴을 쳐다보았다.

"단 형이 보완해 주실 수 있겠소? 싸울 때마다 저런 식이면 몸이 배겨나지 못할 거 아니오?"

"보완해 줄 수야 있지! 하지만 그랬다간 활귀는 제 실력의 반도 내지 못할 걸세!"

"그건 또 무슨 말씀이오?"

"활귀의 초식을 잘 보게! 아니, 초식이랄 것도 없구먼. 무조건 일직선일세. 그저 빠르다는 것 하나만 믿고 변화가 전혀 없지! 저건 성격일세. 저걸 보완한답시고 변화를 가르친다면 오히려 활귀가 적응하지 못할 걸세!"

단연의 설명을 들은 암류흔은 다시 활귀에게로 시선을 돌렸다.

확실히 단연의 말대로였다. 활귀는 그저 직선으로 칼을 휘둘러 베고 있을 뿐이었다.

그럼에도 불구하고 전영이 연신 밀리고 있는 건 그 휘두르는 칼이 제대로 보이지 않는다는 점이었다. 그만큼 활귀의 칼놀림은 빨랐다.

"너무 걱정하지 말게. 저 싸움은 활귀가 이겼네!"

그 말은 언뜻 이해가 되지 않는 암류혼이었다. 둘 다 사력을 다하고 있고 승부는 박빙(薄氷)인 걸로 보였다.

"활귀의 자랑은 발도술일세!"

암류혼의 마음을 짐작했다는 듯 단연이 한마디 툭 던졌다.

"아!"

그제야 암류혼은 지금 활귀의 오른쪽 옆구리, 즉 왼손으로 뽑을 수 있는 칼이 한 자루 남아 있다는 걸 깨달았다.

하지만 이내 암류혼은 가볍게 고개를 저었다. 저 상태에선 설사 노는 칼이 하나 있어도 뽑을 여유가 없을 것 같았다.

게다가 지금은 활귀가 오히려 밀리고 있었다. 처음의 기세에 눌렸던 전영이 차츰 초식의 정교함을 앞세워 날카로운 반격을 거듭했다.

땀으로 축축하게 젖은 손바닥으로 암류혼은 이마를 쓸었다. 거기도 흥건하게 땀이 맺혀 있었다.

바로 그 순간, 전영의 검이 활귀의 오른쪽 어깨 위를 할퀴고 지나갔다.

'웃!'

자신도 모르게 암류흔은 호흡을 끊어 물었다. 단 한 치만 왼쪽으로 갔더라도, 활귀의 목은 여지없이 꿰뚫렸을 것이기 때문이었다.

전영도 그 점을 충분히 의식한 듯했다. 미끄러진 검을 그대로 왼쪽으로 휘둘렀다.

"아!"

하는 탄성이 저절로 암류흔의 입에서 토해졌다. 활귀의 목숨이 위태롭기 때문만은 결코 아니었다.

바로 그때 암류흔은 보았다. 활귀의 오른쪽 옆구리에서 유성보다 더 빠르게 명멸해 간 빛줄기의 흔적을…….

그 다음은 선명한 피보라였다. 먼저 전영의 목, 이어 가슴에서 솟구쳐 올랐고, 결국에 그의 전신은 몇 토막으로 갈라져 쪼갠 나무처럼 무너져 버렸다.

"끝났군!"

이라는 말이 자신도 모르게 암류흔의 입에서 새어 나왔다.

"저쪽도 이제 막바지군. 막내도 대단하지만, 저자 역시 아깝다는 생각이 들 정도군!"

옆에 앉은 단연의 말에 암류흔의 시선은 망사웅이 싸우고 있는 쪽으로 돌려졌다.

꽈아악!

동시에 암류흔은 두 주먹을 불끈 움켜쥐었다. 아랫배엔 그보다 더 강한 힘이 들어갔다. 그만큼 망사웅과 바위 몸뚱이의 싸움은 힘에 넘친 것이었다.

아니, 그걸 싸움으로 표현하기엔 조금 애매했다. 둘이 서로 뒤엉킨 채 상대가 한차례 힘을 가할 때마다 한쪽이 주춤 밀리는, 마치 머리를 맞댄 두 마리 황소를 연상시키는 형국이었다.

그 모습에 열중해 있던 암류흔은 문득 의아한 생각이 들었다. 자신이 보기에 두 사람은 그야말로 박빙의 승부를 벌이는 중이었다.

그런데 단연은 바위 몸뚱이가 아깝다고 했다. 즉, 망사웅이 월등하게 이기고 있다는 얘기였다.

'대체 뭘 보고?'

게다가 망사웅은 병장기에 의해 상처를 입기도 하지만, 바위 몸뚱이는 말 그대로 바위처럼 단단한 육신을 지녔다. 뭘 보고 망사웅이 이겼다고 하는지 궁금하지 않을 수 없었다.

지금의 형세만 봐도 그렇다. 벌써 망사웅이 세 발짝이나 밀리고 있지 않은가 말이다.

그 의문을 풀기 위해 단연을 향해 고개를 돌리기 직전,

"크허어엉!"

기묘한 기합성과 바위 몸뚱이가 망사웅을 세차게 밀어붙였다.

벌떡!

자신도 모르게 암류흔은 어자석에서 몸을 일으켰다. 저런 식의 힘 싸움에서 한 번 밀리면 어떻게 된다는 걸 잘 아는 탓이었다.

"염려 말게."

안심시키는 단연의 말이 들렸을 때, 밀리던 망사웅의 허리가 묘하게 왼쪽으로 틀어졌다.

그와 함께 그때까지 기세 좋게 밀어붙이던 바위 몸뚱이의 발이 땅에서 떨어졌다. 망사웅에 의해 말 그대로 바위처럼 들린 것이었다.

"크허엉!"

바위 몸뚱이 입에서 기묘한 울림이 터졌다. 분명 비명 소리였다.

그걸 증명이라도 하듯, 바위 몸뚱이의 허리에서 뼈가 으스러졌다.

뿌드드드……!

물론 바위 몸뚱이도 그냥 있지는 않았다. 자유로운 두 손을 이용해 연신 망사웅의 머리와 어깨를 두들겼다.

"크허허헝!"

"크하아아아!"

돌연 두 사람의 입에서 상상하기도 힘든 기성(奇聲)이 동시에 터져 나왔다. 바위 몸뚱이의 팔꿈치가 망사웅의 정수리를 내리찍으려는 즈음이었다.

불끈!

망사웅의 그 굵은 두 팔뚝에 지렁이, 아니, 뱀보다 굵은 힘줄이 불끈 돋아 올랐다.

뚜뚝!

바위 몸뚱이의 허리가 완전히 뒤로 꺾인 건 그 바로 직후였고, 놈의 팔꿈치가 망사웅의 정수리에 꽂히기 직전이었다.

그게 무슨 신호였을까? 그처럼 요란하게 들려오던 비명도 자른 듯 그쳐 버렸다. 추살대원들이 모두 죽어버린 것이었다.

바로 그 순간 암류흔은 고개를 갸우뚱거렸다. 지난번 바위 몸뚱이가 자신의 암기독침에 당했을 땐 견철이 곧바로 철갑마차에서 뛰어내렸었다.

그런데 오늘은 너무 조용하다. 불길하다 싶을 정도였다.

"견철이란 자도 예사롭지 않군!"

암류흔과 함께 그 광경을 모두 지켜본 단연이 느릿하게 한마디 했다. 수하들이 모두 죽어가고 있음에도 코빼기도 보이지 않는 견철에 대한 비난이었다.

그 순간 암류흔은 퍼뜩 한 가지 사실을 깨달았다.

'취우당, 아니, 우린 한 몸이다!'

자신이 견철과 같은 상황을 당한다면, 지금과는 분명 달리 행동해야 한다. 가장 앞장서 싸우지는 않더라도, 형제들과 생사고락만은 같이해야 한다.

"자, 자네가 의지하던 놈들은 모두 뒈졌네. 이제 슬슬 그 잘난 낯짝을 보여주는 게 어때?"

열반노였다. 철갑마차 문짝 바로 옆에서 안에 있는 자들에게 이죽거렸다.

그 와중에도 열반노는 엇비슷한 자세를 취하고 있었다. 언제 안에서 튀어나올지도 모르는 상황, 그에 대한 대비를 잊지 않는 걸 보면 확실히 그는 싸움의 달인이었다.

그러나 열반노의 그러한 대비는 전혀 불필요한 것이었다.

끼이익―!

철갑마차의 문은 아주 천천히 열렸던 것이다.

그게 의외였던지 열반노는 주변 동료들을 돌아보며 어이없다는 표정을 지었다.

그럼에도 불구하고 열반노는 구절편을 움켜쥐며 뒤로 서너 걸음 물러섰다.

이윽고 마차 안에서 한 사람이 밖으로 걸어나왔다.

"아!"

"뭐, 뭐야?"

견철의 모습을 본 취우당 형제들의 반응이었다. 그의 외모에 놀랐다는 말이다.

그나마 나은 건 열반노였다.

"히야아―! 자네 정말 남자가 맞나? 이 나이 먹도록 살면서 자네보다 더 예쁜 남자, 아니, 여자도 보지 못했네! 이거 오늘

내 눈이 호강을 큭!"

장황설을 늘어놓던 열반노가 돌연 말을 끊어 삼키며 뒤로 튕겨 나갔다. 견철이 가볍게 손을 놀린 결과였다.

"확실히 고수로군! 암경을 권풍(拳風)으로 자유로이 바꿔 쓸 수 있을 정도로……"

나직이 내뱉으며 단연이 천천히 몸을 일으켰다.

"놈은 내 몫이오!"

암류흔이 단연보다 더 빨리 마차에서 뛰어내리며 내뱉었다. 새파란 독기가 서린 음색이었다.

하지만 두 사람보다 더 빠른 사람이 있었다. 활귀였다.

"끼야야옵!"

정말 저러다 찢어지지 않을까 싶을 정도로 괴상한 기합을 토하며 활귀는 몸통으로 곧장 견철에게 부딪쳐 갔다.

"안 돼, 위험해!"

"활 형!"

놀란 취우당 형제들이 소릴 질렀을 땐, 벌써 활귀의 쌍도는 그 멋진 발도술을 펼친 후 다시 칼집으로 들어가고 있었다.

"뭣들 하는가? 얼른 활 동생을 부축하게!"

단연답지 않은 노호성이 터졌을 때 그의 신형은 벌써 견철 앞에 자리 잡고 있었다.

사람들은 단연의 말을 이해하지 못해 서로의 얼굴만 멀뚱히 쳐다보았다. 아직 누가 이겼는지 모르는 상황이 아닌가 말이다.

"증두, 활 형을!"

한마디 던진 암류혼 역시 견철을 향해 전력으로 달렸다. 뒷말은 필요없었다. 증두라면 무슨 뜻인지 충분히 알아차릴 터였다.

과연 증두는 암류혼의 생각대로 반응했다. 재빨리 활귀가 서 있는 곳으로 의문표를 데리고 움직였다.

"물러서게!"

암류혼이 접근하는 걸 알아챈 단연이 무거운 어조로 제지했다.

그러나 암류혼은 물러서지 않았다. 물러설 수가 없었다.

"내 몫이라고 했소!"

말은 단연을 향한 것이었지만, 암류혼의 몸은 그를 지나쳐 견철과 마주하고 섰다.

"그렇군!"

암류혼을 본 견철이 뱉은 첫마디였다.

"본 궁을 뒤집어엎은 게 바로 네놈이었군!"

그 말에 암류혼의 볼살이 흠칫 굳어졌다. 증두도 한눈에 알아보지 못했던 자신을 견철은 단번에 인식했으니 말이다.

하지만 지금 상황에선 그건 중요하지 않았다.

"단순히 내 뒤를 쫓아 나만 잡았다면 이런 식으로 만나지 않았겠지! 네가 해서는 안 될 짓을 하지 않아도 좋았을 테고……."

"해서는 안 될 짓? 이 철갑마차를 탄 이후로 내가 해서는 안 될 짓이란 없었다!"

고운 얼굴에서 내뿜는 진득한 살기는 실제 이상으로 강렬하게 느껴졌다.

"이자는 총수의 상대가 아닐세. 아무래도 이 우형이……."

"총수로서의 명이오! 누구도 이 싸움에 끼어들지 마시오! 어떤 일이 있더라도!"

단호하게 내뱉으며 암류흔은 견철을 향해 한 발짝 다가섰다.

"저 자식, 대체 뭘 믿고!"

입가로 피를 흘리는 활귀를 부축하고 있던 증두가 한 소리 크게 외쳤다. 암류흔을 말리고 싶다는 의지의 표현이었다.

"총수의 명일세! 다들 물리시게!"

단연이 취우당 형제들을 억눌렀다. 어떤 경우든 총수의 한마디는 그대로 통해야만 하는 것이다.

다들 불만과 불안에 찬 표정들이었다. 그러나 어쩔 수 없이 그들은 뒤로 물러서 암류흔과 견철이 싸울 수 있는 공간을 확보해 주었다.

"쉽게 죽을 수 있다는 희망 따윈 버려라!"

으스스하게 한마디 내뱉으며 암류흔은 또 한 발짝 견철에게 다가섰다.

2

싸움이란 게 그렇다!

천하제일고수와 최하수가 싸워도 고수가 반드시 이긴다는 보장은 없다. 그저 이기기 위해 각자가 가진 모든 기량과 투지를 불태울 뿐이다.

불행히도 암류흔은 이 이치를 몰랐다. 무사라기보다는 세작이기 때문이다.

하지만 견철은 아주 잘 알고 있었다. 산중의 맹호(猛虎)가 사냥을 해도 서너 번 시도해야 겨우 한 번 성공한다는 사실을 말이다.

그래서 견철은 처음부터 최선을 다하기로 했다. 삶과 죽음을 나누는 싸움에서 멋 따위는 필요없는 것이다.

게다가 적은 암류흔 하나가 아니다. 단번에 끝내고, 다른 자들을 상대할 힘을 비축해 둬야 한다.

그런 의미에서 보자면 무턱대고 다가오고 있는 암류흔은 그야말로 죽을 자리를 찾는 것처럼 보였다.

'한주먹이다!'

조금 전의 늙은이는 거리가 너무 멀었기에 일권(一拳)에 죽일 수 없었다.

칼을 휘두르며 덤비던 놈 역시 치명상을 입힐 정도는 아니었다. 그놈의 칼 탓이었다.

그러나 암류흔은 다르다. 부하(?)들까지 개입하지 말라고 했으니, 적의 숫자를 하나 줄일 수 있는 절호의 기회라고 견철은 생각했다.

견철이 머리로 모든 걸 계산하고 있는 것에 비해, 암류흔은 분노뿐이었다. 그것도 아주 순도(純度) 높은 것이었다.

살기는 없었다. 이 자리에서 견철을 죽이는 건 의미가 없다. 단순히 그것만 원했다면 단연에게 맡겼을 터였다.

견철을 사로잡아야만 한다. 그래서 금희향이 당했던 것과 똑같이 해줘야 한다. 그게 진정한 복수다.

문득 암류흔은 걸음을 멈췄다. 그리고는 품속에 손을 넣었다.

그 바람에 놀란 건 견철이었다. 사정거리에 들기만을 기다리고 있던 상태라 암류흔이 멈춘 것만으로도 실망이었는데, 갑자기 품에 손을 넣으니 자기도 모르게 뒤로 세 걸음 물러섰다. 물론 지난번에 봤었던 암기통을 떠올린 탓이었다.

하지만 암류흔이 꺼낸 건 작은 천 조각이었다. 자신의 눈물, 아니, 복수의 집념이 아직도 미세한 소금기로 남아 있는…….

피식!

자신도 모르게 뒤로 물러섰 듯, 이번에도 생각지 않았던 웃음이 견철의 입가에 떠올랐다. 저따위 천 쪼가리에 지레 겁을 먹었던 자신이 우스웠다.

"웃나? 그때도 웃었겠지! 이제부터 웃은 그 입에서 제발 죽여달라는 말이 나오게 만들어주겠다!"

가뜩이나 분노로 부글거리던 암류흔의 가슴이었다. 견철의 웃음은 거기에 기름을 부은 꼴이었다.

사실 지금 암류흔은 자신이 무슨 말을 하고 있는지도 의식치 못했다. 당연히 견철이 자신보다 훨씬 고수라는 사실도 망각한 상태였다.

쓰윽!

품속에서 꺼낸 천 조각을 손가락에 감은 뒤 암류흔은 멈췄던 걸음을 다시 한 발짝 내디뎠다.

뒤로 물러서는 바람에 거리가 더 벌어져 있던 견철로선 바라던 바였다. 눈을 빛내며 움켜쥔 주먹에 힘을 가했다.

그러다 견철은 문득 의아한 생각이 들었다.

'계집 하나 때문에 저렇게 저돌적이 될 수 있을까? 목숨까지 내던지고?'

암류흔을 미행하다가 의혈사 낙양지부를 찾았었고, 거기서 죽인 사람은 여자 하나뿐이었다. 그렇다면 오늘 이 일은 의혈사의 복수라고 보는 게 마땅했다.

생각이 거기에 미치자 견철은 불현듯 화가 치밀었다.

'고작 계집 하나 때문에 추살대가 몰살을 당했다는 건가?'

따지자면 그렇게 된다. 의혈사의 그 여자를 죽이기 전까지는 암류혼은 어디까지나 추살대가 몰아서 잡아야 할 먹잇감이었다.

그런데 그 일을 기점으로 입장이 뒤바뀌어 오늘의 사태에 이르렀다. 고작 계집 하나 때문에……!

"추살대의 무게가 그렇게 가볍게 느껴졌단 말이지? 응? 계집 하나의 목숨과 맞바꿔도 좋다고 생각할 정도로? 화가 나는 건 네놈만이 아니다! 나 역시 네놈들의 창자를 씹어 부하들의 넋을 위로……!"

견철은 말을 맺지 못했다. 돌연 암류혼이 무서운 속도로 쇄도해 들어왔기 때문이다.

"저 미친놈!"

중두의 입에서 터져 나온 말은 기실 견철이 하고픈 말이었다. 그 속마음이야 서로가 극명하게 상반되었지만 말이다.

'그래, 한 방이다!'

어금니를 깨물며 견철은 일자로 서 있던 자세에서 정자(丁字)로 바꾸었다. 오른쪽 어깨를 약간 뒤로 돌린 채 비스듬히 섰다.

이건 강호에 발을 디딘 자라면 누구나 알고 있는 궁보세(弓步勢)다. 뒤로 돌린 주먹을 내지르기 위한 자세란 의미다.

그러나 암류흔의 눈엔 그것조차 보이지 않았다. 오직 견철의 웃던 입매와 '고작 계집 하나' 라고 했던 말만이 귀에 쟁쟁거릴 뿐이었다.

물론 중두의 음성 같은 건 더더욱 안 들렸다.

두 사람 사이의 거리가 급격하게 가까워졌다 싶은 순간,

"타하압!"

암류흔의 입에서 엄청난 크기의 기합성이 터졌다.

슈왁!

뒤로 돌려졌던 견철의 주먹이 내밀어진 것도 거의 동시였다.

그 순간 두 눈을 질끈 감지 않은 취우당 형제는 단연이 유일했다. 그의 표정은 의외로 물처럼 담담했다. 하긴 늘 그런 표정이었지만 말이다.

그사이에도 암류흔과 견철 사이의 거리는 빠르게 지워졌다.

묘한 것은 견철의 주먹이었다. 마치 뭔가가 뒤에서 당기고 있는 것처럼 아주 느리게 내지르고 있는 중이었다.

변화는 암류흔에게서 일어났다. 우렁찬 기합과 함께 허공으로 도약할 것 같은 동작을 취하고선, 정작 자신은 바닥에 등을 대고 미끄러졌다.

지이익—!

먼지를 일으키며 암류흔은 견철이 내민 주먹 바로 아래로

미끄러져 들어갔다.

반짝!

한순간 암류흔의 손에서 햇살을 반사하는 금속성의 빛이 찰나적으로 명멸했다.

실로 눈 한 번 깜박이기도 전에 일어난 일이었다.

그러나 그 짧은 순간의 변화가 견철에게는 불행의 시작이었다. 어느새 자신의 뒤로 미끄러져 간 암류흔을 찾아 몸을 돌렸을 때,

휘청!

견철의 신형이 그의 의지와는 상관없이 무너질 듯 크게 흔들렸다. 깨닫고 보니 그의 허벅지에선 굵은 피가 뭉클뭉클 솟구치고 있었다.

암류흔은 재빨리 몸을 일으켰다. 손에 든 비수의 촉감으로 분명히 견철을 베었다는 확신을 가졌다.

그리고 그건 곧바로 확인되었다. 허벅지에서 굵은 핏덩어리를 토하고 있는 견철을 볼 수 있었으니 말이다.

암류흔은 수중의 비수를 잠깐 내려다보았다. 금희향의 서랍에서 가져온 것들 중 하나였다.

솔직히 방금 시도했던 자신의 의도가 성공하리라곤 전혀 생각지 못했었다. 그저 견철의 일격을 피하고 반격을 가할 수만 있었어도 족했을 터였다.

그런데 보기 좋게 성공해서 그에게 부상을 입혔다. 마치 금

희향의 영혼이 비수에 깃들어 도와주고 있는 것 같았다.

다시 암류흔의 시선이 견철에게 돌려졌다. 곧이어,

쿠웅─!

암류흔은 가슴으로 철벽을 박았다는 느낌이 들었다.

그리고 그 느낌은 고스란히 현실이 되어 자신의 몸이 뒤로 튕겨 나가고 있는 걸 깨달았다.

고통은 바닥에 거칠게 처박힌 뒤에야 찾아들었다.

"쿨럭, 쿨럭!"

예기치 못했던 기침, 바로 이게 고통의 시작이었다. 입으로는 피를 토했고, 늑골(肋骨)로 보호되고 있는 내장들이 피와 함께 밖으로 튀어나갈 것만 같은 엄청난 통증이 암류흔의 미간을 왈칵 일그러지게 만들었다.

"막앗! 저러다 암 총수가 죽어!"

"차압!"

매보자의 다급한 목소리에 이어, 의문표의 기합성이 암류흔의 귀에 쟁쟁거리며 매달려 왔다.

"모두… 물러섯!"

입으로 연신 피를 토하면서도 사람은 말을 할 수 있나 보다. 암류흔의 고함은 주변에 쩌렁하게 울렸다.

아마 그게 새로운 힘을 그에게 불어넣었으리라. 손가락 하나 까닥할 수 없을 것 같은 고통 속에서도 그는 몸을 일으키기 위해 움직이기 시작했다.

하지만 그건 그저 바람에 불과했다. 겨우 절반쯤 몸을 일으
켰다 싶었는데,

퍼억!

이번엔 옆구리에 쇠망치가 떨어진 것 같은 충격과 더불어
다시 바닥을 쓸며 일 장 정도 밀려 나갔다. 뿌얀 먼지가 피어
올라 순간적으로 암류흔의 모습을 감췄다.

그렇다고 암류흔이 그 먼지 속에서 무슨 조화를 부릴 수 있
는 것은 아니었다.

"끄으응……."

어금니를 악다물었건만 어쩔 수 없는 신음이 입술 사이로
비집고 나왔다.

꽈악!

암류흔은 두 손에 힘을 가했다. 자칫 천 조각과 비수가 손
에서 빠져 버릴 것 같아서였다.

'이건 아무것도 아니다!'

세작의 훈련 과정엔 고통을 견디는 항목도 있었다. 혹시라
도 적에게 사로잡혀 고문을 당할 때를 대비하기 위함이었다.

거기에 비하면 이 정도 통증은 아무것도 아니었다. 문제는
몸에 힘이 하나도 남지 않았다는 것…….

척, 지익, 척, 지익!

그사이에도 견철은 꾸준히 다가왔다. 다친 쪽의 다리는 어
쩔 수 없이 바닥에 끌리고 있었다.

"킥킥킥킥… 컥, 쿨럭!"

견철의 발자국 소릴 들은 암류흔은 웃음이 치밀어 올라 견딜 수가 없었다. 고통은 놈에게도 찾아가 자리를 잡은 것이다. 그 곱상한 얼굴이 잔뜩 일그러져 있을 걸 생각하니 그렇게 고소할 수가 없었다.

하지만 머리로는 결코 웃지 않았다. 비로소 세작다운 냉정함을 암류흔은 되찾았다.

'놈의 발을 봐야 한다!'

지금 암류흔은 바닥에 처박힌 상태, 견철은 십중팔구 발로 공격을 가해올 터였다.

그 발을 봐야만 피하든 역습을 가하든 할 게 아닌가 말이다.

찢어질 듯한 고통을 참으며 암류흔은 몸을 굴려 엎드렸다. 이 편이 다음 행동을 하기에 편했고, 비로소 다가오고 있는 견철의 발을 보는 것도 편해졌다.

암류흔이 좋았던 건 여기까지였다. 발로 공격하리라 예상했었던 견철은 그러나 허리에서 검 한 자루를 뽑아 들었다. 그 끝이 하늘거리는 연검(軟劍)이었다.

견철로선 자신이 부상당했다는 걸 믿을 수 없었다. 한 방에 죽이겠다고 마음먹었다가 오히려 당하고 말았다. 있을 수도 없는 일이었다.

이젠 더 이상 시간을 끌 수 없게 되었다. 일검에 찔러 죽이고 다른 놈들을 상대할 작정이었다.

다시금 취우당 형제들의 입에선 경악성이 터져 나왔다.

하더라도 진정으로 똥줄이 타는 건 암류흔이었다. 지금은 낭창거리고 있어 별로 위험스럽게 보이진 않았지만, 저 검에 꿰이면 죽는 건 틀림없을 터였다.

게다가 거리도 가깝다. 시간이 없었다.

예상대로 하늘거리던 견철의 연검은 이내 빳빳하게 경직되어 완전한 검의 형태를 갖추었다.

애써 엎드렸던 몸을 그보다 훨씬 힘들게 암류흔은 다시 뒤집었다.

그렇게 누운 채 발을 당겨 신발에 달린 가죽 끈을 힘껏 잡아당겼다.

동시에 견철은 암류흔의 가슴을 향해 연검을 내리꽂았다. 일검에 끝장을 내려고 결심한 터라 조금도 망설이지 않았다.

하지만 오늘은 견철에게 운이 없는 날이었다. 그가 검을 내리꽂은 건 암류흔이 신발의 가죽 끈을 완전히 당긴 뒤였던 것이다.

휘청!

암류흔의 가슴을 향해 곧게 내리꽂히던 견철의 연검 끝이 마치 누가 당긴 것처럼 휘어졌다.

"웃!"

자신도 모르게 견철은 호흡을 삼켰다. 이 역시 전혀 예상치 못한 일인 까닭에서였다.

이를 악물며 견철은 연검에 힘을 가했다.

사력을 다하고 있기는 암류흔도 마찬가지였다. 다리가 견철의 연검 쪽으로 딸려가려는 걸 한사코 참느라 가뜩이나 아픈 배에 가진 힘을 모두 쏟아 넣어야 했다.

그러다 문득 다리가 끌려가는 걸 막을 이유가 없다는 걸 깨달았다. 병기의 자유를 빼앗기는 건 견철이지 자신이 아니었다.

암류흔은 버티던 힘을 풀어버렸고, '땅' 하는 소리도 경쾌하게 견철의 연검과 붙어버렸다.

견철로서는 정말이지 황당하기 짝이 없는 오늘의 일진이었다. 무슨 놈의 조화가 검이 신발에 붙어버리느냔 말이다.

'상관없다!'

견철의 특기는 주먹이다. 연검은 붙었지만, 주먹은 아직도 사용할 수 있는 것이다.

암경을 운용할 것까지도 없었다. 이미 암류흔은 상당한 부상을 입었을 터, 그저 몇 대의 주먹만으로도 끝장을 낼 수 있을 것이다.

하지만 이번에도 암류흔이 약간 더 빨랐다. 아무래도 약간 여유가 있는 사람보다 필사적인 사람이 조금 더 설치게 마련인 모양이다.

사실 빨랐다고는 하지만 암류흔이 한 건 그저 몸을 일으켜 세웠다는 것뿐이었다.

그래도 견철에게는 상당한 타격이었다. 암류혼의 발에 연검이 붙어 있으니, 그가 일어서니 손을 땅에 댄 상태가 되고 말았다. 무엇을 하려고 하든 힘든 자세였다.

사실 힘든 건 견철만이 아니었다. 암류혼 역시 몸을 세우긴 했지만 그 상태를 유지하긴 힘들었다. 중심을 잡아야 되는 다리, 즉 발에 견철의 연검이 붙어 있어 끊임없이 흔들렸기 때문이다.

암류혼에게 유리한 건 그나마 양손이 자유롭다는 것이었다. 게다가 거기엔 한 자루 비수가 들려 있으니 경우에 따라선 견철에게 치명상을 입힐 수도 있다.

쉬잇!

훤하게 비어 있는 견철의 등판을 향해 암류혼은 미련없이 비수를 휘둘렀다. 죽일 생각은 없었지만, 어느 정도 부상을 입히지 않고는 놈을 잡을 수 없을 테니 선택의 여지가 없었다.

그러나 견철도 그대로 당하고 있지만은 않았다. 비록 자세는 어색했지만, 암류혼의 허벅지를 향해 주먹을 날릴 수는 있었다.

또한 이번엔 견철이 조금 더 빨랐다.

퍼억!

"욱!"

견철의 주먹이 작렬했을 때, 암류흔은 자신도 모르게 신음을 토하며 그대로 앞으로 꼬꾸라졌다.

이건 분명 암류흔이 당한 것이다. 견철이 비록 암경을 운용하지는 않았지만, 그 주먹에 실린 힘은 가히 천 근 무게가 나간다고 해도 과언은 아니었다.

하나 그건 암류흔 혼자만의 불행이 되지는 않았다. 공격은 성공했지만 그 불행은 견철도 뒤집어쓰게 되었다.

푸욱!

바로 이거였다. 애당초 견철의 등을 향해 휘둘렀던 암류흔의 비수가 견철의 등 깊숙이 꽂히고 말았다. 암류흔이 앞으로 꼬꾸라져 버린 결과였다.

분명 엄청난 고통이 따랐을 텐데도 견철의 입에선 신음 한마디 새어 나오지 않았다. 대신 숙이고 있던 허리를 번쩍 들어 몸을 세웠다.

이제 절대적으로 불리해진 건 암류흔이었다. 견철이 몸을 세운 것과는 반대로 그는 바닥에 쓰러진 모습이 되고 말았다.

거기서 끝난 게 아니었다. 암류흔을 떨쳐 버릴 요량으로 견철이 연검을 맹렬히 휘둘러 이리저리 펄럭거리는 깃발과 같은 꼴을 연출하고 말았다.

"어라? 저건 언젠가 한 번 봤던 광경인데……."

돌연 중두의 입에서 기묘한 탄성이 토해졌다. 지난날 암류흔과 맹도의 싸움과 비슷한 광경이 재현되었기 때문이다.

그 말은 암류흔과 견철의 귀에도 들렸다.

그 탓일까. 순간적으로 견철의 동작이 멈칫했다. 똑같은 일을 경험하고도 아직 암류흔이 살아 있다는 건 이런 상황에 익숙하다는 뜻으로 받아들여도 좋았다.

'검을 버릴까?

자연스레 견철의 뇌리를 스친 생각이었다. 그러면 암류흔도 떨쳐 버릴 수 있을 것이다.

하지만 그건 길게 생각할 문제가 되지 못했다. 무인이 병기를 버린다는 건 바로 목숨을 버리는 것과 같은 의미이기 때문이었다.

견철이 다시금 검을 쥔 손에 힘을 가한 순간, 그보다 빨리 그에게 찾아든 건 얼굴의 엄청난 통증이었다.

"큭!"

자신도 모르게 견철은 외마디 신음성을 토했다. 등에 비수가 꽂힐 때와는 확연히 다른 모습이었다.

얼굴이라는 곳이 그렇다. 신체의 다른 부위에 비해 치명상을 입을 확률은 적지만, 당하는 사람의 심리에 미치는 영향은 크다.

특히나 견철의 얼굴은 그 어떤 미녀보다 예쁘다. 신음을 토하지 않는다면 외려 이상했을 터였다.

그거야 어떻든 견철의 얼굴에 주먹을 작렬시킨 암류흔은 허벅지의 고통까지 싹 잊을 수 있었다.

'이 기회를 놓치면 끝장이다!'

암류흔의 솔직한 심정이었다.

자연히 암류흔의 양손은 바빠졌다. 첫 공격이 성공한 효과를 제대로 보려면 견철에게 숨 돌릴 틈을 줘서는 안 된다.

퍼버버벅!

의도한 대로 암류흔의 두 주먹은 연신 견철의 얼굴을 두드렸다.

그래 봐야 대여섯 대가 고작이었다. 딛고 있던 견철의 연검에서 갑작스레 힘이 빠져 축 처져 버렸기 때문이다.

그 바람에 암류흔은 등부터 땅바닥에 처박히고 말았다. 순간적으로 눈앞에 별이 번쩍이는 듯한 통증이 느껴졌다.

그러나 이대로 있다가는 당할 게 뻔한 노릇, 암류흔은 재빨리 신발의 자성(磁性)을 끊어버리고 벌떡 몸을 일으켰다.

견철은 미처 중심을 잡지 못한 상태였다. 심각한 부상을 당하지는 않았지만 얼굴을 가격당한 불편 탓에 조금 비틀거리고 있었다.

암류흔은 곧장 뛰어들었다. 아직 견철의 연검이 축 늘어져 있을 때 승부를 결정지어야만 한다.

그대로 몸통으로 부딪칠 것만 같았던 암류흔은 그러나 곧장 쭈그리고 앉았다.

츠와앗!

앉은 자세 그대로 암류흔은 한쪽 다리를 펼쳐 돌려차기를 시도했다. 이른바 후소퇴(後掃腿)의 한 수였다.

회전하는 암류흔의 뒤꿈치를 따라 뽀얀 먼지가 피어올랐고 그 먼지가 끝난 곳에서 '퍼억' 하는 둔탁한 타격음이 들려왔다.

'크윽!'

바로 그 순간 암류흔은 터져 나오려는 신음을 애써 삼켜야 했다. 공격은 멋지게 성공했지만, 그 충격으로 인해 조금 전 견철에게 당한 허벅지의 통증이 크게 울려왔기 때문이다.

하지만 견철에 비한다면 암류흔의 통증은 아무것도 아니었다. 후소퇴에 격중당한 발목은 확실히 부러졌고, 뒤로 넘어지는 바람에 진즉부터 비수에 당한 상처가 엄청난 고통까지 동반했다.

"끄으으윽……."

어쩔 수 없이 견철의 입에서도 길게 끌어지는 신음성이 토해졌다. 이름처럼 강철로 만들어진 육신이라고 해도 어쩔 수 없었을 터였다.

통증 속에서도 암류흔은 몸을 일으켰다. 견철이라는 상대는 어떤 경우든 안심해서는 안 되는 존재인 것이다.

"승부는 났네. 뒤를 생각해서라도 저 상태로 사로잡는 게 좋을 것 같네!"

단연의 말이었다. 그는 암류흔이 무슨 생각으로 견철을 생포하려 했는지 아는 탓에 더 이상의 가해(加害)는 필요치 않다고 말하는 것이었다.

털썩!

단연의 말에 암류흔은 그 자리에 풀썩 주저앉고 말았다. 그
제야 긴장이 풀린 탓이었다.

"뭘 하고 있나? 저자를 묶게! 자결하지 못하게 단단히!"

새삼 주의 사항까지 곁들여 단연이 말했고, 증두와 망사웅
이 재빨리 견철에게 달려들었다.

"어떤가?"

주저앉아 있는 암류흔에게 단연이 걱정스런 어투로 물었
다.

"재미있었소. 달콤할 정도로……."

실제로 암류흔은 환하게 웃었다. 견철을 두들길 때의 기분
은 정말이지 여자와 성교할 때보다 훨씬 짜릿한 전율을 전해
줬었다.

"이제부터 더욱 즐기도록 하게!"

한마디 덧붙이며 단연은 암류흔을 부축해 일으켰다. 이제
는 이 자리를 벗어나야 할 시각이었다.

3

도욱천의 표정은 더 이상 망가질 수 없다 싶을 정도로 심하게 일그러져 버렸다.

추살대의 전멸!

이건 곧 밀화궁이 지닌 무력 전체를 상실해 버렸다는 의미였다.

물론 밀화궁이 북도맹의 중요한 조직 중 하나로 인정되고 있는 건 무력보다는 그 첩보 능력 때문이다.

그러나 하루도 칼바람이 잘 날 없는 무림에서 아무런 무력이 없다는 건 밀화궁의 존립 자체가 심각한 위협을 받게 되는 것이다.

'성급했다! 너무 성급했어!'

도욱천은 스스로를 책망할 수밖에 없었다. 공손웅에게 잘 보이기 위해 함정일 수도 있다는 예상은 전혀 하지 못한 채 추살대를 파견했었다.

'취우당이라고?'

도욱천은 그 이름을 어금니 사이에서 지그시 씹어보았다. 비록 밀화궁이 가진 대부분의 무력은 상실했지만 그렇다고 그들을 용서할 수는 없는 노릇이었다.

바로 그 순간에도 도욱천의 뇌리에선 취우당을 칠 방법이 몇 개나 떠올랐다 사라지곤 했다.

어쨌든 이제 임의대로 움직일 수 있는 무력이 없는 상태다. 어딘가 다른 곳에 손을 벌릴 수밖에 없는 노릇이고 가장 의지할 수 있는 건 역시 북도맹이다.

'소맹주는 지금 조바심을 내고 있는 상태, 이걸 잘만 이용한다면……?'

공손웅은 지금 싸움을 하지 못해 안달을 하고 있었다.

그렇다고 당장 서광막을 치라는 명이 내려올 것 같진 않으니 대신 지금의 그 조바심을 풀 수 있는 대상을 주는 것도 괜찮을 것 같았다.

물론 그 대상은 취우당이 될 것이다.

생각을 정한 도욱천은 그 길로 곧장 공손웅에게 달려갔다.

"불가하오!"

도욱천의 말을 들은 신산자의 첫마디였다.

"지금 본 맹은 전력을 기울여 서광막과 대치하고 있는 중이오. 게다가 남선련과 동상벌도 서광막에 동조하고 있는 형편이오. 이 상황에서 전력을 쪼개 취우당이란 놈들을 상대할 수는 없소!"

신산자의 말은 열기에 들떠 있었다. 실제로 그의 생각까지도 도욱천의 말은 일고의 가치도 없었다.

그러나 공손웅의 생각은 조금 달랐다.

"그거 재미있겠군!"

"재미라니요, 소맹주? 이 일은 결코 재미로 처리하실 일이 아니옵니다!"

"그게 그렇지가 않소이다, 신산자! 현재 본 맹의 사기는 어쩔 수 없이 떨어져 있는 형편이오. 물론 서광막과의 첫 싸움에서 이기지 못한 게 그 원인! 하지만 그 역시 따지고 보면 취우당 놈들이 본 맹의 배후를 쳤기 때문이오. 이참에 놈들을 제물로 삼는다면 침체된 사기가 크게 올라갈 것이오!"

도욱천이 신산자의 말에 반박하고 나섰다. 공손웅이 자신의 뜻에 동조할 것처럼 보이자 힘을 얻은 것이다.

"하지만 그렇게 나섰다가 또다시 실패한다면 사기는 더욱 떨어질 것이오!"

"정보에 의하면 놈들은 고작 열 명 남짓이오. 실패할 리가 없소이다!"

한사코 우기는 도욱천에게 신산자는 한심스럽다는 눈길을 보냈다. 내뱉는 말투 또한 약간의 조소가 묻어 있었다.

"바로 그 열 명 남짓한 놈들이 본 맹의 배후를 치고 보란 듯이 빠져나갔소. 또한 밀화궁이 자랑하던 추살대가 전멸당하지 않았소!"

"흐음!"

그 말에는 도욱천도 당장 반박할 말이 없었다. 북도맹의 배후를 맞은 건 기습에 의한 거라는 핑계라도 댈 수 있겠지만, 추살대가 전멸당한 건 할 말이 없었다. 비록 함정에 빠진 것이라 해도 말이다.

그러자 이번엔 공손웅이 다시 나섰다.

"그러니까 더더욱 취우당 놈들을 두고 볼 수가 없어! 나머지 삼세들의 연합이 기정사실화되었으니, 그들과 일전을 결하기 전에 취우당이라는 쥐새끼들을 없애 버려야 돼!"

금방이라도 출동을 할 것처럼 공손웅은 엉덩이까지 들썩거렸다. 서광막과의 지리한 대치가 가져온 조바심을 한꺼번에 씻어버릴 좋은 기회라는 표정이었다.

"소맹주, 너무 성급하신 판단은 금물입니다!"

여전히 반대의 뜻을 표했지만 이미 신산자의 말투에서 열기나 힘은 상당히 빠져 버렸다. 공손웅의 뜻이 정해졌다면 말려봐야 좋지 않다는 판단 탓이었다.

"계획을 잘 세워보시오, 신산자! 이번엔 우리가 취우당 놈들의 뒤통수를 칠 수 있게 말이오. 이 일엔 여기 와 있는 친위대의 절반과 대도회(大刀會) 전부를 이끌고 내가 직접 나서겠소!"

대도회란 산서 땅에 본거지를 두고 있는 북도맹 산하의 세력 중 하나였다. 이름 그대로 언월도(偃月刀)를 비롯한 큰 칼을 주로 사용하는 곳이었다.

게다가 대도회의 구성원들은 개개인이 일류급의 무공을 지닌 고수들이었다. 불과 쉰 명으로 구성되어 있으면서도 북도맹의 구성원으로서 당당히 그 이름을 걸고 있는 이유이기도 했다.

"친위대의 절반과 대도회 전체라면 안심해도 되겠소이다!"

공손웅의 결정으로 자신의 뜻한 바를 이루게 되자 도욱천
은 재빨리 한마디 거들었다.

"그럼 도 궁주는 취우당 놈들이 어디에 있는지 최대한 빠
른 시간 내에 알아내시오. 그사이 신산자는 그놈들을 처리할
계획을 세우고!"

"알겠소이다!"

"존명!"

도욱천은 물론 신산자도 복명할 수밖에 없었다.

여전히 씁쓸한 표정을 짓고 있는 신산자에 비해 도욱천의
표정은 환하게 밝았다. 자신의 뜻이 관철되었을 뿐만 아니라,
이미 취우당원들이 어디 있는지 아는 까닭에서였다.

그래도 그걸 이 자리에서 밝히지는 않았다. 자칫 자신의 복
수심이 드러날 것 같아서였다.

'모레쯤이면 적당하겠지. 그때까진 신산자도 작전을 세울
터이고……!'

그러면 된 거라고 생각하며 도욱천은 발길을 옮겼다. 벌써
부터 취우당 놈들의 괴멸이 눈에 보이는 듯했다.

*　　　*　　　*

낙양으로 견철을 잡아가고 싶다는 게 암류흔의 솔직한 심
경이었다.

하지만 그건 어려운 일이었다. 무엇보다 추살대를 전멸시켰으니 북도맹이 추적해 올 건 뻔한 노릇, 그들의 이목을 피하자면 이미 알려진 장소만은 피해야 한다.

그래서 암류흔이 선택한 곳은 개봉이었다. 낙양과 가까우면서도, 엄연히 남선련의 세력권이라 어느 정도 안심할 수 있는 곳이었다.

게다가 지금은 남선련이 주축이 되어 서광막은 물론 동상벌까지 연합해서 북도맹에 대항하고 있는 중이었다. 그 연합이 언제까지나 지속된다고 장담할 순 없지만, 적어도 당장은 이 개봉까지 북도맹의 손길이 미칠 여유는 없을 터였다.

바로 그 개봉부에서 서북쪽으로 이십여 리 떨어진 곳에 위치한 허름한 관제묘(關帝廟)!

그 안에 지금 암류흔과 단연, 그리고 혈도가 제압당해 움직이지 못하는 견철이 자리를 잡았다.

다른 사람들은 혹시 있을지도 모를 불의의 사태에 대비하기 위해 밖에서 경계를 서고 있었다.

"각오는 되었겠지?"

나직하게 질문을 던지는 암류흔의 어조는 스산하기 짝이 없었다. 그 속에서 격렬하게 꿈틀거리고 있는 살기 탓이었다.

비록 몸을 움직이진 못하지만 견철이 정신을 잃은 건 아니었다. 암류흔의 말에 눈을 깜박이는 반응을 보였다.

그러나 말을 할 수는 없었다. 견철이 혀를 깨물어 자결할지도 모르는 노릇인지라 그의 아혈(啞穴)도 단단히 제압해 뒀었다.

그 점을 잘 알기에 암류흔도 곧바로 다음 행동으로 옮겼다.

툭!

그의 곁으로 큼직한 보퉁이 하나가 떨어져 바닥에 펼쳐졌다. 눈처럼 새하얀 소금이었다.

"난 우선 네놈 등짝의 껍질을 벗기겠다. 그 후엔 이 소금을 뿌려주지!"

되도록 담담한 어투로 말하려고 노력하는 암류흔이었다.

하지만 그게 쉽지 않았다. 이제 곧 금희향의 복수를 할 수 있다고 생각하니 손끝까지 저릿해질 정도의 쾌감이 전신을 휩쓸고 있었다.

할 수만 있다면 금희향이 당한 그대로 돌려주고팠지만, 암류흔에겐 사람을 살려둔 채 내장을 뽑아낼 만한 기술이 없었다. 그 대신으로 생각해 낸 게 최대한의 고통을 줄 수 있는 방법들 몇 가지였다.

"암 총수의 심정은 충분히 이해가 가네. 하지만 그렇게 해서는 놈과 똑같은 사람이 될 뿐일세. 그냥 깨끗하게 죽여주는 게 좋지 않겠나?"

옆에서 지켜보던 단연이 묵직한 어조로 한마디 했다. 사람으로서 무엇보다 무인(武人)으로서 이런 식의 고문을 한다는 건 생리에 맞지 않았다.

"아니! 난 놈을 죽이지 않을 것이오. 평생을 고통 속에서 살아가게 만들겠소!"

암류혼의 대답에 놀란 건 단연이나 견철이나 마찬가지였다.

"그런 무참한 짓을……."

단연의 경우 이런 말도 할 수 있었지만, 견철은 말조차 할 수 없어 그저 눈빛만 격렬하게 흔들릴 뿐이었다.

어떤 고통이든 참아내겠다고 각오한 견철이었다. 이윽고 죽어버리면 그 고통도 잊혀질 수 있을 테니까 말이다.

그러나 살아남는다면 문제는 다르다. 신체의 어느 한군데 병신이 된다면 더 이상 강호에선 제대로 된 삶을 살 수가 없다.

그러다 견철은 문득 한 가지 사실을 깨달았다.

'어차피 죽을 수밖에 없겠군!'

암류혼이 자신을 병신으로 만들어 살려주더라도 결국 자결을 택할 수밖에 없으리라. 죽는다는 사실엔 변함이 없다는 생각이 견철의 뇌리를 스치고 지나갔다.

"난 자네를 말리고 싶네. 그렇게 된다면 저자와 똑같은, 아니, 그보다 더 못한 인간이 되는 것 아닌가? 그러니 차라리 이 우형의 말대로 깨끗하게 죽여주는 게……."

"저놈에게만은 인간이기를 포기한 몸이오!"

재차 만류하려는 단연의 말을 암류흔은 중도에서 잘라 버렸다. 동시에 바닥에 쓰러져 있는 견철의 몸을 뒤집었다.

찍, 찌익!

암류흔은 거친 손길로 견철의 옷을 찢어발겼다. 여자보다 훨씬 희고 매끄러운 피부가 드러났다.

암류흔은 천천히 품속을 더듬었다. 그 손에 딸려 나온 건 비수와 그의 눈물방울이 묻은 천 조각이었다.

"나도 나가 있겠네!"

어쩌면 고통을 받는 사람보다 그걸 지켜보는 사람이 더 괴로울 수도 있다.

단연도 그런 심경이었는지 이 자리를 피하려고 했다.

암류흔은 굳이 말리지 않았다. 이제부터 보이게 될 자신의 모습은 인간이 아닐 것이다. 그런 걸 의형제인 단연에게 보이기 싫었다.

단연이 밖으로 나가자마자 암류흔은 드러난 견철의 등에 비수를 들이댔다.

"이 비수가 바로 그녀의 것이다. 그녀가 이걸 쓸 수 있는 기회조차 넌 주지 않았어! 하지만 지금은 이렇게 훌륭하게 사용되지!"

싸아악―!

나직한 암류흔의 음성과 예리한 절단음이 절묘하게 어우러지는 가운데, 견철의 등에 붉은 실 같은 선이 가로로 그어졌다.

이어 그 붉은 선은 배어 나온 피로 인해 서서히 확장되었다.

하지만 그 피는 그리 많이 흐르진 않았다. 피부를 벗기는 게 목적인 암류혼이 아주 살짝만 그었기 때문이다.

암류혼은 그 작업을 이어갔고, 이윽고는 견철의 등에 큼직한 사각형이 그려졌다.

문득 암류혼의 입에서 가녀린 한숨이 새어 나왔다. 어쨌든 여기까지는 쉬웠다. 앞으로 해야 될 일을 생각하니 망설여지는 것도 어쩔 수 없었다.

암류혼의 시선이 손가락 사이에 감고 있는 천 조각으로 향했다. 마음을 다잡기 위해서였다.

'희향……'

이 이름도 역시 입속에서 조용히 되뇌며 암류혼은 눈을 감았다. 금희향의 비참했던 마지막 모습이 눈꺼풀에 그대로 투영된 것처럼 보였다.

쫘악!

비수를 쥔 암류혼의 손에 힘이 잔뜩 들어갔다. 비로소 생각했던 바를 실행에 옮길 살기가 치솟은 것이었다.

견철의 등에 그려진 사각형의 한 모서리에 암류혼은 비수를 살짝 찔러 넣었다.

이어 비수를 살짝 비틀어 견철의 피부 바로 아래를 살짝 발

라냈다.

꿈틀!

비록 혈도를 제압당했지만, 견철의 전신 근육이 경련하듯 긴장되었다.

이제 암류흔은 더 이상 망설이지 않았다. 살짝 벗겨진 견철의 피부를 움켜쥐고 강하게 잡아당겼다.

찌이익—!

실제로 이런 소리가 들린 건 아니었다.

다만 살과 피부가 서로 떨어지는 느낌을 고스란히 받고 있는 암류흔의 귀에 그런 환청(幻聽)이 울렸을 뿐이었다.

피부는 그리 많이 뜯겨지지 않았다. 견철의 전신이 딱딱하게 굳어져 있었던 탓도 있었지만, 그보다는 사람이든 짐승이든 가죽을 벗겨내는 일 자체가 그리 쉬운 게 아니다. 숙련되지 못한 암류흔의 경우야 더 말할 것도 없었다.

그러나 이게 견철에겐 더없는 불행이었다. 한 번에 피부가 벗겨지는 게 아닌지라 같은 고통을 여러 차례 느껴야만 될 처지였던 것이다.

암류흔도 마찬가지였다. 생각과는 달리 첫 번째 시도에선 견철의 피부를 얼마 벗겨내지 못했지만, 그리 실망하지는 않았다. 벗겨내야 될 피부는 아직도 많았고, 견철이 어디로 가는 것도 아니었다.

더욱이 처음엔 조금 망설인 점도 없지 않았지만, 한 번 시작하자 이미 멈출 수 없었다.

지이익, 뜨득!

아마 암류혼의 손길이 거칠어진 탓이리라. 견철의 피부가 뜯겨질 때마다 실제로 소리가 들리기도 했다.

한동안 그런 섬뜩한 소리만이 관제묘 안을 떠돌아다녔다.

마침내 암류혼은 견철의 등에서 물러났다. 이마는 물론, 마치 물에라도 빠진 사람처럼 전신이 땀으로 흠뻑 젖어 있었다. 육체적으로 힘든 것보다는 아무래도 심적인 중압감 탓이리라.

물론 땀에 젖은 건 암류혼만이 아니었다. 견철도 피와 땀으로 범벅이 된 상태로 경련을 일으키는 중이었다. 아혈이 제압되지 않았다면 처절한 비명을 질렀을지도 모를 일이었다.

그 모습을 지켜보는 건 암류혼으로서도 쉬운 일은 결코 아니었다. 비록 등뿐이라고는 하지만 피부를 벗겨낸 뒤의 모습은 그저 불그죽죽한 고깃덩어리처럼 보여 비위가 상했다.

'이래서 단 형이 깨끗하게 죽여 버리라고 했었군!'

암류혼은 조금 전 단연이 했던 말을 떠올리며 미간을 찌푸렸다.

확실히 이건 싸움에서 상대를 죽이는 것과는 달랐다. 그런 때야 상대의 머리가 터지든 내장이 쏟아지든 이처럼 역겨운 기분이 들지는 않았다.

금방이라도 구토를 할 것만 같은 기분을 씻어버리기 위해 암류혼은 재빨리 소금을 한 움큼 집어 견철의 벗겨낸 살에 뿌렸다.

"크으으……."

견철은 묘한 소리를 토해냈다. 입이 아니라 코로 낸 소리였다. 혈도를 제압당한 몸 대신 전신의 근육들도 격렬하게 푸들거리며 떨렸다.

다시 눈을 감은 암류혼은 애써 금희향의 마지막 모습을 떠올려야 했다. 견철에게 더 많은 고통을 주기 위해선 보다 많은 독기가 필요했다.

싸악!

비수가 한 차례 허공에 차디찬 빛을 뿌렸다.

동시에 엎드린 견철의 양쪽 발목 위의 종골근(踵骨筋)에서 피가 튀어 올랐다. 암류혼이 잘라 버린 것이었다.

이 외에도 몇 가지 더 있었다. 견철을 잡으면 줄 수 있는 모든 고통을 주겠다고 맹세했었기에 아직 '멀었다'고 암류혼은 생각했다.

그러나 이성과 감정이 늘 같이 하는 건 아니었다. 머리로는 더 많은 고통을 주라고 했지만, 기분은 점점 더 더러워지기만 했다.

천천히 쭈그리고 앉은 암류혼은 견철의 턱을 쳐들었다.

다시 한 번 비수가 허공을 그었고, 이번엔 견철의 두 눈이 그대로 잘려 나갔다.

'여기까지다, 희향! 이 정도로 만족해야겠구나.'

가슴으로 이렇게 내뱉으며 암류흔은 몸을 일으켰다.

휘청!

순간적으로 짧은 현기증이 찾아들었다. 금희향의 복수를 끝냈다는 안도감이 일시적인 허탈감을 동반한 탓이었다.

그런 상태로 암류흔은 관제묘를 빠져나갔다.

"괜찮아?"

증두가 가장 먼저 다가오며 걱정스레 물었다. 암류흔의 안색이 너무 창백하게 질려 있어 흡사 큰 부상을 입은 사람처럼 보여서였다.

씨익!

암류흔은 웃었다. 한겨울 밤의 달빛보다 더 창백한 미소였다.

"좋았지. 아주 달콤한 시간이었어."

웃으며 내뱉는 암류흔의 어투는 힘이라고는 하나도 느껴지지 않았다.

그사이 단연이 슬쩍 관제묘 안으로 들어갔다.

그걸 암류흔도 보았지만 말리지는 않았다. 아직도 살아 있을 견철의 고통을 덜어주려는 걸 잘 아는 까닭에서였다.

"술이나 한잔하자."

정말이지 암류흔은 술 생각이 간절했다. 취기를 빌어서라도 지금의 이 더러운 기분을 씻어버리고 싶었다.

하지만 그 작은 바람도 쉽게 이루어지지 않을 모양이었다.

"누구냐? 서랏!"

멀찍이 떨어져서 경계를 서고 있던 망사웅의 커다란 음성이 들렸을 때, 사람들은 일제히 긴장의 빛을 띠었다.

"비켜요. 구호를 만나러 왔어요!"

망사웅의 수하(誰何)에 응하는 여자의 목소리가 들렸을 때, 암류흔의 얼굴은 더욱 굳어졌다.

'십팔호? 앵화가 무슨 일로?'

의혈사에서 세작들을 호출하는 방법은 몇 가지가 된다.

그러나 이처럼 사람이 직접 찾아오는 경우는 엄청나게 급하고 큰일이 아니면 쓰지 않는 방법이었다.

암류흔은 재빨리 망사웅에게 앵화를 데려오라고 소리를 질렀다.

제17장

산불을 헤치고…

"**그**러니까……."

십팔호 앵화의 애기를 모두 들은 암류흔은 무겁게 입을 열었다.

"하늘에서 불타는 별이 떨어졌는데, 그걸 수거해 오라고? 그것도 동창(東廠)에서 파견된 자들보다 빨리?"

"쉬잇, 목소릴 낮춰요!"

앵화는 황급히 암류흔에게 주의를 주었다. 저만치 떨어져 있는 취우당원들이 들을까 염려스럽다는 표정이었다.

그러나 암류흔은 아무렇지도 않게 말을 이었다. 취우당원들은 남이 아닌 형제인 것이다.

"그 별이 떨어진 곳이 대파산(大巴山)인데, 거기가 지금 열흘간 산불에 휩싸여 있다고?"

"바보예요? 내가 다 얘기했잖아요!"

험악하게 표정을 일그러뜨리며 앵화는 잔뜩 목소리를 낮춰 속삭였다. 필사적으로 의혈사의 비밀을 지키려는 시도였다.

"내겐 수족 같은 형제들이야. 괜찮아!"

"형제라니?"

앵화로선 암류흔의 말이 전혀 이해되지 않았다. 세작은 되도록 사람들과 관계를 맺는 건 피해야 한다.

그런데 암류흔은 주변에 둘러선 사람들과 의형제를 맺었다고 한다. 한두 명도 아니고 무려 아홉 명과 말이다.

"그 산불 때문에 대파산 주변의 관아는 물론, 동창에서 파견한 자들도 섣불리 접근을 못하고 있다고? 그런 곳에 나더러 가서 그 떨어진 별을 가져오라고? 그냥 통구이가 되라고 하지, 왜?"

실은 이게 암류흔의 불만이었다. 누구도 감히 접근하지 못한다면, 대파산은 말 그대로 화염지옥(火焰地獄)일 게 뻔하다. 거기를 조사하라는 것도 아니고, 떨어진 별을 수거해 오라니…….

그저 기가 막힐 따름이었다.

"그 별은 반드시 수거해야 해요! 예로부터 하늘에서 별이 떨어진다는 건 나라에 불길한 일이 있을 징조로 여겼대요. 그래서 하늘에 제사를 지내고, 떨어진 별은 나라에서 수거해 은밀히 보관해 왔다고 들었어요."

이젠 앵화도 포기해 버린 모양이었다. 그녀의 목소리는 더 이상 속삭이지 않았다.

"그럼 동창에서 수거해 가도록 내버려 두면 되겠네."

암류흔은 대수롭지 않게 내뱉었다. 어차피 나라에서 보관한다면 동창이 수거해 가는 게 정확한 일 처리가 될 터였다.

"그런데 천기자께서 이번엔 반드시 우리 의혈사가 그 별을 손에 넣어야 한다고 했어요. 반드시!"

"천기자가? 왜?"

고개를 갸웃거리며 암류흔은 되물었다. 천기자가 반드시 별을 수거해 오라고 했다면 그만한 이유가 있을 터였다.

"아무리 그래도 방법이 없잖아, 방법이……!"

천기자의 특명(特命)이라는 말에 그 별을 수거할 방법을 찾던 암류흔은 고개를 저었다.

사람이 만든 인공물 속에 그 별이 들어 있다면 어떻게든 손에 넣을 방도를 강구할 수도 있다.

그러나 산불을 상대로 인간이 할 수 있는 일은 거의 없다. 동창에서 파견된 자들조차 접근할 수 없다면 두말할 것도 없었다.

"그게 방법이 아주 없는 것도 아닐세."

돌연 단연이 두 사람의 대화에 끼어들었다. 삼 장 정도 떨어져 있었음에도 불구하고 암류혼과 앵화의 말을 모두 들은 것 같았다.

"방법이 있어요?"

암류혼보다 앵화가 먼저 반색을 띠며 물었다.

그러다 얼굴이 서서히 굳어졌다. 엿듣는 걸 신경 쓰지 않았다지만, 자신들의 대화가 새어나간 것에 대한 세작으로서의 자연스런 반응이었다.

"어떤 방법이 있다는 말이오?"

앵화의 뒤를 이어 암류혼도 물었다. 기왕에 임무가 떨어졌으니 실패하고 싶지 않았다.

"그보다 소저! 대체 그 별의 크기는 어느 정도나 되는가?"

대답에 앞서 단연은 먼저 질문부터 던졌다. 작업(?)할 내상을 알아야 일도 추진할 수 있을 테니 말이다.

"정확한 크기는 알 수 없어요. 다만 들리는 소문을 조사해 본 결과 집채보다 큰 불덩어리가 떨어졌는데, 별은 거기에 싸여 있었대요!"

"집채보다 큰 불덩어리라……."

"무게도 만만치 않나 봐요. 그 별이 공교롭게도 대파산 꼭대기인 신농정(神農頂)에 떨어졌는데, 그때 엄청나게 큰 폭발이 있었대요."

앵화도 분명 들은 얘기이리라. 그런데도 마치 눈으로 본 것처럼 동작까지 섞어가며 얘기를 펼쳤다.

"집채보다 크다지만 불길에 휩싸여 있었다면 실체는 그보다 작을 것이고… 어쨌든 마차는 준비해야겠군. 자, 가세!"

어떤 방법으로 그 산불을 뚫고 들어갈 것인지에 대한 설명도 없이 단연은 암류흔을 채근했다.

"뭘 그리 서두르시오. 우선 날이나 밝은 뒤에……."

"가급적 이곳을 빨리 뜨는 게 좋겠네. 북도맹에도 밀화궁이라는 첩보 조직이 있고, 여기까지 오는 동안 우린 흔적을 너무 많이 노출시켰어!"

그 말엔 암류흔도 뜨끔했다. 다른 건 제쳐 두더라도 견철을 고문하느라 시간을 너무 소비한 건 부정할 수 없었다.

"우선 여기에 있는 흔적들부터 지우세. 관제묘의 시신도 어디 매장해 주고……."

매보자였다. 암류흔과 단연이 이 자릴 벗어나자는 뜻을 비추자마자 경험을 살려 머물렀던 흔적을 없애기 시작했다.

그사이 망사웅과 활귀가 관제묘 안으로 뛰어들었다. 물론 그 안에 있을 견철의 시신을 처리하기 위함이었다.

"대체 이들은 누구예요?"

각자 부지런히 움직이고 있는 사람들을 시선으로 가리키며 앵화가 나직이 물었다.

"말했잖아. 형제들이라고!"

암류흔은 대수롭지 않게 대꾸했다.

사실 지금 암류흔의 기분은 그리 좋은 편이 아니었다. 앵화에게 임무를 받으며 다소 나아졌지만, 그래도 견철을 고문했을 때의 그 더러운 기분은 완전히 씻기지 않은 상태였다.

'임무를 수행하다 보면 이 기분에서도 벗어나겠지.'

이런 희망을 품어봤지만 이 역시 이뤄질지는 의문이었다. 단연이 방법이 있다고는 했지만 솔직히 전적으로 믿어지지 않았다. 떨어진 별을 수거하는 작업에 착수하기까진 상당한 시일이 걸릴지 모르고, 그때까진 이 더러운 기분이 유지될 수밖에 없으리라.

"의혈사에선 이 일을 알아요?"

앵화는 암류흔이 취우당을 결성한 걸 아직 모르는 것 같았다.

"혹시 부총령은 만났나?"

부총령을 거론하자 암류흔은 다시금 명치끝이 아려왔다. 그가 조금만이라도 도왔다면 금희향이 그처럼 비참한 죽음을 맞지 않았을지도 몰랐다.

하지만 그건 결코 겉으로 표현해서는 안 되는 것, 담담한 어투로 얘기하기 위해 암류흔은 무척이나 애를 써야 했다.

"뵙진 못했어요. 하지만 일호의 말에 의하면 무사하시다고 들었어요."

"그럼 돌아가서 일호에게 우리들의 얘길 물어봐!"

암류흔으로선 앵화에게 세세하게 설명해 줄 기분이 아니

었다. 일호에게 떠넘기며 걸음을 옮겼다.

깨닫고 보니 장소에 대한 청소는 모두 끝난 상태였다. 잘 훈련된 자들의 눈이 아니라면 여기에 결코 사람이 머물렀다는 흔적을 발견하기 어려울 정도였다.

"새삼 말할 것도 없지만 조심해서 돌아가라구!"

성의없는 인사 한마디를 남긴 후 암류혼은 취우당 형제들과 부지런히 걸음을 옮겼다.

*　　　　*　　　　*

여필로선 이 길이 고역이었다. 막도종의 명이 워낙 엄해서 부상당한 몸을 무리하게 이끌고 나선 탓이었다.

그래도 북도맹의 배후를 친 사람들의 흔적을 더듬어 어떻게든 동장(東漳)까진 오게 되었다.

거기서 여필은 뜻하지 않은 상황에 부딪쳤다. 예천에 있어야만 될 공손웅이 친위대를 이끌고 먼저 도착해서 주둔하고 있었던 것이다.

여필은 사람 찾는 일을 우선 멈출 수밖에 없었다. 그리고는 공손웅이 왜 여기까지 왔는지를 조사했었다.

그 결과 여필은 두 가지 사실을 알게 되었다.

'그들이 취우당이라고?'

우선 자신들이 찾는 사람들이 취우당이란 이름으로 결성

되었다는 걸 알게 되었다.

그리고 또 하나는 북도맹 역시 취우당을 찾아 말살시키려고 한다는 점이었다.

'어떻게 하는 게 최선일까?

여필은 갈등에 휩싸였다. 가장 좋은 방법은 북도맹보다 먼저 취우당을 찾아 위기를 알려주고, 또 서광막으로 들어와 달라는 말을 하는 것이다.

반면 이대로 은밀하게 북도맹의 뒤를 쫓는 것도 하나의 방법이었다. 어차피 그들도 취우당을 찾고 있는 터, 뒤를 따르다 보면 자신의 목적도 이룰 수 있을 터였다.

거기엔 또 하나의 이점이 있다. 북도맹이 취우당을 칠 때 북도맹의 배후를 쳐서 취우당의 위기를 구해주는 것 말이다.

'그렇게만 된다면 본 막이 입은 신세를 똑같은 상황으로 갚아주는 것인데……'

생각만 해도 멋진 일이었고 여필도 처음엔 이럴 생각을 가졌었다.

하지만 거기엔 결정적인 문제가 있었다. 다름 아닌 이곳이 바로 동상벌의 세력하에 있다는 것!

물론 지금 북도맹을 제외한 나머지 삼세의 연합이 추진되고 있는 중이고, 또 상당히 진척된 상태이기도 했다.

그렇다고 그걸 믿고 동상벌의 세력권 내에서 마음껏 활동할 수는 없는 노릇이다.

더욱이 서광막의 대장로인 막도종이 이 연합을 분명하게 반대하고 있다. 막 내(幕內)에서의 그의 위치를 봤을 때 연합이 성사되기까진 상당한 진통이 예상되고 어쩌면 무산될지도 모를 일이다.

만에 하나 삼세의 연합이 무산된다면?

동상벌의 세력권에 있는 자신들이나 북도맹은 상당한 곤란을 겪을 게 분명하다.

'그럼 역시 북도맹보다 한발 앞서 취우당을 찾을 수밖에 없는가?'

그것도 은밀하고 빠르게 움직여야 한다. 그 둘을 병행하기는 지극히 어렵지만 말이다.

여필은 수하들을 돌아보았다. 다해서 스무 명, 일부러 고르고 추린 정예들만 데리고 왔었다.

하지만 이 순간 여필은 아쉬움을 느끼고 있었다. 북도맹까지 취우당을 쫓고 있는 마당에 아무리 정예라고 해도 스무 명은 너무 부족한 숫자였다.

'장점도 없진 않지만……'

인원이 적다 보니 빠르게 움직일 수는 있다. 게다가 흔적도 최소한으로 줄일 수 있고 말이다.

그 점을 최대한 이용해야 한다고 생각하며 여필은 몸을 일으켰다.

'누가 빠르냐의 싸움이다!'

지금부턴 본격적으로 시간의 경쟁이 될 터다. 북도맹이 먼저 취우당을 발견하느냐, 아니면 자신들이냐 하는…….

그건 도저히 져서는 안 되는 싸움이기도 했다.

'취우당의 흔적은 개봉을 향하고 있다!'

개봉에서 취우당이 자신들을 기다리고 있을 거라는 달콤한 기대는 애당초 없었다.

그래도 뭔가 흔적을 찾을 수 있으리라. 북도맹보다 더 빨리 그 흔적을 쫓아 움직여야만 한다.

여필을 포함한 탐갱대원들은 최대한 빠른 속도로 개봉을 향해 달렸다.

＊　　　＊　　　＊

예천을 떠난 공손웅의 기분이 좋았던 건 상계에 도달했을 때까지뿐이었다.

솔직히 공손웅은 상계에 도착하기만 하면 취우당 놈들을 잡을 수 있을 것 같았었다.

그러나 현실은 그리 호락호락한 게 아니었다. 그들이 발견할 수 있었던 건 취우당이 남긴 흔적들뿐이었다.

도욱천은 그 흔적을 발견하고선 뛸 듯이 기뻐했다. 너무나 뚜렷했기에 놓칠 염려가 없다면서 말이다.

그 덕에 일행의 이동 속도는 무척이나 빨라졌다. 뭐가 그리

급했는지 취우당은 이정표(里程標)만큼이나 선명한 흔적들을
남기며 움직였던 것이다.

그렇게 해서 달려온 곳이 바로 여기 동장이었고, 도욱천의
말에 의하면 취우당과의 거리도 상당히 좁혀졌을 거라고 했
다.

하더라도 공손웅의 기분은 전혀 나아지질 않았다. 다른 걸
떠나서라도 바로 이곳 동장이 동상벌의 세력권이라는 것만으
로도 불쾌하기 짝이 없었다.

그처럼 좋지 않는 공손웅의 기분에 마치 기름을 붓는 것 같
은 소식 하나를 도욱천이 막 가져왔다.

"소맹주, 수상한 자들이 본 맹을 탐지하는 것 같소이다!"

"수상한 자? 여긴 동상벌의 땅이오, 도 궁주! 그러니 그놈
들이 기웃거리는 것도 당연하겠지. 우린 서둘러 취우당 놈들
을 찾아야 하오!"

신산자가 별것 아니란 듯이 도욱천의 말을 가볍게 받았다.

도욱천도 그 점은 어느 정도 동감하고 있던 참이었다. 다만
보고를 해둬야만 하기에 말을 꺼낸 것에 불과했다.

하지만 공손웅의 반응은 달랐다.

"수상한 놈들이 우리들 꽁무니에 코를 처박고 냄샐 맡는다
는 말이지? 흥, 이젠 별 잡종들이 모두 기어오르는군!"

비록 나직했지만 공손웅의 이 밀을 들은 도욱천은 가슴이
덜컥 내려앉았다. 그 말속에 실린 감정을 고스란히 느낀 탓이

었다.

"소맹주, 신산자의 말처럼 여긴 동상벌의 땅이니……."

"그 수상쩍다는 놈들을 당장 찾아내 죽이시오. 한 놈도 남김없이!"

도욱천이 만류의 말을 마치기도 전에 공손웅은 단호한 명을 내렸다.

"소맹주, 성급하신 명일랑은 거둬주소서! 여기는 동상벌의 세력권이옵니다. 그들과 괜한 시비를 일으켜 동상벌을 적으로 돌려서는 본 맹의 본래 목적인 취우당 놈들은 잡을 수 없사옵니다!"

"동상벌을 적으로 돌려?"

신산자까지 나서 말렸지만, 공손웅은 귓등으로도 듣지 않았다.

"신산자는 귀도 없소? 남선련이 주축이 되어 삼세가 연합했다는 얘기를?"

"그건 아직 결정된 게 아니옵니다. 그러니 이럴 때일수록 동상벌의 비위를 건드려서는……."

"뭐가 무서워 눈치를 본단 말이오? 이까짓 동상벌쯤은 대도회만 보내도 하룻밤이면 쓸어버릴 수 있소! 그리고 보니 마침 잘됐소. 이 기회에 동상벌을 쓸어버린다면, 삼세의 연합도 막고 미래의 적을 제거하는 것도 되니깐!"

이 경우 말린 게 오히려 역효과를 가져오게 되었다. 공손웅으로 하여금 취우당을 잡는 것도 모자라, 동상벌과의 전면전도 불사하겠다고 결심하게 만든 결과가 되고 말았다.

"도 궁주, 당장 놈들을 추적하시오! 본 맹을 염탐한 자들의 최후가 어떤지 내가 똑똑히 보여주겠소!"

"소맹주, 다시 한 번 생각해 주시오! 그래서는 취우당 놈들을 잡는 게 늦어질 뿐이오. 부디 본래 목적을 생각……."

"내 마음은 이미 결정되었소! 이 일이 동상벌에 대한 경고도 될 거요. 함부로 우리 앞을 가로막다가는 어떤 꼴을 당하는지 그들도 알게 될 것이오!"

이쯤 되면 도욱천도 신산자도 더 이상 할 말이 없다. 그저 명령을 수행할 뿐이었다.

그리고 그 명령은 곧바로 시행되어, 잠시 쉬고 있던 북도맹 친위대와 대도회의 무사들은 제대로 요기도 하지 못한 채 출발을 서둘렀다.

생각해 보면 이건 재미있는 상황이었다. 동상벌의 세력권 내에서 북도맹과 서광막이 서로 밀고 밀리는 각축전(角逐戰)을 벌이게 되었으니 말이다.

2

거대한 대파산의 초입에 들어서자마자, 준비해 갔던 팔두마차 세 대는 인근 마을에 맡겨둬야 했다. 더 이상은 사람이든 짐승이든 접근하기 힘들 정도로 연기가 들어차 있었기 때문이다.

"와아, 정말 대단하다, 대단해! 내 평생 이처럼 맹렬한 불길은 처음이다. 진짜 대단하군!"

화염과 연기에 휩싸여 있는 대파산의 정상 신농정을 본 열반노의 첫마디였다.

"그렇구먼. 불길도 맹렬하지만, 열흘 동안 탈 게 있다는 것도 놀랍구먼!"

매보자도 열반노의 말에 맞장구를 쳤다.

아니, 매보자만이 아니었다. 대파산의 산불을 본 취우당원들은 한결같이 놀라움을 금치 못하겠다는 표정이었다.

비록 별이 떨어지면서 시작되었다지만, 대자연이 타 들어가는 듯한 거대한 산불엔 위축감마저 느끼는 얼굴들이었다.

특히 암류혼의 표정은 다른 사람들보다 훨씬 심각하게 굳어져 있었다. 방금 들었던 매보자의 말에서 한 가지 사실을 깨달은 탓이었다.

'맞다. 저렇게 맹렬한 불길이 열흘 정도 지속되었다면, 지금쯤은 재만 남아야 한다!'

그런데도 여전히 처음 별이 떨어졌다는 신농정은 불길에

휩싸여 있다.

물론 불길은 다른 곳으로도 번져 나가는 중이었다. 이 상태라면 대파산 전체를 불태운 후, 곧 미창산(米倉山)까지 번져 나갈 것 같았다.

"자, 넋을 잃고 있을 때가 아닐세. 최대한 많은 물을 구하고 불에 잘 타지 않는 밧줄도 구해보도록 하게!"

단연이 형제들의 주의를 환기시켰다.

"흐흐흐, 물이라면 몰라도 불에 타지 않는 밧줄을 구하려고 애쓸 필요는 없어 편하겠군!"

단연의 말이 끝나자마자 열반노가 묘한 웃음과 함께 덧붙였다.

"그건 무슨 얘기요? 밧줄을 구하지 않아도 된다니?"

상춘풍이 열반노의 말에 궁금증을 드러냈다.

"그건 얼마든지 있지 않나? 의문표 동생에게……."

열반노는 저만치 서 있는 의문표를 눈으로 가리키며 또다시 흐물쩍 웃었다.

"아!"

그제야 생각났다는 듯 상춘풍의 자신의 이마를 가볍게 쳤다. 의문표의 소매 속에는 도대체 몇 개나 되는지 알 수 없을 만큼 많은 철삭이 들어 있다는 걸 떠올렸다.

"흥!"

이번에도 의문표는 콧방귀만 날렸다.

그래도 열반노나 상춘풍은 전혀 개의치 않았다. 저 콧방귀는 의문표의 상징이라고 해도 과언이 아니었으니까 말이다.

"물을 구하러 간 사람은 누군가?"

"망사웅과 쌍도끼요!"

의문표가 침을 찍 뱉으며 불량스럽게 대꾸했다.

"망 아우가 갔으니 우리들이 족히 보름은 견딜 물을 구해 오겠구면!"

매보자가 조심스럽게 끼어들었다. 취우당의 대형으로서 평소에도 의문표의 언행에 조바심을 금치 못하는 편이었다.

"그런데 대체 어떤 방법으로 이 연기와 불길을 뚫고 들어갈 작정이오?"

처음 이 임무를 받았을 때부터 궁금했던 점을 암류흔은 마침내 입 밖으로 끄집어냈다.

"연기를 피하는 건 그리 어렵지 않을 걸세. 수건에 물을 적셔 얼굴을 감싸면 얼마간 견딜 수 있을 걸세! 문제는 신농정의 절반 이상을 태우고 있는 불길인데……. 솔직히 이 정도일 줄은 몰랐었네."

정말이었다. 대파산의 정상인 신농정은 봉우리 중간부터 꼭대기까지 불길에 휩싸여 있었다. 이건 확실히 단연도 예상치 못한 문제였다.

통상 산불이란 건 산의 한쪽 사면에서 시작되어 정상 부분에서 끝나는 경우가 대부분이다. 말할 것도 없이 불길이 위로

타 들어가는 성질 때문이다.

그런데 지금 보고 있는 산불은 그 반대였다. 정상에서 시작
돼 아래로 번져 나가 산의 절반 이상이 화염에 휩싸인 상태였
다.

묘한 건 그것만이 아니었다. 열흘 동안 탔음에도 불구하고
여전히 불길은 전혀 수그러들질 않았다.

"아무래도 비가 올 때까지 기다려야겠소. 이대로는 무리
야!"

"흐음!"

암류혼의 말에 단연은 깊은 침음성을 토했다. 그 역시 당장
은 방법이 떠오르지 않은 까닭에서였다.

"어쩔 수 없이 최소한의 인원으로 가야겠네. 내가 모두를
보호하기는 힘드니까!"

"뭐? 정말 저 불길 속을 뚫고 가겠다는 거요?"

단연의 말에 암류혼은 깜짝 놀라 되물었다. 제정신인지 의
심스럽다는 표정이었다.

"자넨 남아 있도록 하게. 활귀와 망사웅만 데리고 가겠네!"

"그게 말이 된다고 생각하시오? 이 임무는 어디까지나 내
게……."

"거기 선 자들은 듣거라!"

암류혼의 말이 채 끝나기도 전에 어디선가 커다란 고함 소
리가 들렸다.

취우당원들의 시선이 일제히 소리가 들린 곳으로 향했다. 관복(官服)을 입은 관원(官員) 백여 명이 도열해 있는 게 보였다.

"본관은 진파부(鎭巴府)의 순검(巡檢) 임회열(林懷烈)이라고 한다. 대체 네놈들은 누구길래 접근이 금지된 불타는 산에 들어가려고 하는가?"

임회열은 재차 소리를 질렀다. 다분히 관인의 위엄을 갖춘 태도였다.

이 뜻밖의 사태에 암류흔과 단연은 서로 마주 보았다. 산이 불타고 있는 건 맞지만, 어디에도 입산을 금지한다는 표지는 없었던 것이다.

"이건 동창의 농간이로군!"

단연이 나직이 속삭였고 암류흔도 고개를 끄덕였다. 동창이 나서지 않으면서 관부를 움직여 사람들의 입산을 철지히 통제하고 있는 모양이었다.

"대체 어디서 온 놈들이냐? 당장 호패(號牌)와 노인(路認:여행 증명서)을 제시하도록!"

다시 임회열이 고함을 질렀고, 관인들 십여 명이 취우당원들을 향해 우르르 몰려왔다.

"귀찮게 되었군. 암 총수는 잠시 물러서 있게!"

소매를 걷으며 단연이 한 걸음 앞으로 나섰다. 관인들을 막을 생각이었다.

"아니, 이 일은 내게 맡겨두시오. 방법이 있소!"

오히려 암류흔이 단연을 말렸다. 상황이 어떻든 관부를 상대로 완력(腕力)을 사용할 수는 없었다.

"대체 어떤 방법이……!"

의아한 듯 묻던 단연이 곧 알겠다는 표정을 지으며 서너 발짝 물러섰다.

어쨌든 암류흔은 의혈사의 세작이다. 지방 관아의 순검 하나 정도는 상대할 방도는 충분히 있을 터였다.

암류흔은 몇 걸음 앞으로 나서며 다가오는 관인들을 향해 호통을 질렀다.

"게 섯거라! 여기 계신 분이 뉘신 줄 알고 감히 이처럼 불경스럽게 구는가? 순검이라고 했던가? 네놈들의 상관을 당장 내 앞에 잡아다 꿇려라!"

의외의 사태에 다가오던 관인들은 물론, 순검 임회열도 어리둥절한 표정을 지었다.

"어허, 썩 명을 시행하지 못할까? 어찌 감히 순검 따위가 안찰사(按察使) 대인 앞에서 이처럼 방자를 떤단 말인가? 얘들아! 당장 저 순검 놈을 잡아다 꿇려라!"

병사들이 혼란에 휩싸인 틈을 타서 암류흔은 취우당 형제들에게 명을 내렸다.

암류흔의 말이 떨어지자마자 활귀가 임회열에게 달려들었다. 발도술만큼이나 빠른 몸놀림이었다.

그리고 이 경우 활귀의 얼굴은 그대로 훌륭한 병기였다. 커다란 상처에 의해 한쪽 눈까지 날아갔으니 병사들은 지레 겁을 먹고 길을 열었다.

임회열은 맥없이 끌려와 단연 앞에 무릎이 꿇려 앉혀졌다.

생각해 보면 이건 웃기는 일이었다. 암류흔의 호통 몇 마디에 진파부의 순검이 맥없이 무릎을 꿇었으니 말이다.

그러나 임회열의 입장에서 보자면 이해하지 못할 일도 아니었다.

알다시피 안찰사는 한 성(省)의 형(刑)과 옥(獄)을 관장하는 최고 책임자다. 한마디로 법을 집행하는 부서에선 최고위직이란 말이다.

그러니 임회열로선 가장 높은 직속상관을 만난 셈이었다. 뭔가 속고 있다는 기분이 들어도 우선은 암류흔이 시키는 대로 하는 수밖에 없었다. 이게 바로 관부의 보신책이니까 말이다.

"아, 안찰사 대인께 문안 여쭈옵니다. 그런데 저기… 대인의 신분을 표시할 만한……."

"어허, 이놈이 그래도!"

옆에 있던 암류흔이 또다시 목청을 돋웠다.

"네 이놈! 대인의 모습을 뵙고도 이게 밀행(密行)이라는 걸 알지 못하겠느냐? 네놈 때문에 이 밀행이 수포가 되어버렸으니, 네놈의 죄를 대체 어떻게 물어야 되겠느냐?"

암류흔의 질타는 여기서 끝나지 않았다. 임회열이 아직 정확한 판단을 하지 못하고 있을 때 더욱 몰아쳐야 한다.

"그리고 대체 누구의 명으로 이 대파산에 입산 금지령을 내렸느냐? 모든 백성들을 산으로 동원해 불을 꺼도 시원찮을 판에! 대체 누구의 명이냐? 네놈이냐? 아니면 네놈의 상관인 지부(知府)가 내린 명이냐? 누구든 그 명을 내린 놈은 단단히 치도곤을 내시겠다는 안찰사 대인의 명이 계셨다!"

공갈도 협박도 이쯤 되면 거의 경지에 이르렀다고 할 수 있다. 암류흔은 자신들의 신분을 의심하는 임회열의 생각을 입산 금지에 대한 것과 산불을 끄지 못한 책임 쪽으로 돌려놓았던 것이다.

"자, 바른대로 이실직고하렷다! 대체 어느 놈이 그따위 가당찮은 명을 내렸단 말이냐?"

암류흔은 마구 임회열을 몰아세웠다.

이제 임회열은 진정으로 난감해졌다. 암류흔이나 단연의 예상대로 그는 동창으로부터 대파산에 누구도 들여보내서는 안 된다는 명을 받아 실행하고 있던 참이었다.

문제는 바로 거기 있었다. 동창이 아무리 무소불위(無所不爲)의 권력을 휘두르는 곳이라고 해도 관인들에게 명을 내릴 권한은 없다.

그런데 자신은 그들로부터 명을 받았고 실행까지 했나. 이게 알려진다면 자신의 출세길은 막힐 게 뻔했다.

거기다 단연까지 가세했다.

"너무 윽박지르지 말게. 자, 말해보게, 임 순검! 대체 누가 이 산불을 방치해 두라고 명을 내렸는가?"

단연은 입산 금지를 아예 산불을 끄지 못하게 한 것으로 단정지었다.

이건 큰일이다. 단순히 입산 금지라면 어떻게든 빠져나갈 구멍도 있겠지만 산불을 방치했다면 얘기가 다르다. 분명한 징계감인 것이다.

"도, 동창에서 나오신 분들이……."

임회열로서는 그대로 얘기할 수밖에 없었다.

"알겠네. 동창에서 온 사람들도 달리 생각이 있었겠지. 자넨 이만 돌아가도록 하게. 이 산불은 본관이 직접 조사해서 진화(鎭火)할 방도를 찾도록 하겠네."

"며, 명을 받드옵니다!"

고개를 갸웃거리면서도 임회열은 수하들을 이끌고 물러갈 수밖에 없었다.

"서둘러야겠군. 곧 동창 놈들이 몰려올 테니! 암 총수는 나머지 사람들과……."

"나도 반드시 가야겠소!"

임회열의 등장으로 끊겼던 얘기를 두 사람은 다시 이어갔다. 이 점에 있어선 암류흔은 단 한 발짝도 물러설 수 없었다.

"나도 솔직히 불길이 저 정도일 줄은 예상치 못했었네. 활귀라면 어떤 경우든 제 한 몸 정도는 건사할 수 있을 터이고, 망사웅은 여차하면 내가 보호해 줄 수 있지만, 더 이상은 무 릴세!"

어쩌면 이건 단연으로선 하기 힘든 말이었을지도 모른다. 자신의 능력을 스스로가 낮게 평가하고 있는 것처럼 들릴 수 도 있으니까.

그러나 반드시 해야 될 말이었다. 자신도 없이 사람을 데려 가 희생을 시킨다면 그거야말로 자존심이 크게 상하는 일이 다.

"하지만 이 일은 분명 내게 내려진 명이었고, 내가 완수해 야만 될 것이오!"

"아직도 자네는 혼자서만 세작 노릇을 하고 있다고 생각하 는가? 그럼 여기 있는 형제들은 대체 뭔가?"

약간 높아진 목소리로 되묻는 단연의 말에 암류흔은 순간 적으로 할 말을 찾지 못했다.

"흥!"

거기에 더해 의문표까지 싸늘한 콧방귀를 날리자, 암류흔 의 시선은 자신도 모르게 취우당 형제들에게로 돌려졌다.

하나같이 싸늘한 눈빛들이었다. 인상들도 험악하게 일그 러져 있었다.

그래도 그 눈빛과 표정이 말하고 있는 건 하나였다. 단연의 말대로 하라는 것!

"암 총수가 뭘 걱정하는지는 잘 알고 있네. 하지만 아무 염려 말게. 떨어진 별을 고스란히 가져다주겠네!"

훨훨 기세를 돋워 신농정을 사르고 있는 불길을 가리키며 단연은 무거운 어조로 약속을 했다.

그리고는 취우당원들을 돌아보며 재차 말을 이었다.

"사실 이 불길을 뚫고 들어가는 것보다, 남아 있는 자네들이 더 중요한 일을 하게 될 것일세. 곧 동창의 사람들이 몰려올 걸세. 그자들을 남아 있는 사람들이 적절하게 막아줘야겠네! 방해를 받는다면 일이 더 어려워져!"

가뜩이나 일그러져 있던 취우당원들의 얼굴이었다. 단연의 말에서 뭔가를 깨달은 듯, 그 위에 여린 그림자까지 드리워졌다.

말이 쉬워 '적절히 막는다' 이지, 상대는 다름 아닌 동창이다. 경우에 따라선 목숨도 걸이야 하고, 혹은 수배자(受配者)가 되어 한평생 관부의 추적을 받게 될지도 모른다.

"동창을 상대하는 일은 다른 누구보다 암 총수가 제격일 걸세. 그러니 자넨 남아서……."

"아무리 생각해도 내가 직접 가야겠소! 동창이 몰려온다면 피하는 게 가장 상책일 거요. 다른 형제들은 일단 하산해서 어디든 은신해 있도록 하시오. 날 취우당의 총수로 생각한다면 내 말에 따라주시오!"

"너무 위험해!"

암류혼의 말이 끝나자마자 중두가 소리를 버럭 질렀다. 그로선 지금 타오르는 산불만 봐도 오금이 저려올 정도였던 것이다.

"지금까지 살아오면서 위험하지 않았던 적은 별로 없었어!"

가벼운 어조로 중두의 말을 막아버린 암류혼은 다시 한 번 단연에게 시선을 돌렸다.

"이 일은 의혈사에서 내게 은밀하게 내려진 명이오! 의혈사에서도 우리가 취우당을 결성했다는 걸 알고 있는 터, 다른 형제들과 함께 해도 좋다고 생각했다면 사람까지 파견해 은밀하게 명을 전하지는 않았을 거요!"

이건 암류혼의 말이 맞았다. 의혈사에선 앵화를 보내 극비리에 명을 전하려고 했었다. 비록 그때 암류혼의 기분이 좋지 않았었고, 또 취우당 중에서도 상당한 고수가 있어 본의든 아니든 그걸 엿듣게 되었지만 말이다.

"하지만 의혈사에서도 산불이 이 정도로 맹렬하게 타고 있을 거라곤 생각지 못했을 걸세! 아무리 명령이 소중하다고 해도 상황에 따라선 생각을 굽혀서……."

"가겠다는 사람을 왜 말려? 같이 가! 내가 데리고 갈 테니!"

단연의 말이 미처 끝나기도 전에 사람들로선 전혀 예상치도 못한 목소리 하나가 끼어들었다.

"파사륵?"

부지불식간에 암류흔은 그 이름을 내뱉었다.

확실히 파사륵이었다. 언제 왔는지 저만치 떨어져 있는 바위 위에 앉아 발을 까불거리고 있었다.

"여긴 어떻게 알고 왔나?"

가장 먼저 뇌리에 떠오른 의문을 암류흔은 말로 내뱉어 물었다. 단연과 사이가 좋지 않은 것 같아 일부러 낙양부 외곽의 객잔에 여자들과 함께 떼어놓고 왔었는데…….

"그 여자를 따라왔어!"

대수롭지 않게 파사륵은 대꾸했다. 앵화의 뒤를 미행해서 취우당원들을 발견했다는 말이었다.

하지만 그 역시 놀라운 일이 아닐 수 없었다. 개봉에서 대파산까지 거리만 따져도 물경 이천 리에 가깝다. 취우당원들이 세 대의 마차에 나눠 타고 왔어도 비교적 무공이 약한 자들은 피로감을 느꼈을 정도였다.

그런데 파사륵의 얼굴에서 지친 기색이라곤 찾아볼 수 없었다. 그 먼 거리를 두 다리만 이용해 마차의 뒤를 따라왔음이 분명할 텐데도 말이다.

"같이 데리고 가. 나도 갈 거야!"

파사륵은 다시 한 번 다짐을 두듯 얘기했다.

암류흔의 시선이 저절로 단연에게 돌려졌다. 어떤 이유가 있는지는 몰라도 그와 파사륵 사이가 그리 좋지 않다는 걸 아는 까닭에서였다.

"그래서? 그대가 저 불길 속에서 암 총수를 보호하겠다고?"

예상대로 단연의 어조는 싸늘했다. 표정까지 사람이 달라진 것처럼 일그러져 있었다.

"그래. 난 할 수 있어!"

"그렇게 하도록 하게. 저 아이의 무공이야 우리도 익히 아는 터, 암 총수를 위험에 빠뜨릴 것 같지는 않네."

열반노였다. 드물게 평소의 장난기라곤 찾아볼 수 없는 표정과 어투였다.

"싫으면 우리 둘이만 가면 되지 뭐! 자, 가!"

뾰로통한 어조로 내뱉은 파사륵은 바위에서 훌쩍 뛰어내렸다.

아니, 뛰어내렸다 싶은 순간 어느새 암류흔의 손을 잡아끌고 있었다. 정말이지 제대로 보지도 못했을 정도로 빠른 몸놀림이었다.

이쯤 되면 달리 어쩔 수도 없었다. 다른 사람들은 인근 마을에 흩어져 동창의 이목을 최대한 피하기로 하고, 다섯 명만 불길에 휩싸인 산을 오르기로 했다.

암류흔과 단연, 파사륵, 활귀, 망사웅이 산을 오르기로 한 사람들이었다.

3

불타는 산을 오르는 데 있어 단연과 파사륵이 보여준 능력은 실로 놀라웠다.

'저걸 단순히 암경(暗勁)으로만 부른다면 욕 얻어먹겠군!'

선두에 서서 길을 여는 두 사람을 보고 있는 암류흔의 느낌이었다.

실제로 단연과 파사륵은 선두에 서서 두 손을 부지런히 움직이고 있었다.

그때마다 일행의 앞길을 막고 있던 건 뭐든지 날아가 버렸다. 불길이든, 연기든, 혹은 타고 있는 나무들이든…….

그 뒤는 활귀가 맡았다. 여기저기 날려 일행에게 덮쳐 오는 불꽃이나 불붙은 잔해들을 그의 칼이 깨끗하게 잘라 버렸다.

하지만 이미 잔뜩 달궈진 땅은 어쩔 수 없었다. 심한 곳은 딛고 걷기조차 힘들 정도로 뜨거웠던 것이다.

특히 암류흔이 겪고 있는 고초는 장난이 아니었다. 일행 중 무공이 가장 약했기에 외부에서 전해지는 열기도 다른 사람들보다 훨씬 강하게 느껴질 수밖에 없었다.

아니, 열기만이 아니었다. 암류흔에게 있어선 연기도 치명적인 방해 요소였다. 제대로 눈을 뜨지 못해 종종 방향을 잃었고, 그때마다 뒤를 따르고 있던 망사웅이 그를 잡아주곤 했었다.

그런 점에선 파사륵도 지극정성이었다. 선두에 서서 단연과 경쟁적으로 불길을 뚫으면서도 연신 암류흔을 살피기에 여념이 없었으니 말이다.

어쨌든 일행은 염려했던 것보다 훨씬 빠른 속도로 신농정을 오를 수 있었다.

'파사륵이 없었다면 몇 배나 힘겨웠겠지!'

솔직한 단연의 심정이었다. 만약 혼자서 이 불길을 헤치고 갔더라면 이보다 훨씬 느렸을 게 분명했다.

그건 중요한 일이다. 당장 불길에 휩싸이지 않는다고는 하지만 이 열기는 견디기 쉬운 게 아니다.

게다가 땅이 온통 가마솥처럼 달궈졌으니 빨리 움직이지 않으면 발바닥에 화상을 입을 수도 있다. 제대로 걷지 못한대서야 일을 해낸다는 건 무리, 일찌감치 포기하고 물러가야만 한다는 의미다.

단연의 발바닥에 대한 우려를 실제 고통으로 겪고 있는 사람이 있었다. 물론 암류흔이었다.

암류흔이 신고 있는 신발은 천기자가 만들어준 것이다. 바닥에 자석이 들어 있는 것 말이다.

처음엔 그게 좋았다. 지면의 열기를 다른 사람들보다 비교적 적게 느낄 수 있었으니까.

하지만 일단 자석이 한 번 달궈지기 시작하자 얘기가 달라졌다. 평범한 가죽신이었다면 극단적으로 얘기해 양 발을 교차하면서 약간은 식힐 수 있었을 터였다.

그런데 자석은 그렇지가 못했다. 달궈지기까지 시간이 걸렸지만, 일단 달궈지자 끊임없이 암류흔을 괴롭혔다.

차라리 벗어버리자는 유혹에도 시달렸다. 달리 신발을 대체할 뭐라도 있었다면 말이다.

겉으로 표를 낼 수도 없었다. 다들 이 불길 속에서 제 몫을 하느라 바쁜 상태였다. 그저 뒤를 따르는 게 전부인 자신의 고통 따위는 어떻게든 속으로 삼키고 버텨야 한다.

하지만 암류흔이 표를 내지 않는다고 해서 다른 사람이 모르는 건 아니었다.

특히 뒤를 바짝 따르고 있는 망사웅은 한눈에 그의 상태를 알아보았다.

"형님, 아니, 총수! 제가 업겠습니다."

망사웅이 암류흔에게 나직이 속삭였다. 아무래도 막내와 총수 사이라 말투가 조심스러웠다.

"괜찮아!"

암류흔은 고개를 저었다. 지금 상황에서 괴롭기는 망사웅도 마찬가지다. 발이 녹아내리는 한이 있더라도 부담을 줄 수는 없는 노릇이다.

"조금만 더 참게. 정상에 가까워지니 불길도 많이 약해지는 것 같으니까!"

단연도 잠깐 뒤를 돌아보며 한마디 던졌다.

암류흔으로선 놀라지 않을 수 없었다. 혼자 견디며 표 내지 않으려 했던 의도와는 달리, 자신이 많은 티를 낸 꼴이 되었으니 말이다.

그래도 단연의 말처럼 불길은 많이 수그러든 것 같았다. 정상에 도달하면 아래에서 보던 것과는 달리 불이 완전히 꺼졌을지도 모른다.

"총수, 이걸……."

여전히 암류흔이 고통스럽게 걷자 망사웅이 뭔가를 건네주었다. 물이 든 가죽 부대였다.

"아껴둬라. 시간이 얼마나 걸릴지 모르는데, 물을 허비해선 안 돼!"

망사웅이 물을 건네준 건 암류흔의 발을 식히라는 의미였다. 그걸 알기에 거절했던 것이다.

"그러다간 별이 떨어진 곳까지 가지도 못할 걸세! 달궈진 자석을 식히도록 하게."

단연도 한마디 거들었다. 지난번 견철과 싸우는 걸 봤으니 암류흔의 신발에 자석이 장착되어 있다는 건 이미 알고 있었다

"이런 불길 속에서 물이 부족하다면 그야말로 위험천만한 일이오. 말하기도 귀찮으니 더 이상 얘기하지 마시오!"

실제로 암류흔은 말하는 것도 고통스러웠다.

하지만 이번의 거절은 실현되지 못했다. 파사륵이 갑자기 몸을 돌렸고, 그 순간 벌써 망사웅의 손에 들려 있던 물 부대를 낚아챘다.

다음에 파사륵이 할 일은 뻔했다. 우선 자신이 한 모금 마신 후 암류흔을 붙잡고 그의 발에 물을 부었다.

치이이—!

암류흔의 발에서 잘 달군 쇠가 물에 떨어져 식어가는 소리가 들렸다.

"이제 됐어. 그만 해!"

암류흔은 황급히 파사륵을 제지했다. 안 그러면 한 부대의 물을 전부 다 쏟아 부을 것 같아서였다.

또한 그 말이 사실이기도 했다. 신이 젖을 정도의 물을 붓자 자석이 급격히 식어 이젠 더 이상 뜨거움은 느껴지지 않았다.

"여기서부턴 달리는 게 낫겠네!"

갑자기 단연이 사람들을 돌아보며 말을 뱉었다. 불길이 현저하게 약해졌기 때문이다.

"자넨 혼자서도 따라올 수 있겠지? 망 아우, 이리 오게!"

단연의 질문에 활귀는 고개를 끄덕였고, 망사웅이 재빨리 그에게 다가갔다.

"암 총수를 부탁하네!"

다가온 망사웅을 어깨에 들쳐 멘 단연은 파사륵에게도 한 마디 던졌다. 다른 사람들에게 말할 때와는 달리 싸늘한 어투였다.

그 후엔 이미 단연의 모습은 그 자리에 없었다. 덩치가 곰처럼 큰 망사웅을 메고도 그처럼 빠르게 달린 것이다.

그 다음은 암류흔이었다. 어? 어? 할 사이도 없이 어느 틈에 파사륵이 그의 허리춤을 낚아채 달리기 시작했다.

암류흔으로선 눈알이 팽팽 돌 지경이었다. 말을 타고 달려도 이보다는 빠르지 않을 터였다.

'도대체 두 사람은 어떤 관계길래……?'

거의 파사륵에게 안기다시피 해서 가면서 암류흔은 새삼 단연과 파사륵의 관계가 궁금해졌다. 이렇게 빨리 달리는 거나 좀 전에 앞장서서 불길을 뚫은 게 모두 다 그와 경쟁하는 것이라 여겨진 탓이었다.

어쨌든 그게 효과는 있었다. 오래지 않아 파사륵은 단연을 따라잡았고, 이내 그를 추월해 앞서 달렸다.

그 덕에 정상은 급격하게 가까워졌고 예상대로 주변의 불길은 거의 보이지 않았다.

"다 온 거 같은데……."

달리던 발길을 멈추며 파사륵이 입을 열었다. 숨결이 약간 거칠었다. 아무리 그녀라도 암류흔까지 데리고 그처럼 빨리 달렸으니 당연한 일이었다.

암류흔은 재빨리 주변을 둘러보았다. 마치 화산이 폭발한 것처럼 거대한 구덩이가 파여져 있었고 그 속에선 가녀린 연기가 끊임없이 피어올랐다.

"저기에 떨어진 모양이군!"

암류흔이 구덩이를 향해 두어 걸음 옮겼을 때, 마치 닭이 홰를 치는 것과 흡사한 소리를 내며 단연과 망사웅이 도착했다.

"잠깐만 기다리게, 암 총수!"

나타나자마자 단연은 암류흔의 발길을 세웠다.

"어떤 위험이 있을지 모르니 내가 먼저 접근해 보겠네!"

바로 이게 단연이 암류흔을 말린 이유였다.

말만이 아니었다. 말을 마치자마자 단연은 곧장 구덩이를 향해 움직였다.

구덩이 가장지리에 도착한 단연이 가장 먼저 한 일은 피어오르는 연기의 냄새를 맡는 것이었다.

"흐음, 독은 아닌 것 같고……."

그걸 확인한 뒤에야 단연은 구덩이 안을 들여다보았다.

"여기로 와보게. 별이 저렇게 생겼나?"

안전하다고 여긴 단연은 사람들을 불렀다.

암류흔은 재빨리 구덩이로 다가가 아래를 내려다보았다. 우유처럼 뿌연 색의 물체가 연기 사이로 보였다. 아마도 별이 분명한 것 같았다.

"저건 마치 굽 높은 접시 두 개를 서로 마주 보게 포개둔 것 같은데……."

"그보다는 크기가 생각보다 훨씬 크군. 옮기기가 만만치 않겠네."

별의 형상을 표현한 암류흔에 비해 단연은 그걸 옮기는 걸 걱정했다.

"일단 내려가 봅시다. 근데 정말 하늘의 별들이 전부 저렇게 생겼나?"

"그게 좋겠군!"

단연이 즉각 동의하며 암류흔의 허리를 감싸고 훌쩍 몸을 날렸다.

타앙―!

별 위에 착지한 것과 동시에 맑은 소리가 울려 퍼졌다.

암류흔의 신발에 장착된 자석 탓은 아니었다. 단연이 먼저 내려섰기 때문에 그의 발은 별에 닿을 틈도 없었다.

"쇠로 된 별인가?"

우윳빛 별의 표면을 손으로 두드리며 단연이 나직이 내뱉었다. 착지할 때 들은 소리로 미루어보면 금속일 가능성이 컸다.

암류흔은 재빨리 신발의 가죽 끈을 당겼다. 금속이라면 자석에 붙을 것이다.

하지만 자석은 전혀 효력을 발휘하지 못했다. 금속이 아니라는 의미였다.

"쇠가 아니라면……. 자네의 그 비수를 좀 빌려주게!"

단연이 불쑥 손을 내밀었다. 이 별을 잘라볼 작정이었다.

"이대로 가져가야 하지 않겠소? 괜히 잘랐다가 잘못되기라도 한다면……."

"어차피 이대로는 너무 커서 옮기지도 못하네! 마차가 있는 곳까지 옮기려면, 몇 조각으로 잘라서 가져갈 수밖에 없네!"

단연은 암류흔의 우려를 일축해 버렸다.

암류흔은 비수를 건네주었다. 듣고 보니 단연의 말이 맞았다.

비수를 받아 든 단연은 그대로 휘둘렀다.

따아앙—!

맑은 금속성이 길게 끌리며 단연이 휘두른 비수는 맥없이 튕겨지고 말았다.

"확실히 이상하군!"

단연은 고개를 갸웃거렸다. 금속이 아니니 불똥이 튀지 않은 것까지는 이해가 되었다.

그러나 자신이 휘두른 비수에 잘려지지 않았음은 물론, 미세한 흔적조차 남지 않는 건 선뜻 납득할 수 없는 일이었다.

단연은 비수를 쥔 손에 더욱 힘을 가했다. 이번엔 전력을 다해 잘라볼 참이었다.

번쩍!

돌연 단연이 쥔 비수가 강한 빛을 발했다. 단연이 끌어낼 수 있는 최대한의 내력을 운용하고 있다는 의미였다.

쉬잇, 따아아아앙—!

공기를 가르는 짤막한 파공성과 조금 전보다 더 길게 이어지는 금속성이 구덩이 속에 마구 진동되어 두 사람의 고막을 울렸다.

결과는 같았다. 전력을 다해 휘두른 단연의 비수는 이번에도 전혀 효과를 발휘하지는 못했다.

"여길 보시오. 쪼개진 틈이 있소!"

암류흔이 한곳을 가리키며 단연을 불렀다.

단연이 재빨리 그쪽으로 향했다. 과연 암류흔의 말처럼 미세하게 갈라진 틈이 보였다. 그 사이로 은은한 녹색 빛이 새어 나오고 있었다.

"이건 자연적으로 쪼개진 게 아닌 것 같군!"

균열을 살펴보던 단연의 눈길이 의혹으로 물들었다. 떨어진 충격으로 쪼개진 것치고는 너무 일직선이었다.

암류흔도 고개를 끄덕였다. 그 점은 진작부터 알아보고 있던 터였다.

"이건 마치 솜씨 좋은 장인(匠人)이 만든 것 같구려!"

"허허허! 그래서 우주나 세상 만물을 모두 조물주(造物主)

가 만들었다고 하지 않나!"

"정말로 그 말을 믿으시오? 조물주가 만든 별이라면 왜 이렇게 떨어지게 했겠소? 그냥 하늘에 매달려 있도록 두지!"

"어쨌든 잘하면 이 속을 들여다볼 수 있을 것 같군!"

말과 함께 단연은 그 미세한 틈 사이로 비수를 들이밀었다.

이 역시 쉽지 않았다. 갈라진 틈 사이가 너무 좁아 비수의 날[끼] 끝이 간신히 걸릴 뿐이었다.

단연의 이마에 시퍼런 힘줄이 곤두섰다. 이번에도 전력을 다해 비수를 찔러 넣고 있는 탓이었다.

그렇게 약간의 시간이 흐른 뒤 비수는 쑤욱 하고 틈을 헤집고 들어갔다.

쉬이이—!

그와 동시에 금을 따라 틈이 더욱 크게 벌어지며 공기가 새는 소리가 들렸다. 아주 약한 연기도 함께 새어 나왔다.

"피하게!"

반사적으로 단연은 암류혼을 안고 몸을 솟구쳤다. 방금 새어 나온 연기가 독이 아니라는 보장은 없었기에 우선 피하고 볼 일이었다.

다시 구덩이 밖으로 나오자 활귀도 막 도착해 있었다. 상당한 고초를 치른 듯, 옷자락 여기저기 불에 탄 흔적이 보였다.

암류혼을 내려놓은 단연은 다시 구덩이로 접근해 아래를 내려다보았다.

연기는 더 이상 나오지 않았다. 대신 흡사 문이 열린 것처럼 사각으로 크게 벌어진 공간을 통해 별의 내부가 훤히 보였다.

"내가 과문(寡聞)한 탓에 별이 어떻게 생겼는지는 정확하게 모르겠지만, 저건 분명 별이 아니라고 장담할 수 있네!"

단연의 말에 사람들은 일제히 구덩이 가장자리로 몰려갔다. 파사륵만이 관심없다는 듯 저만치 물러나 바닥에 앉아 있었다.

"흐음!"

별의 내부를 들여다본 암류혼은 짧은 침음성을 토했다. 놀란 심정의 다른 표현이었다.

돌발적으로 몸을 날린 암류혼은 그대로 별 속으로 뛰어들었다. 누가 말릴 틈도 없었다.

남은 사람들의 반응은 한 가지뿐이었다. 단연을 필두로 암류혼의 뒤를 따라 모두 별 속으로 뛰어드는 것 말이다.

"이건 확실히 조물주가 만든 것 같군!"

안에 들어서자마자 단연이 감탄사를 토했다. 보는 것 하나하나가 인세에서는 전혀 볼 수 없는 물건들이기 때문이었다.

"그럼 저게 조물주란 말이오?"

먼저 내려왔던 암류혼이 한곳을 가리키며 말했다. 칸막이

가 설치되어 있어 사람들 눈엔 보이지 않는 곳이었다.

"으으, 저, 저게 대체 뭐야?"

암류흔이 가리킨 것(?)을 본 망사웅이 뱉은 첫마디였다.

그건 정말 기묘한 생물이었다. 눈꺼풀 없는 시커먼 눈은 일반 사람들보다 적어도 다섯 배는 커 보였고, 귀 역시 마찬가지로 컸다.

그러나 코는 있는지 없는지 모를 정도로 구멍만 뚫려 있었고, 입도 입술은 보이지 않고 그저 줄 하나를 그어 놓은 것처럼 보였다.

비교적 큰 머리에 반해 발가벗은 상태인 체구는 작았다. 채 사 척도 안 되어 보일 것 같았고, 팔이 긴 것에 비해 다리는 유난히 짧았다.

"죽은 것 같은데 대체 저게 뭘까?"

감정을 밖으로 잘 드러내지 않는 활귀도 질렸다는 듯 한마디 했다. 현세(現世)는 물론 전설에서조차 저런 생물이 있다는 얘기는 들어본 적이 없었다.

"저건 뭐지?"

궁금증을 토하며 암류흔은 그 괴상한 생물이 쓰러져 있는 곳으로 걸어갔다.

"조심하게!"

단연이 재빨리 주의를 주며 암류흔 뒤에 바짝 붙어 섰다. 괴생물체가 죽은 것처럼 보였지만 그건 모르는 일이다. 만약의 사태에 대한 대비를 철저히 해야만 한다.

암류혼이 주워 든 건 괴생물체의 손목 근처에 떨어져 있던 거무튀튀한 물건이었다. 팔찌라고 하기엔 지나치게 두텁고 넓었으며, 비구(臂鞴)처럼 손가락에 끼워 고정하는 장치는 있었지만 비구라고 하기에도 두텁고 폭이 너무 좁았다.

게다가 그 바깥에는 콩알만 한 돌기들이 십여 개 박혀 있었다. 각기 색깔이 다른 그것들은 각도를 달리할 때마다 보석처럼 영롱한 빛을 발했다.

암류혼은 무심코 그중 하나를 만져 보았다. 호기심에 이끌린 자연스런 행동이었다.

촤착!

자물쇠를 채우는 것과 비슷한 소리와 함께 그 물체는 암류혼의 오른쪽 손목에 결합되었다.

"어? 이것 봐라?"

암류혼은 그게 사뭇 신기했다. 단순히 돌기들 중 하나를 만진 것만으로 자신의 팔에 딱 맞게 장착되었으니 말이다.

암류혼은 다른 돌기를 만지작거렸다.

스파앗!

돌연 강렬한 섬광이 번쩍인다 싶더니, 암류혼이 차고 있던 물건에서 한줄기 빛이 발사돼 망사웅의 얼굴 바로 옆을 지나 뒷벽에 격중되면서 풀썩 연기를 피워 올렸다.

"초, 총수……."

벼락을 맞은 듯한 표정으로 망사웅은 암류흔과 빛이 격중된 벽을 번갈아 살펴보았다. 포도 알만 한 구멍이 뚫려 있었다.

놀란 건 암류흔도 마찬가지였다. 단순한 호기심 탓에 하마터면 망사웅을 죽음에 몰아넣었을지도 몰랐기 때문이다.

'함부로 만지지 말아야겠군!'

어쩌면 괴생물체의 무기일지도 모른다는 생각을 떠올린 암류흔은 그 물건을 벗어버리려고 했다. 차고 다니다 어디 부딪쳐 돌기가 눌려지면 의도하지 않았던 불상사가 생길지도 모르니까 말이다.

그러나 물건은 쉽사리 벗겨지지 않았다. 아무리 힘을 가해도 마치 팔의 일부가 된 것처럼 꿈쩍도 하지 않았다.

이상한 일이 벌어진 것은 바로 그때였다. 사방 벽에 붙어 있던 신기한 물건들이 마구 빛을 뿜다가 사그라졌고, 지진이라도 난 것처럼 강한 진동이 전해졌다.

암류흔은 재빨리 주변을 둘러보았다. 물건들에서 뿜어지는 빛이 불규칙하게 명멸하는 가운데, 유독 한군데만은 규칙적으로 반짝이고 있었다.

빨간색 빛이었다. 그게 때로는 동그라미, 때로는 세모, 그러다 다시 막대형으로 바뀌면서 꾸준히 옆으로 퍼져 나갔다.

투웅─!

어디선가 둔중한 굉음이 들려왔다.

그와 동시에 진동은 더욱 강해졌고, 암류흔이 보고 있는 빨간색의 빛도 더욱 빠르게 옆으로 퍼져 나갔다.

"아무래도 좋지 않네! 우선 밖으로 나가세."

말과 동시에 단연은 암류흔과 망사웅을 동시에 들쳐 메고는 몸을 날렸다. 활귀 역시 그 뒤를 따랐다.

"받아!"

구덩이를 빠져나오자마자 단연은 파사륵에게 암류흔을 던졌다.

첫 번째 폭발은 바로 그 직후에 일어났다.

쿠웅─!

둔탁한 굉음과 함께 엄청난 불길이 구덩이 속에서 솟구쳤다.

약간 뒤처져 구덩이를 빠져나온 활귀가 그 여파에 밀려 저만치 튕겨 나갔다.

하지만 그걸로 진동이 멈춘 게 아니었다. 오히려 더욱 강해져 제대로 서 있기조차 힘들었다.

"달려!"

짤막하게 외치며 망사웅을 들쳐 멘 단연이 가장 먼저 신농정 아래를 향해 달렸다. 다른 사람들이 그 뒤를 따른 건 물론이었다.

이제 일행을 괴롭히는 건 다시 산불이었다.

하지만 한가롭게 암경을 사용해 길을 뚫고 있을 수는 없었다. 그저 최대한 빨리 달릴 뿐이었다.

그리고 이건 상당한 효과가 있었다. 올라올 때와는 달리 내리막길이라 불길의 영향을 거의 받지 않고 지나칠 수 있었다.

쿠와앙!

돌연 거대한 굉음과 더불어 신농정 전체가 마치 태풍에 나부끼는 나무처럼 흔들렸다.

다행히 그때 일행은 높이가 삼 장 정도에 이르는 바위 절벽 뒤에 몸을 의탁할 수 있었다. 열기는 느껴졌지만 주변이 온통 바위 지대라 불길에 직접 노출될 위험은 없는 곳이었다.

동시에 일행은 똑똑히 볼 수 있었다. 폭음이 들렸던 신농정 정상이 거대한 구름을 피워 올리는 것을!

그 다음은 엄청난 폭풍이었다. 사람들이 의지하고 있던 바위 절벽의 윗부분 일부가 날려갈 정도였다.

아니, 그건 놀랄 일도 아니었다. 그 폭풍이 얼마나 강했으면 대파산 전체를 집어삼킬 듯 타오르던 산불이 순식간에 완전히 꺼져 버렸다.

"내려가기가 한결 수월해졌군!"

한참이 지난 뒤에야 단연이 나직이 내뱉었다. 얼굴은 물론 온 전신에 재와 먼지를 뒤집어쓴 몰골이었다.

"다친 사람은 없나?"

다시 한 번 확인한 후 단연은 산 아래로 발길을 옮겼다.

역시 재와 먼지에 뒤범벅된 사람들이 그 뒤를 따랐다.

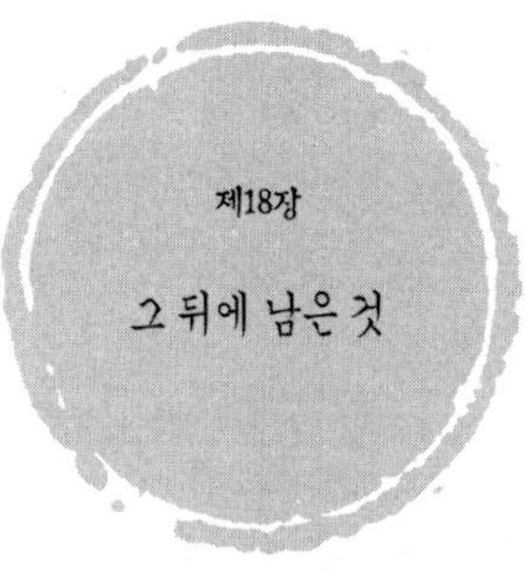

제18장

그 뒤에 남은 것

마차에 앉은 암류흔은 오늘도 팔뚝에 채워진 괴상한 물건을 풀기 위해 애를 쓰고 있었다.

"그냥 차고 있게. 그러다 엉뚱한 일이 생길 수도 있으니……."

단연이 암류흔에게 주의를 주었다. 처음 그 물건을 주웠을 때를 제외하고도 그동안 두 번 정도 더 위험한 상황이 발생했던 것이다.

"그 괴생물체의 무기인 건 확실한 것 같은데……."

"내 생각도 암 총수와 같네. 하지만 사용법을 모르는 병기는 자칫 자기 자신을 해치는 흉기가 될 수도 있네! 그러니 그

사용법은 시간을 두고 천천히 연구해 보도록 하게. 보아하니 자네 팔에서 쉬이 벗겨질 것 같지도 않으니깐!"

"그것도 문제요. 보다 정확한 사용법을 알려면 벗겨봐야 할 텐데……. 게다가 별은 폭발해 버렸고, 얻은 거라곤 이거 하나뿐인데 팔뚝에 붙어 떨어질 생각을 안 하니……."

난감한 표정을 지으며 암류흔은 말꼬리를 흐렸다. 우윳빛 접시를 두 개 마주 포개놓은 것 같은 그 물체가 별이든 아니든 의혈사로 가져가는 게 자신의 임무였다.

하지만 대폭발이 있은 후, 다시 확인하러 갔었던 신농정엔 아무것도 없었다. 폭발의 여파로 산봉우리가 조금 깎인 것을 확인했을 따름이었다.

결국 그 거센 불길을 헤치고 얻은 건 팔뚝에 채워진 비구뿐 이란 얘긴데, 그것조차 쉽게 풀리지 않으니 곤혹스러울 수밖 에 없었다.

"그건 그렇고, 앞으로 귀찮아지겠군. 동창이 뒤를 따르고 있으니 말일세. 함부로 맞붙어 싸울 수도 없으니 답답하기도 하고!"

열반노였다. 그는 신농정에 떨어졌던 별이나 암류흔이 얻 은 물건보다는 동창의 동정에 더 신경을 썼다.

하긴 열반노만은 아니었다. 취우당 전원이 지금 동창의 추 적을 받고 있는 중이었다. 떨어진 별을 취우당이 얻었다고 믿 기에 결코 쉽게는 포기하지 않을 터였다.

“낙양에 도착하는 대로 나름대로 손을 써보겠소. 그 점에 대해선 너무 신경 쓰지 마시오!”

암류흔이 열반노를 안심시켰다. 그러나 어딘지 자신감이 없는 목소리였다.

사실 암류흔이 믿고 있는 건 부총령이었다. 의혈사나 동창은 원래가 한 몸이었으니, 그가 잘 주선해 주면 일이 의외로 쉽게 풀릴지도 모른다.

하지만 결코 장담할 수는 없었다. 원래 한 몸이던 게 둘로 갈라졌다면 결코 좋은 이유로 그리된 건 아닐 것이다. 오히려 일을 더 크게 만들 우려도 없지 않았다.

“이놈을 대체 뭐라고 불렀으면 좋겠소? 이름 하나 지어주시오, 활 형!”

신체 여러 곳에 붕대를 감고 있는 활귀에게 암류흔은 오른손을 불쑥 내밀었다. 취우당이라는 멋진 이름도 지었으니, 이번에 얻은 물건에 대한 것도 부탁한 것이다.

“유성환(流星環)이라고 부르게. 어차피 떨어진 별에서 얻은 거니까!”

깊게 생각하지도 않고 활귀는 대답했다.

“오, 정말 잘 어울리는 이름이오!”

정말이지 쉽고도 멋진 이름이었다. 그걸 즉석에서 떠올려 말해준 활귀도 대단했고 말이다.

“그걸 의혈사에 갖다줄 생각인가?”

문득 활귀가 이상한 질문을 던졌다.

"그래야만 하오. 별은 수거하지 못했지만 그건 불가항력이었으니 어쩔 수 없고……. 이건 갖다줘야만 하오!"

"내 생각은 다르네!"

암류흔의 대답에 활귀는 고개를 가로저었다. 자세까지 고쳐 앉는 그의 표정은 꽤나 심각하게 굳어졌다.

"난 암 총수가 그걸 그대로 사용했으면 좋겠네. 어디 조용한 곳에 틀어박혀 한 달 정도 연구하면 사용법 정도는 익힐 수 있을 걸세!"

"허허!"

암류흔은 헛웃음을 토했다. 말도 안 된다는 눈빛으로 마차에 같이 타고 있는 사람들을 둘러보았다.

하지만 사람들의 표정은 모두가 활귀와 비슷했다. 그의 말에 동조한다는 뜻이었다.

"아니, 그럴 수는 없소. 아무것도 모르는 상태에서 괜히 사용법을 익힌다고 설치다 어떤 일이 벌어질지 알 수가 없소! 별이 폭발하는 건 모두 다 보지 않으셨소? 이것도 그렇지 않다는 걸 어떻게 장담하겠소?"

"터졌을 물건이라면 벌써 터졌을 걸세!"

활귀는 고집을 접지 않았다. 나름대로 이유가 있어서 우기고 있는 것 같았다.

"누가 뭐라고 해도 우리 형제들 중 총수의 무공이 가장 약하지 않나! 그러니 그 신기한 병기를 이용해서라도……."

"내가 장기로 삼는 건 무공이 아니오!"

암류혼은 활귀의 말을 잘라 버렸다. 자신은 어디까지나 세작, 무공은 그걸 보좌하는 수단에 불과하다. 위험할지도 모르는 이상한 병기의 도움을 받기도 싫었다.

"싫어도 해야만 될 일일세! 설사 암 총수가 의혈사에 그걸 갖다준다고 해도 다시 받아와야만 할 걸세. 반드시!"

단연도 평소와는 달리 단호한 어투로 한마디 거들었다. 미리 활귀나 다른 형제들과 말을 맞춘 듯한 티가 역력했다.

"그럼 나는 공공연히 명을 위반한 것이 되오! 그럴 수는 없소. 의혈사가 그리 만만한 곳도 아니고……."

"누가 알겠는가?"

단연이 암류혼의 말을 잘랐다. 모종의 결단으로 눈빛이 번뜩였다.

"자네가 그 유성환을 얻은 걸 아는 사람은 우리 형제들뿐일세! 물론 파사록도 있지만 그녀가 일부러 의혈사에 고자질할 일은 없을 걸세. 우리 형제들도 마찬가지고!"

"대체 왜들 이러시오? 난 다만 내가 받은 임무에 충실하고 싶을 뿐이오!"

"살아 있어야 임무든 뭐든 수행할 게 아닌가!"

"그건 또 무슨 말씀이오?"

단정짓는 듯한 단연의 말에 암류혼은 의아한 표정으로 물었다.

"지금 우리 뒤를 쫓고 있는 게 동창뿐이라고 생각하는가? 모르긴 해도 지금쯤이면 북도맹에서 혈안이 되어 우릴 찾고 있을 것일세! 또 우리가 갔다 왔던 대파산은 동상벌과 서광막, 남선련이 첨예하게 대립하고 있는 접점에 위치한 곳이네. 그 세 군데서 우리를 다른 곳에서 파견한 자라고 의심한다면 자칫 우리들은 천하사세 모두를 상대해야 될지도 모르네!"

단연의 장황한 설명이었다.

암류흔으로선 뒤통수를 한 대 맞은 기분이었다. 지금까지는 삼세의 연합으로 인해 북도맹까지 자신들의 뒤를 쫓을 여유가 없으리라고 달콤하게 생각했었다.

물론 그 생각도 틀린 건 아니었다. 적어도 대파산에 다녀오기 전에는 말이다.

또한 대파산에선 직접적인 건 아니지만 동창과의 마찰도 빚었었다. 그들이 자신들을 핑계로 삼세를 조금이라도 귀찮게 한다면 삼세는 그걸 피하기 위해서라도 자신들의 뒤를 따를 게 분명하다.

"그럼 이대로 의혈사에 돌아가지 말란 말이오? 거기엔 천기자라는 걸출한 장인이 있어 이 물건의 비밀을 풀어줄지도 모르는데……."

이 점이 암류흔은 못내 아쉬웠다. 이게 어떤 물건이든 어디서 온 것이든 천기자는 틀림없이 사용법을 알아낼 것이다.

'과연 나도 알아낼 수 있을까?

솔직히 아주 자신이 없는 것도 아니었다. 활귀의 말처럼 어딘가 한 달 정도 틀어박혀 이것저것 만지작거리다 보면 사용법 정도는 알 수 있을 터였다.

그러나 만에 하나라는 것도 있다. 여기에도 모종의 장치가 되어 있어 자칫 폭발한다거나, 혹은 다른 위험이 있을 가능성도 배제할 수 없다.

"하지만 동창의 손길에서 벗어나려면 어차피 의혈사로 돌아가야만 하오!"

확신도 갖지 못했지만 암류혼은 다시 한 번 고집을 세웠다.

"그럼 이렇게 하세. 지난번에 앵화라는 소저가 자네를 손쉽게 찾아왔듯이 자네도 의혈사에 연락을 취할 방도가 있겠지? 그걸 이용해서 그 천기자라는 사람을 부르도록 하게. 그 사람에게 동창의 일도 부탁하면 되지 않겠나!"

단연이 대안을 제시했다. 사실 이것도 하기 싫었지만, 그랬다간 암류혼이 더욱 반발할 우려도 있었다. 그래서 의혈사와의 접촉을 최소화할 수 있는 방법을 내놓은 것이다.

암류혼도 고개를 끄덕이지 않을 수 없었다. 형제들의 심중을 알 것 같아서였다.

취우당원은 섭섭한 마음에 이처럼 하나같이 입을 모아 자신이 의혈사로 돌아가는 걸 반대하고 있는 건지도 모른다. 명색이 그들의 총수가 한낱 세작으로서 명에 따라 이리저리 움직이는 게 보기 싫기도 했을 터였다.

"이제부턴 보다 신중하게 움직여야 할 걸세. 천하사세는 우리들의 적이라고 간주하고 행동하는 게 좋을 거야! 동창도 예외는 아니고……."

단연의 목소리가 다시 무겁고 느려졌다. 흡사 방금 했던 말을 그대로 실천하는 것 같았다.

사실 그건 큰 문제였다. 요약하면 천하무림은 물론, 관부까지 적이란 얘기였으니까 말이다.

다들 그 점을 알기에 마차 안에 있는 취우당원들의 표정은 착잡하게 가라앉았다.

말을 했던 단연의 경우는 더욱 심각했다. 단순히 '큰일이다' 라는 데서 멈춘 게 아니라, 그 문제를 해결하기 위한 구체적인 방법을 강구하는 데까지 그의 생각은 달렸다.

'과연 암 총수를 돌려보내지 않아도 되는 걸까? 이찌면 의혈사의 도움을 받아야 할지도 모르는데…….'

무력만 비교한다면 취우당은 북도맹 하나도 상대할 수 없다. 그 열세를 극복할 만한 다른 방도를 찾아야만 한다.

의혈사는 그 방법들 중 가장 우선적으로, 또 가장 강력한 수단이 될 수도 있다. 무력이 아니라 적의 마음을 교란시키는 세작들의 능력이 필요하다는 얘기다.

"그 천기자란 사람 말일세, 내게 소개시켜 줄 수 없겠나?"

"뭐요?"

단연으로선 평범한 얘기일지 모르지만 암류흔은 놀라 까무러칠 일이었다. 의혈사에 소속된 사람을 그것도 대부분의 시간을 의혈사 안에서 틀어박혀 신기한 물건이나 만드는 천기자를 소개해 달라는 말이었으니까!

"표정을 보니 힘든 것 같군. 하지만 우형은 반드시 그 사람을 만나고 싶네!"

"대체 그분을 만나 무슨 말씀을 하시려는 거요?"

"의혈사의 도움을 좀 얻고자 하네!"

"뭐? 아니, 그걸 말이라고 하시오? 난 돌아가지 못하게 하면서 그들의 도움을 얻겠다는 거요? 정말로 그걸 바라고 계신다면 난 이대로 의혈사로 돌아가겠소!"

암류흔은 단호하게 말을 맺었다. 정말 단연이 그처럼 무리한 요구를 한다면 의혈사로 돌아가는 수밖에 없다.

"이건 우리 모두가 살자고 하는 일일세. 이대로 천하사세를 적으로 맞아 우리들이 모두 죽어버리면 그걸로 끝날 것 같은가? 의혈사도 무사하지 못할 걸세!"

"그래도 할 수 없는 건 할 수 없는 거요! 안 되겠군. 잠시 마차를 멈춰!"

별안간 암류흔은 마차를 몰고 있는 증두에게 고함을 질렀다.

그 말에 따라 질주하던 마차는 서서히 속도를 줄이다가 마침내 멈춰 섰다.

"다른 마차에 타고 있는 형제들에게 모두 모이라고 해주시오!"

이번엔 열반노에게 한마디 던지면서 암류흔은 마차에서 뛰어내렸다.

마침 장소가 좋았다. 바로 옆에 야트막한 언덕이 있어 마차와 일행의 모습이 길에서 보이지 않게 할 수 있는 곳이었다.

이건 순전히 중두의 판단이었다. 어자석에 앉아 안에서 오간 대화를 모두 들었기에 암류흔이 어떤 생각으로 마차를 세우라고 했는지 짐작할 수 있었던 것이다.

어쨌든 취우당원들은 모두 한자리에 둘러앉았다. 전혀 관계가 없다고 할 수 있는 파사륵만 마차의 어자석에 앉아 육포를 뜯고 있었다.

"무슨 일인가, 잘 달리다 말고……?"

열반노만큼이나 가벼운 상춘풍이 예의 눈웃음을 해실거리며 암류흔을 돌아보았다.

"지금 이 시간부로 취우당을 해체하겠소!"

"뭐?"

"제정신이야?"

암류흔의 폭탄선언에 취우당원은 일제히 망연한 표정을 지으며 한마디씩 내뱉었다. 다만 단연만은 미리 예상했다는 듯 변화가 없는 얼굴이었다.

"대체 무슨 일 때문에 그러나? 이유를 알아야 해체를 하든 말든 할 것 아닌가!"

상춘풍이 재차 촉빠르게 질문을 던졌다. 그로선 암류흔이 탔던 마차에서 어떤 대화가 오고 갔는지 알 턱이 없었으니 답답하기도 했을 터였다.

"잘 들으시오!"

활귀가 설명을 시작했다. 취우당이나 유성환의 이름을 지었을 때만큼이나 간단하고 명료한 요점만 얘기했다.

"흥, 그러니까 총수는 지금 의혈사의 세작이 되느냐 취우당의 총수가 되느냐 중에서 세작이 되기로 결정했다는 거 아냐? 흥!"

의문표였다. 예의 그 냉소적인 콧방귀를 연신 날리며 노골적으로 불만을 표했다.

"그렇다고 곧장 취우당을 해체하겠다는 건 성급한 생각일세. 이 문제는 시간을 두고 천천히 생각해 보는 게 좋겠네!"

매보자였다. 다른 모든 건 제쳐 두고서라도, 그에게 있어 이 취우당은 목숨줄이나 다름없다. 해체된다는 건 바로 그 줄이 끊어짐을 의미하기에 목소리도 더욱 절박했다.

"그렇다네. 이 일은 결코 성급하게 결정해서는 안 될 걸세. 여러 사람의 생각을 모아보면 뭔가 방법도 나올 걸세!"

열반노도 거들고 나섰다. 그는 이 취우당이 좋았다. 의형제들도 모두 마음에 들었고 무엇보다 늘 분쟁에 휘말린다는 게 좋았다. 한마디로 이들과 함께 싸울 수 있어 이 결속을 깨기 싫다는 얘기다.

"방법이고 뭐고 생각할 게 뭐 있소? 앞을 가로막는 건 모두 베어버리면 되지!"

양 옆구리에 찬 두 자루 칼의 손잡이를 쓰다듬으며 활귀도 한마디 내뱉었다. 이름을 지을 때와는 또 다른 단순무식하고 저돌적인 말이었다.

"흥, 그래서 모두 나란히 죽자는 말이오? 난 싫어! 흥!"

콧방귀부터 먼저 날리며 의문표가 이번에도 불만을 토로했다.

"그 말이 맞네. 현재 우리의 힘으로는 천하사세 중 어느 한 곳도 상대할 수 없네. 활 아우의 말은 너무 무책일세!"

지금까지 입을 다물고 있던 단연이 무겁게 입을 열어 활귀의 말에 반대의 뜻을 표했다.

이어 그는 매보자를 돌아보며 물었다.

"대형께 좋은 방법이 없소?"

갑자기 질문을 받자 매보자의 어깨는 움찔거렸다. 당장에 떠오른 방법이 없었을뿐더러 목숨을 잃기 싫어서 취우당을 고집하는 자신의 속마음을 들킨 것 같아서였다.

"그, 글쎄… 당장이야 무슨 생각이 있겠나만 시간을 두고 생각해 보면……."

"그 시간이 없으니 문제요!"

암류흔이 퉁명스레 매보자의 말을 잘랐다.

정말이지 이젠 시간이 많이 남지 않았다. 불과 이틀이면 낙양에 도착하기 때문이다.

"이건 어떨까?"

돌연 증두가 몸을 벌떡 일으켰다. 뭔가 좋은 생각이 떠올랐는지 목소리가 의도했던 것보다 훨씬 높았다.

"굳이 의혈사의 힘까지 빌릴 것 없이 너와 내가 세작 노릇을 하면 되잖아! 안 해본 것도 아니고……."

"우리 둘만? 말이 된다고 생각해?"

"내겐 딸린 수하들이 있다는 걸 잊진 않았겠지? 특출나다고는 할 수 없지만 사소한 일엔 충분히 써먹을 정도는 돼!"

"그 방법이 있었군! 나도 돕겠네. 일선에서 세작의 임무는 못하겠지만 정보는 최대한 모아줄 수 있다네!"

매보자가 즉각 증두의 말에 찬동하고 나섰다. 정보 수집과 적정교란(敵情攪亂)이 세작의 주임무라면, 그중 정보 수집은 누구보다 잘할 자신이 있었다.

암류흔의 눈빛도 살짝 변했다. 증두의 말에서 한 가지 깨달은 게 있었던 것이다.

까놓고 말해서 의혈사가 단연의 말을 받아들여 돕기로 결정했다손 쳐도 결국 그 임무는 자신에게 떨어질 게 뻔하다. 의혈사로 돌아가지 않아도 결과는 같다는 얘기다.

"증 아우가 제시한 방법이 가장 합리적인 거 같은데 암 총수의 생각은 어떤가?"

단연도 중두의 말에 찬성을 표하며 암류혼의 생각을 물었다.

의식하지 못하는 사이에 암류혼은 고개를 끄덕였다.

"좋아. 결정됐네!"

단연이 시원스레 선언하며 몸을 일으켰다.

하지만 다음 순간 그의 어깨는 미세한 긴장으로 살짝 굳어졌다.

"왜 그러시오?"

그 기미를 가장 먼저 알아챈 사람은 활귀였다. 양쪽 칼자루에 손을 대며 그 역시 재빨리 몸을 일으켰다.

후다닥거리며 취우당원 전원이 몸을 일으켰다. 어느샌가 복면으로 얼굴을 가린 백여 명의 괴한들이 사방을 포위하고 있었다.

"동상벌에서 나왔나?"

활귀는 스산한 어조로 물었다. 애꾸눈과 얼굴의 흉터로 인해 한층 더 살벌하게 들리는 목소리였다.

"북도맹일세!"

매보자가 괴한들 대신 대답했다.

"북도맹?"

의아하다는 듯 자신을 돌아보는 암류혼에게 매보자는 괴한들을 손가락으로 가리키며 말했다.

"저들은 대도회라네. 북도맹이 자랑하는 정예 세력 중 한 곳이지!"

그 말에 암류흔의 시선은 다시 괴한들에게로 돌려졌다. 확실히 절반 정도는 언월도 같은 대도를 들고 있었다.

"북도맹이 간이 부었군. 동상벌의 세력권 내를 버젓이 돌아다니다니……."

여전히 듣는 사람으로 하여금 살 떨리게 만드는 어투로 내뱉으며 활귀는 천천히 쌍도를 뽑아 들었다.

"취우당의 쥐새끼 같은 놈들! 오늘은 절대 빠져나가지 못한다. 쳐라!"

활귀의 말을 잡아채는 것처럼 괴한들 사이에서도 명령을 내리는 소리가 커다랗게 들려왔다. 공손웅의 목소리였다.

2

북도맹 친위대 부대장 중 한 명인 혈염수 왕국량의 얼굴은 그의 소매 색깔만큼이나 시뻘겋게 달아올랐다.

"네놈을 믿었건만! 믿고 그 아이에게 딸려뒀건만!"

이런 말을 반복하며 연신 언성을 높이고 있는 건 북도맹주 공손후였다.

"소인이 적극 만류를 했습니다만 소맹주는 소인 몰래 도

강(渡江)하여 개봉으로 향해서……."

"닥쳐랏!"

왕국량의 변명을 자르는 공손후의 호통이 군림천 전체를 들썩이게 만들었다.

"내가 듣고픈 건 네놈의 변명이 아니다! 대책을 듣고 싶은 거다, 대책을!"

"곧 소인이 친위대를 인솔하여 당장 소맹주를 찾아가겠습니다!"

"가서는?"

"네?"

짤막하게 내뱉어진 공손후의 반문에 왕국량은 얼떨떨한 표정으로 그를 올려다보았다.

"지금 다른 삼세 놈들이 연합을 꾀하고 있다는 걸 모르는가? 지금 동상벌의 세력권 내로 들어간다는 건 자살 행위나 다름없다!"

"하지만 소인은 다른 삼세 놈들이 아무리 몰려와도 두렵지 않습니다. 소인의 휘하에 있는 친위대만 있으면 반드시 소맹주를 찾아 돌아오겠습니다!"

공손후의 말뜻을 알아차린 왕국량은 아주 늠름하게 대답을 했다. 정말이지 한달음에 연합을 꾀하는 삼세를 쳐부술 기세였다.

"쯧쯧쯧……."

그러나 왕국량에게 돌아온 건 공손후의 혀 차는 소리였다.

"삼세가 그렇게 호락호락한 곳이었다면 내가 여태 황하 이북에서만 웅크리고 있었겠느냐? 뭐? 네놈 휘하의 친위대만 있으면 된다고? 그게 바로 굶주린 호랑이 아가리에 고깃덩어리를 처넣어준다는 거다. 미숙한 놈!"

아무래도 오늘 공손후의 노기는 쉽게 풀릴 것 같지가 않았다. 단순히 북도맹의 후계자를 위험한 곳에 보냈다는 것 때문만은 아니었다.

사실 왕국량이 북도맹 산하에 있는 뭇 세력들 중 한곳의 수장이거나 중역이었다면 공손후도 이처럼 함부로 욕을 퍼붓지는 못했을 터였다.

요컨대 친위대의 부대장 중 한 명이었기에 이처럼 심한 욕을 입에 담을 수 있었던 공손후였다.

"하교(下敎)해 주십시오. 목숨을 다하여 봉행(奉行)하겠사옵니다!"

바닥에 몸을 던져 무릎을 꿇으며 왕국량은 절규하듯 내뱉었다.

친위대에 들어온 이후로 맹주인 공손후에게 한 번도 욕을 먹지 않은 건 아니었다.

그러나 부대장의 한자리를 차고 있으면서도 미숙하다는 말을 듣고는 견디기 힘들었다. 목숨을 버리는 한이 있더라도 공손웅을 다시 찾아와 명예를 회복해야만 한다.

"지금 예천에 나가 있는 자들을 모두 끌고 가라. 너에게 전권(全權)을 주겠다!"

"그, 그렇다면 서광막에 대한 방비는……?"

예천은 서광막과 곧바로 대치하고 있는 곳이다. 그래서 북도맹의 전력 중 상당 부분이 포진하고 있는 중이었다.

그런데 그 예천에 나가 있는 모든 인원을 인솔하고 공손웅을 찾아가라는 건, 그곳을 포기한다는 얘기였다.

"아직도 모르겠나? 본 맹으로선 예천에서 서광막과 싸우고 있을 여력이 없다! 삼세의 연합이 가시화되고 있으니 최대한 놈들을 깊숙이 끌어들여 일거에 박살 내야만 한다. 지금은 전선(戰線)이 너무 넓단 말이다!"

친절한(?) 공손후의 설명에 왕국량은 다시 한 번 바닥에 이마를 처박을 수밖에 없었다.

"그걸 몰랐던 걸 보니 내가 예천에 나가 있는 인원을 모두 데려가라고 한 뜻도 모르겠구나!"

"그야 소맹주를 무사히 찾아서 귀환하라는……."

"그래서 미숙하다는 소릴 듣는 거다, 왕국량!"

다시 한 번 쩌렁한 고함이 공손후의 입에서 터져 나와 왕국량의 말을 잘랐다.

"소, 송구하옵니다, 맹주!"

쿵!

왕국량의 이마가 재차 바닥에 처박혔다. 지금 여기선 창주

일대를 공포에 떨게 했던 혈염수의 모습은 어디에서도 찾아
볼 수 없었다.

"잘 듣고 단단히 명심해라! 그 많은 인원을 네게 딸려주는
건 물론 웅아를 찾으라는 거다. 하지만 찾았다고 해서 곧바로
돌아올 생각은 말아라! 동상벌과 남선련의 세력권 내를 휘젓
고 다니면서 혼란을 일으키는 거다. 말하자는 유군(遊軍)이
되라는 거다. 알겠느냐?"

"아!"

짤막한 탄성을 토하며 왕국량은 공손후를 우러러보았다.
단순히 자신의 아들을 구하는 것만이 아니라, 그 힘을 고스란
히 적의 후방을 교란시키는 유군으로 운용하려는 계획에는
그저 입이 벌어질 따름이었다.

다음에 왕국량이 할 일은 누구의 눈에도 뻔하게 보였다.

"며, 명심하여 봉행하오리다!"

쿵!

누구나 예상했듯 왕국량의 이마는 지금까지보다 훨씬 강
하게 바닥을 찧었다.

"아, 물론!"

연이어 이마를 찧으려는 왕국량을 공손후는 한 손을 들어
제지하며 말을 이었다.

"가장 우선적으로 해야 될 일은 웅아를 꼬드겨 동상벌의
세력권까지 끌어넣은 신산자와 밀화궁주 도욱천을 가장 먼저

잡아 본 맹으로 압송해야 한다!"

"명심하겠사옵니다!"

왕국량은 다시금 정중하게 이마를 바닥에 대었다. 진심으로 승복한 모습이었다.

"그럼 소인은 곧바로 예천으로 가서 전원을 이끌고……."

"명은 벌써 내려뒀다. 아마 오늘 밤이면 다들 장원(長垣)에 집결할 것이다. 그런데 누구라고? 취우당? 대체 그놈들은 누구냐?"

돌연히 이어진 공손후의 질문에 왕국량의 표정은 다시 살짝 굳어졌다.

"소인 역시 아는 바가 별로 없습니다. 다만 그들이 의형제의 결사를 맺었다는 것만 알고 있습니다. 개개인에 대해서는 아직……."

모르는 게 마치 커다란 죄라도 되는 것처럼 왕국량은 몸 둘 바를 몰라 했다.

"하긴 별로 신경 쓸 것도 없겠지. 네가 도착할 때 즈음이면 웅아가 놈들을 처리했을 테니까!"

이건 왕국량의 대답이 필요없는 말이었다. 다만 그는 공손후의 속뜻이 뭔지를 가늠하느라 열심히 머리를 굴렸다.

'뭔가 마음에 걸리는 게 있으니 저런 말씀을 하셨을 텐데……. 혹시라도 소맹주가 놈들을 처리하지 못했을 경우, 아주 끝장을 내라는 말씀이실까?

공손웅은 예천에 파견된 친위대 절반과 대도회 전원을 이끌고 나갔다. 그만한 전력이라면 만에 하나라도 취우당 놈들을 잡는 데 실수하지는 않으리라.

'하지만 놈들은 무척이나 강했는데…….'

"서둘러라! 예천에 나가 있던 인원들이 장원에 도착하는 즉시 황하를 건너려면 준비할 게 많을 것이다!"

"조, 존명!"

생각을 자르는 공손후의 한마디에 왕국량은 재빨리 몸을 일으켰다.

"기대하고 있겠다. 모쪼록 연합을 꾀하고 있는 삼세의 얼빠진 놈들에게 따끔한 맛을 보여주도록 해라!"

뒷걸음질치고 있는 왕국량의 어깨 위로 다시 한 번 공손후의 강한 어조가 내려앉았다.

*　　　*　　　*

공손웅의 명에 의해 가장 먼저 움직인 건 대도회였다. 그들 쉰 명은 활귀 한 사람을 노리고 한꺼번에 달려들었다. 그 기세가 실로 둑을 무너뜨린 격류와도 흡사했다.

그렇다고 피할 활귀도 아니었다. 오히려 정면에서 덤벼드는 열댓 명의 대도회 무사들과의 거리를 좁히며 뛰어들었다.

취우당원 중 누구도 활귀에 대해 걱정하는 사람은 없었다.

그 실력이라면 대도회 무사들 십여 명 정도는 충분히 상대할
수 있을 테니까 말이다.

단연도 예외는 아니었다. 그에게 있어 가장 걱정이 되는 사
람은 암류혼이었다.

"내 옆에서 떨어지지 말게!"

단연의 염려는 곧바로 입을 통해 암류혼에게 전달되었다.
뿐만 아니라 매보자와 증두도 포함되었다.

하지만 암류혼의 생각은 조금 달랐다.

'공손웅은 어디 있나?'

그는 공손웅을 찾기에 여념이 없었다. 하나같이 똑같은 복
장에 똑같은 복면을 하고 있어 쉽게 눈에 띄지 않았다.

뱀은 대가리를 쳐야 한다!

바로 이게 암류혼의 생각이었다. 적들은 불과 백여 명, 만
에 하나라도 취우당이 북도맹에 진다고는 생각지 않았다. 적
어도 여기서는 말이다.

그러나 공손웅을 잡거나 죽이지 못한다면 북도맹의 추적
은 집요하게 이어질 게 뻔하다. 그 싹을 여기서 잘라야만 한
다.

"가서 공손웅을 찾으시오."

혼자서는 도저히 찾지 못할 것 같자 암류혼은 단연에게 나
직이 내뱉었다.

"찾아서 어쩌려구?"

"죽여야지요!"

"흐음!"

단연은 깊은 침음성으로 대답을 대신했다.

이 문제에 있어 단연은 암류흔과 생각이 달랐다. 그는 북도맹을 제외한 나머지 삼세의 연합을 그리 달갑게 생각지 않았다.

게다가 지금까지 북도맹과의 알력은 풀 수 있는 방법이 아주 없지는 않았다. 취우당이 그들에게 입힌 피해라고 해봐야 수하의 무사들 수십 명, 또 서광막과의 서전에서 패하게 했다는 것뿐이었다.

그러나 공손웅을 죽인다면 문제는 달라진다. 후계자를 잃은 북도맹과는 그야말로 불구대천(不俱戴天)의 원수가 되고 만다. 공손후가 삼세와의 대결을 포기하고 취우당을 쫓는 데 전력을 쏟아 부을지도 모른다. 그건 피하고 싶었다.

"그냥 이 자리를 벗어나는 건 어떻겠나?"

단연이 무거운 어조로 자신의 생각을 피력했다.

"아니! 공손웅은 반드시 이 자리에서 없애야겠소. 그러니 빨리 찾으시오!"

암류흔은 말투는 뚜렷한 명령조로 변했다.

이젠 단연도 어쩔 수 없었다. 비록 의형제로 맺어졌다지만 암류흔은 취우당의 총수다. 다른 곳도 아닌 싸움터에서 명이 내려졌으니 따를 수밖에 없었다.

"혼자 괜찮겠나?"

자신이 곁을 떠나면 아무래도 암류흔의 안전이 염려된다. 단연의 어투에는 그 우려가 진하게 배어 있었다.

하지만 그건 나중에 걱정해도 될 문제였다. 암류흔의 생각과는 달리 취우당의 형제들은 고전을 면치 못하는 상태였다.

가장 먼저 두드러진 패색을 나타낸 사람은 활귀였다. 산불을 헤치다 입은 부상이 보기보다 훨씬 그의 동작을 방해했다. 처음엔 열댓 명 정도를 상대했었지만 지금은 다섯 명의 대도회 무사들을 상대하면서도 몸 여기저기에 새로운 상처를 입고 있었다.

그걸 확인한 암류흔의 표정은 굳어질 수밖에 없었다.

"놈들도 예전과는 확실히 다르군!"

현재 북도맹은 쉰 명의 대도회와 열 명의 친위대, 즉 예순 명만 싸움에 투입했다. 나머지 마흔 명은 오히려 암류흔을 노리고 호시탐탐 기회를 노리고 있는 중이었다.

거기에 비해 취우당 쪽은 암류흔과 매보자, 증두는 싸움에 뛰어들 엄두조차 내지 못하고 있다. 파사륵도 자신과는 전혀 상관없다는 듯 작은 소나무 그늘에 앉아 여전히 육포만 뜯고 있었다.

결국 지금 싸우고 있는 건 불과 여섯이다. 각자 적을 열 명씩 맡은 셈이었지만, 활귀가 다섯에게 고전하고 있으니 다른 사람들은 열한 명의 적을 상대로 싸우고 있는 중이다.

이래서는 단연이 움직이고 싶어도 움직일 수 없다. 이들의 곁을 떠나면, 즉각 위험이 닥칠 테니 말이다.

자신도 모르게 단연의 시선은 파사륵에게로 향했다. 그녀가 조금이라도 도와주면 상황은 보다 나아질 터였다.

그러나 파사륵은 요지부동이었다. 육포가 마치 전생의 원수라도 되는 양 열심히 이로 씹고만 있을 뿐이었다.

암류흔 역시 상황은 파악하고 있었다. 파사륵에게 도움을 청하고픈 생각은 굴뚝같았지만 단연의 입장을 생각하면 선뜻 입 밖으로 낼 수도 없었다.

그렇다면 답은 하나뿐이다. 처음의 결심대로 공손웅을 잡는 것!

공손웅만 제압하면 적들은 섣불리 움직이지 못할 것이다.

"우리 걱정은 마시고 최대한 빨리 공손웅을 잡으시오! 그러면 이 위기는 단번에 해결할 수 있소."

그 말엔 단연도 전적으로 동감이었다.

하지만 적들은 아직 마흔 명이나 남아 있다. 그들의 제지를 뚫고 공손웅을 찾는 건 그리 쉬운 일은 아니다. 어쩌면 그 전에 암류흔과 여기 있는 사람들이 먼저 당할지도 모른다.

"단 아우는 암 총수의 말대로 하시게. 우리들도 그리 쉽게는 당하지 않을 테니!"

단연의 마음을 짐작한 매보자가 다시 한 번 채근했다. 누구보다 절박했기에 싸움이 불리하게 전개되자 조바심이 났던 것이다.

이제 단연은 더 이상 선택의 여지가 없었다. 최대한 빠른 시간 내에 공손웅을 제압해야만 한다.

'그러자면 먼저 누가 공손웅인지 알아봐야겠는데……'

가장 먼저 떠오른 생각에 의해 단연은 남아 있는 마흔 명 남짓한 북도맹 무사들을 하나씩 살펴보았다.

지금 싸움에 가담하고 있는 자들 중에 공손웅이 있다고는 생각되지 않았다. 똑같은 복장으로 남아 있는 마흔 명 중 하나, 그중에서 찾기란 결코 쉬운 일이 아니었다.

하지만 단순히 무공만 높다고 해서 절정고수가 될 수는 없다. 그 외에도 많은 능력을 갖춰야 하고 관찰력도 그중 하나였다.

'저자가 공손웅이군!'

단연은 한 명을 주목했다. 얼핏 봐서는 모두가 똑같아 보이지만 주변의 십여 명이 은연중에 호위하고 있는 자였다.

일단 결정되자 단연은 망설이지 않았다. '저자다!' 라고 생각한 순간, 벌써 그의 모습은 마흔 명의 적들 가운데로 꽂혀 들고 있었다.

"쳐라!"

다시 어디선가 명령이 내려졌다.

동시에 마흔 명의 북도맹 무사들은 일사불란하게 움직였다. 열 명은 한군데로 모여 진(陣)을 형성했고, 스무 명은 일제히 단연에게 덤벼들었다.

나머지 열 명은?

그들은 곧장 암류흔이 있는 곳으로 달려왔다.

'내 생각이 맞았군!'

열 명이 진을 형성하자마자 단연은 내심 여린 웃음을 배어 물었다. 그들이 보호하는 자가 바로 공손웅일 터이고, 처음 생각했던 것이 적중했던 것이다.

그러나 방심할 수는 없는 일이었다. 당장 스무 명이 휘두르는 스무 자루의 각종 병기들이 앞을 막았고, 또 열 명은 암류흔이 있는 곳으로 가는 걸 봤다. 다급해지지 않을 수 없었다.

스릇!

홀연 단연의 모습이 그대로 지워져 버렸다. 스무 명이나 되는 적들을 일일이 상대할 시간은 없었다. 최대한 빨리 공손웅을 제압하자면 되도록 적들과 부딪치는 건 피하는 게 상책이었다.

"놈이 올 곳은 뻔하다! 막아랏!"

북도맹 무사들 중에서도 노련한 자가 있어 단연의 모습이 사라지자마자 명을 내렸다.

그 명은 정확하게 시행되었다. 단연을 공격하던 자들까지 공손웅 주변으로 몰려 그를 호위했다.

물론 진즉부터 공손웅을 호위하고 있던 자들은 말할 것노 없었다.

그건 실로 적절한 대응책이었다. 단연의 표정을 심각하게 굳어지게 만들었을 정도로 말이다.

'확실히 예전과는 다르군!'

적이지만 단연은 감탄할 수밖에 없었다. 처음부터 움직이지 않았던 열 명에게 막히자, 이내 배후에서 스무 명이 엄습해 온다는 식이었다. 아무리 그라고 해도 견디기 힘들어 몸을 뺄 수밖에 없었다.

흘낏!

단연의 시선이 자연스레 암류흔 쪽으로 향했다. 공손웅을 제압하기도 전에 그들이 먼저 당한다면 모든 게 도로(徒勞)에 불과해진다.

의외로 암류흔 등은 잘 버티고 있었다. 그들의 무공이 강해서가 아니라 아무래도 생포하라는 명을 받은 것 같았다.

'그렇다면……!'

약간의 여유는 있는 셈이었다. 적들이 비록 서른 명이나 되지만 최선을 다한다면 암류흔 등이 당하기 전에 공손웅을 제압할 수 있을 것도 같았다.

'후우웁―!'

단연은 길게 호흡을 들이쉬었다. 그러자 그의 몸이 갑자기 커진 것처럼 보였다.

그 상태로 단연은 공손웅을 둘러싸고 있는 사람의 장벽을 향해 짓쳐들었다.

3

단연의 판단이야 어떻든 공격을 받고 있는 암류흔은 죽을 맛이었다. 짤막한 비수 한 자루로 북도맹 놈들의 각종 병기를 맞아 싸워야 했으니 말이다.

다시 한 자루 시퍼런 박도가 정수리를 노리고 곧장 날아들었다. 숨 돌릴 틈도 없을 정도의 빠르기였다.

반사적으로 암류흔은 수중의 비수를 들어 그 칼을 막아갔다.

따앙!

적의 칼은 암류흔의 비수가 아니라 팔뚝에 차고 있던 유성환에 의해 막혔다. 그게 없었더라면 여지없이 팔 하나가 날아갔을 판이었다.

어쨌든 암류흔으로선 한 번의 위기를 넘긴 셈, 재빨리 놈에게로 뛰어들며 비수를 휘둘렀다.

쉬잇!

비수는 세차게 대기를 갈랐다. 하지만 놈의 몸에 부상을 입히기엔 턱없이 짧았다.

그걸 비웃기라도 하는 것처럼 놈이 또 한차례 박도를 휘둘렀다. 여전히 정수리를 노렸다.

이건 일종의 모독이었다. 상대를 지극히 얕잡아본 게 아니라면 같은 곳을 노리고 공격하지는 않을 테니 말이다.

암류혼은 재빨리 비수를 왼손으로 바꿔 쥐었다. 동시에 오른손의 유성환으로 박도를 막으며 한 걸음 크게 딛고 들어갔다.

따앙!

박도는 유성환에 막혔지만 비수로 놈을 공격하기엔 여전히 거리가 멀었다.

암류혼이 다시 한 발짝 내디디려는 순간,

"끄아아악!"

괴상한 비명과 함께 지금까지 박도를 휘두르던 자의 몸뚱어리가 토막토막 나서 바닥에 떨어졌다.

후두둑!

진득한 피 비는 그 뒤에야 쏟아져 암류혼의 얼굴을 적셨다.

"뭐, 뭐야?"

자신도 모르게 암류혼은 내뱉었다. 정말이지 영문을 알 수 없는 일이었다.

"암 총수, 뒤다!"

때를 같이해 증두의 다급한 목소리가 암류혼의 귀청을 울렸다.

반사적으로 몸을 돌리며 암류혼은 오른팔을 들어올려 방

어 자세를 취했다.

스팟!

동시에 유성환에서 짤막한 빛줄기가 쏟아져 나왔다가 스러졌다. 바둑판처럼, 혹은 그물처럼 보이는 빛이었다.

하지만 그건 찰나적으로 사라져 버려 과연 그런 빛이 유성환에서 나왔는지조차 의심스러웠다.

"끄으아아악—!"

다시 한 번 배후를 노렸던 자의 입에서 비명이 터지고서야 암류흔은 사태를 희미하게 이해할 수 있게 되었다.

'이건 유성환의 조화로군!'

두 번째 박도를 막았을 때, 그게 유성환에 박힌 돌기들 중 하나를 건드린 게 분명했다. 그렇게 그놈도 토막나서 죽었고 방금 배후를 노렸던 자도 같은 신세를 면치 못했다.

문제는 어떤 돌기를 건드렸냐는 거다. 그걸 알지 못한다면 적뿐만이 아니라 같은 편까지 죽일 수 있으니 이건 중요한 일이었다.

"대체 어떻게 한 거야?"

증두가 재빨리 다가오며 물었다. 그 역시 눈앞의 광경이 믿어지지 않는 건 마찬가지였다.

"오지 마!"

암류흔은 비수를 쥔 왼손을 내밀어 증두를 제지했다. 아차 하는 순간에 그를 해칠지도 모르는 상황인 것이다.

대신 암류혼은 매보자에게 덤벼들고 있는 북도맹 놈들을 향해 오른손을 뻗었다.

아무 일도 일어나지 않았다.

'왜 안 되지?

팔을 그렇게 내민 채 암류혼은 무심코 왼손의 비수로 유성환을 툭 쳤다.

다시 한줄기 빛이 유성환에서 폭출되었다. 그건 밖을 향한 게 아니라 암류혼의 팔뚝에서부터 시작해 전신을 한 바퀴 휘감아 돌고는 그대로 스러져 버렸다.

"괜찮아?"

증두가 재차 물었다. 암류혼보다 자신이 더 다급하게 적들의 칼날 사이를 아슬아슬하게 누비면서도 볼 건 다 보고 있는 모양이었다.

말하느라 증두의 옆구리에 틈이 생겼고, 북도맹 놈들 중 하나가 기어가는 뱀처럼 구불구불한 기형도(奇形刀)를 찔러 넣고 있었다.

"위험하다!"

암류혼이 한 소리 크게 외치며 왼손의 비수를 놈에게 던졌다.

이건 놈의 목숨을 노린 게 아니었다. 암류혼의 실력으론 오른손으로 던졌어도 그건 불가능한 일이었고, 그저 증두에게 약간의 여유를 마련해 주고자 했던 것에 불과했다.

그리고 그 의도는 적중했다. 적을 죽이는 것보다 자신의 위기를 먼저 해소하는 게 사람의 본능, 놈은 중두의 옆구리를 찔러가던 기형도를 돌려 비수를 튕겨냈다.

놈은 거기서 끝내지 않았다. 비수를 튕긴 기세 그대로 암류흔을 향해 덮쳐 왔다.

암류흔은 반사적으로 유성환을 찬 오른팔을 내밀어 놈의 기형도를 막았다. 조금 전과 같은 일이 다시 한 번 반복되길 간절히 바라면서 말이다.

하지만 기적은 더 이상 일어나지 않았다. 재차 팔을 휘둘러 봤지만 유성환은 침묵할 뿐이었다.

그사이 놈의 기형도는 내밀어진 암류흔의 오른팔을 그대로 잘라 버렸다.

아니, 잘랐다는 건 착각이었다. 잘린 것처럼 보였을 뿐이었다.

순간적으로 암류흔과 놈의 동작이 그대로 굳어져 버렸다.

그럴 수밖에 없었다. 기형도는 분명 암류흔의 팔을 베고 지나갔다.

그럼에도 불구하고 암류흔의 팔은 멀쩡했다. 사람의 육신이 아니라 공기라도 된 것처럼 말이다.

먼저 정신을 차린 건 암류흔이었다. 어떻게 된 까닭인지는 몰라도 유성환의 조화란 걸 알아차린 순간 놈의 가슴을 향해 주먹을 날렸다.

뻐억!

인간의 주먹으로 인간의 가슴을 친 것치고는 좀 묘하다 싶은 소리가 울려 퍼졌다.

그뿐만이 아니라, 놈의 육신은 튕겨진 공처럼 십여 장이나 빠르게 날아가 바닥에 처박혔다. 비명조차 없었다.

그 상황에 대해 암류흔은 얼떨떨해할 여유도 허용되지 않았다.

"감히 사술(邪術)을 부리다니! 죽어랏!"

또 다른 북도맹 놈 하나가 암류흔의 가슴을 검으로 깊숙하게 찔렀다.

'협!'

암류흔은 숨을 들이켰다. 이건 피하고 자시고 할 성질의 공격이 아니었다. 미처 인식하지도 못한 사이에 검은 가슴 깊숙이 꿰뚫고 들어왔던 것이다.

그러나 고통은 전혀 없었다. 검은 분명 가슴을 관통해서 등 뒤로 삐죽이 그 끝을 내밀었건만, 아무런 불편함도 느껴지지 않았다.

검을 찌른 놈으로선 난감한 상황이었다. 본의(?) 아니게 암류흔의 가슴에 안긴 꼴이 되었으니 말이다.

이미 한 번 경험이 있는 암류흔이 그 기회를 놓칠 리가 없었다. 바로 앞에 있는 놈의 얼굴에 그대로 이마를 갖다 박았다.

쩌억!

아마 잘 마른 장작이 쪼개지면 이런 소리가 날 터였다. 그처럼 경쾌한 음향과 함께 놈 역시 뒤로 훨훨 날아가 저만치 나뒹굴었다.

이쯤 되자 암류흔은 더 이상 망설이지 않았다. 두 번이나 적의 병기에 당했지만 아무런 부상도 당하지 않았으니 말이다.

혹시라도 다음에 안 될지도 모른다는 생각은 하지도 않았다. 애당초 싸움 자체가, 아니, 살아간다는 것 자체가 위험투성이다. 두려워서 있는 것도 활용하지 못한다면 차라리 일찍 죽는 게 나을 터였다.

암류흔은 곧장 중두에게 뛰어들었다. 정확하게는 그에게 덤벼드는 적들에게였다.

"멈춰!"

크게 한마디 던지자 막 중두를 베려던 놈의 동작이 움찔거렸다.

그 찰나의 틈을 놓치지 않고 암류흔은 몸통 전체로 놈에게 부딪쳐 갔다.

물론 놈도 그냥 당하고 있진 않았다. 중두에게 향했던 칼을 돌려 그대로 암류흔을 베어버렸다.

싸악!

칼은 여지없이 암류흔을 베었다.

그러나 그건 공기를 벤 것과 다름없는 것, 암류흔은 그대로 놈에게 부딪쳤다.

퍼억!

마치 가죽 부대가 터지는 듯한 소리가 들렸다. 동시에 놈은 저 멀리 튕겨져 나간 건 말할 것도 없었고…….

"매 형을 도와드려!"

증두에게 일러둔 암류흔은 단연이 있는 곳으로 달려갔다. 그가 위태로웠기 때문은 아니었다.

'공손웅을 잡아야 한다!'

바로 이것 때문에 암류흔은 숱한 적 속으로 뛰어들었다.

"무슨 짓인가?"

깜짝 놀란 건 적들이 아니라 단연이었다. 싸움에 집중해 있던 참이라 미처 암류흔의 활동을 보지 못했기에 이 돌발적인 개입은 미친 짓으로 여겨졌다.

하지만 다음 순간, 단연도 똑똑히 볼 수 있었다. 불시에 끼어든 어설픈(?) 방해자는 적들에겐 좋은 먹잇감, 숱한 병기가 암류흔의 전신을 난자했다.

"허엇!"

단연의 입에서 부지불식간에 경악성이 토해졌다. 처음엔 암류흔이 난자를 당해서, 다음엔 그가 아무렇지도 않은 모습으로 적들에게 비수를 휘둘렀기 때문에 입이 저절로 벌어졌다.

그렇다고 마냥 놀라고만 있을 수는 없는 노릇, 단연은 재빨리 주변을 살폈다. 취우당 형제들의 상황을 살피기 위함이었다.

'당장 어떻게 되지는 않겠군!'

싸움은 분명 취우당이 불리했다. 그러나 당장 목숨을 잃거나 치명상을 입을 정도는 아니었다.

게다가 취우당으로선 희소식이 하나 있었다. 그건 파사륵이 싸움에 가담했다는 사실이었다.

이건 누가 부탁한 게 아니었다. 북도맹 놈들이 처음부터 비켜서 있던 파사륵을 공격했기 때문에 그녀가 싸움판에 뛰어든 것이다.

단연으로선 한결 마음이 가벼워지는 상황이었다. 그는 곧바로 싸움판으로 뛰어들었다. 정확하게는 공손웅에게 달려든 것이다.

상황이 어떻게 변했든 암류혼은 그저 답답할 뿐이었다. 누가 공손웅인지 알 수도 없었고 적들도 제대로 죽이거나 제압할 수 없었다.

그나마 다행스러운 건 적의 병기에 의한 부상은 입지 않는다는 점이었다.

하지만 그것도 단지 병기에 의한 공격에만 무사하다는 것일 뿐, 주먹이나 발차기에 당하면 암류혼도 통증을 느끼며 튕겨 나가기도 했다.

"조심하게. 지금 자넨 너무 무모해!"

귓가에 단연의 속삭임이 들렸을 때에야 암류혼은 번쩍 정신이 드는 기분이었다.

확실히 지금까지는 너무 흥분해 있었다. 유성환의 효능에 취하고 살벌한 싸움판의 분위기에 젖어 자기 자신조차 잊고 설쳤었다.

"유성환의 덕을 본 것 같은데 너무 믿지는 말게. 사용법을 모르는 기물(奇物)은 자칫 흉기가 될 수도 있으니!"

이미 마차에서 한 번 했었던 주의를 단연은 다시 한 번 암류혼에게 주지시켰다.

"이 싸움판에서 확실한 게 뭐가 있겠소?"

암류혼은 단연의 말에 반박을 했다.

그렇다고 마음까지 해이된 건 아니었다. 자기가 했던 말처럼 뭐 하나 확실한 게 없는 싸움판이다. 호흡 하나에도 온 신경을 기울여야만 한다.

"확실한 게 한 가지 있긴 하지. 바로 저자가 공손웅일세!"

두 명의 적을 밀어내며 단연은 한 사람을 손가락으로 가리켰다.

암류혼은 그 손끝을 따라 시선을 옮겼다. 십여 명이 보호하고 있다는 게 확연히 보이는 놈이 하나 있었다.

쉬쉬쉿!

예리한 파공성과 더불어 서너 자루의 칼이 암류혼을 노리고 날아들었다.

"위험하네!"

단연이 경고한 것과 동시에 암류흔은 몸을 틀며 팔을 휘둘렀다.

스파파파앗!

유성환에서 짤막한 빛줄기들이 몇 차례 명멸해 갔다.

"끄아아아ー!"

"흐으으악!"

격렬한 비명성이 암류흔을 덮쳤던 자들의 입에서 터져 나왔다. 유성환의 빛줄기에 격중된 곳이 시커멓게 타 들어가기 시작하더니, 이내 전신이 불길에 휩싸였으니 그 고통이 입을 통해 뱉어질 수밖에 없었다.

"대체 어떻게 한 건가?"

단연으로서도 궁금해지지 않을 수 없는 상황이었다.

하지만 암류흔은 단연보다 훨씬 더 궁금했다. 자신의 팔뚝에 붙어 있는 유성환이 어떤 작용을 하는지 알지 못하니 다른 누구보다 더 답답했다.

그러나 답답증을 해소하고자 마냥 머물러 있을 수도 없는 노릇, 암류흔은 단연에게 엉뚱한 부탁을 했다.

"나를 저놈에게 던져 주시오!"

암류흔은 턱으로 공손웅을 가리켰다.

지금 공손웅은 십여 명에 의해 보호받고 있다. 게다가 스무 명 정도의 적들이 암류혼과 단연을 공격하는 중이다. 보통의 방법으로는 빠른 시간 내에 놈을 제압하기가 어렵다.

단연도 암류혼의 생각을 제꺽 알아챘다. 병기에 의해 상처를 입지 않기에 충분히 가능성이 있어 보이기도 했다.

알고서 망설일 단연은 아니었다. 암류혼의 손목을 잡고 한 바퀴 돌린 후 힘차게 던져 주었다.

암류혼은 화살처럼 빠르게 공손웅을 향해 날아갔다.

"막아라!"

누군가의 입에서 다급한 명령이 터져 나왔고, 동시에 허공에 뜬 암류혼의 전신으로 무수한 병기가 꽂혀들었다.

쓰쓰아앗!

서로 다른 병기는 제각기 특유의 파공성을 남기며 암류혼의 전신을 난도질했다.

물론 그건 놈들의 바람일 뿐이었다. 암류혼은 아무런 상처도 입지 않고 곧장 공손웅을 향해 날아갈 뿐이었다.

"사술이다, 사술!"

또 다른 누군가의 입에서 당혹스런 외침이 토해졌고, 북도맹 놈들은 자신도 모르게 주춤거렸다.

하지만 그들 중에도 노련한 자가 있어 곧장 공손웅의 앞을 막아서며 암류혼을 향해 두 손바닥을 활짝 펼쳐 앞으로 내밀었다.

'젠장!'

암류혼은 속으로 욕을 삼켰다. 병기는 자신에게 상해를 입히지 못하지만 주먹이나 발길질은 달랐었다. 거기에 당하면 통증도 느꼈었고 행동의 제약도 받았었다.

그걸 뻔히 알면서 놈의 손바닥에 전신으로 부딪쳐 갈 암류혼은 아니었다. 그는 놈의 손목을 노리고 수중의 비수를 세차게 휘둘렀다.

쉬잇!

비수가 빛을 뿌리며 허공을 갈랐다. 그 빛줄기가 막 놈의 손목에 닿았다 싶은 순간, 홀연히 그 손목이 사라졌다.

그리고 다시 나타났다 싶자 벌써 그 손바닥은 암류혼의 가슴을 강타하고 있었다.

퍼억!

"큭!"

답답한 신음성을 토하며 허공에 떠 있던 암류혼의 신형은 그대로 뒤로 일 장 정도 튕겨 나가 바닥에 처박혔다.

"쿨럭―!"

전혀 예상치도 못했던 기침이 터지며 한 사발가량 되는 피가 입을 통해 토해졌다.

"총수!"

의문표가 가장 먼저 암류혼의 상황을 본 건 아니었다. 그래도 그가 가장 먼저 달려왔다. 철삭이라는 비교적 긴 병기를 사용하기에 싸움판을 벗어나기 쉬웠던 것이다.

하지만 아무리 그래도 암류혼에게 한 방 먹였던 놈보다 빠
를 순 없었다.

"빨리 소맹주를 모시고 이곳을 벗어나라! 이놈들은 괴물이
다, 괴물!"

그놈은 암류혼에게 덤벼들며 다른 자들에게 소릴 질렀다.

그 명은 북도맹의 무사들에게 혼란을 일으켰다. 결코 불리
하지 않은 싸움인데도 후퇴를 하라니 헷갈려 할 수밖에 없었
다.

"서둘러라! 시간이 없다!"

놈은 재차 고함을 질러 수하들의 경각심을 일깨우며 바닥
에 쓰러진 암류혼을 향해 강한 발길질을 날렸다.

퍼억!

그 발길에 걸린 암류혼은 먼지를 일으키며 다시 멀찍이 나
뒹굴었다.

"꺼져!"

싸라라—!

그 순간 의문표의 뾰족한 일갈과 더불어 그의 철삭이 빛을
뿌리며 놈을 휘감아갔다.

하지만 놈도 만만치 않았다. 의문표를 향해 소매를 마구 휘
두르자 그 속에서 뿌연 가루가 터져 나왔다.

"독이다! 조심해!"

단연이 재빨리 놈과 의문표 사이로 끼어들며 양손을 마구

휘둘렀다.

거기서 끝난 게 아니었다. 어느새 철수 대열을 갖춘 북도맹 무사들 중 몇 명도 같은 독을 소매에서 발출해 취우당원들을 향해 덮어씌웠다.

"총수를 구하라!"

여전히 양손으로 독무(毒霧)를 흩뜨리며 단연은 암류혼의 안부를 챙겼다.

누구도 선뜻 나서지 못했다. 떨어져 있는 취우당의 형제들은 물론, 단연 주위에 있어 독무의 영향을 직접 받지 않는 사람들까지도 마음대로 움직일 수 있는 처지가 아니었다.

그때 겨우 몸을 일으키는 암류혼을 향해 번개처럼 달려드는 그림자가 하나 있었다. 파사륵이었다.

그녀 역시 단연과 같이 쌍장(雙掌)을 휘둘러 암류혼 주변에 드리워져 있는 독무를 날려 버렸다.

"이 개새끼들! 모두 베어버린다!"

간신히 독무에서 벗어난 의문표가 한마디 욕을 퍼부으며 허공으로 몸을 띄웠다.

하지만 그땐 이미 북도맹 무사들의 모습은 하나도 보이지 않았다.

"훈련이 잘된 놈들이군."

잔뜩 무거워진 단연의 한마디였다.

"놓쳐서는 안 되오! 당장 추적을 시작합시다!"

"바라던 바요!"

이번에도 의문표가 가장 먼저 움직였다.

흔적을 찾기 위해 일부러 주의를 기울일 필요는 없었다. 적어도 일흔 명이 다급하게 움직였으니, 그 뒤를 쫓는 건 식은 죽 먹기나 마찬가지였다.

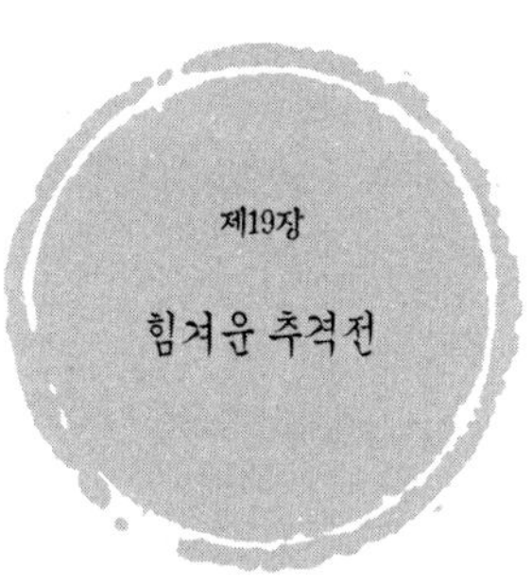

제19장

힘겨운 추격전

"**왜** 철수를 명하셨소?"

달리면서 공손웅은 바로 뒤에 따라오고 있는 도욱천을 책망했다.

"소맹주도 그놈을 보지 않으셨소! 놈은 불사신이오!"

대답하는 도욱천의 목소리는 자신도 모르게 약간 떨렸다.

사실 취우당원을 모두 죽이고픈 심정은 도욱천도 누구 못지않게 강했다. 그렇게 공을 세워야 공손웅을 사위로 맞는 일이 보다 쉬워지기 때문이다.

그러나 북도맹의 첩보 조직인 밀화궁의 책임자답게 도욱

천은 냉정했다.

길게 끌면 지는 싸움이다!

바로 이게 도욱천의 판단이었다.

물론 처음엔 북도맹의 일방적인 우세였다. 바로 그때, 시작과 동시에 놈들을 처리했었어야만 했다.

그러나 취우당 놈들 중 하나가 공손웅을 노리고 덤벼들면서부터 싸움의 판세는 미묘하게 변했다.

거기다 정말 불사신 같은 놈—아직 도욱천은 암류흔이 밀화궁에서 세작명부를 빼간 자와 동일인이라는 걸 모른다—이 나타났고, 정체불명의 계집도 엄청난 무공으로 북도맹의 정예들을 제압했었다.

'만약 지금까지 싸움을 계속하고 있었다면?

북도맹이 전멸을 당하진 않았겠지만, 공손웅은 확실하게 취우당의 손아귀에 떨어졌을 게 분명했다.

"신산자의 생각은 어떻소?"

공손웅은 다른 사람을 향해 또 한 번 질문을 던졌다.

"도 궁주와 같은 생각이옵니다."

평소엔 앙숙처럼 대하지만 목숨이 걸린 싸움에선 신산자의 판단도 냉정했다.

누구보다 믿고 의지하고 있는 두 사람의 입에서 같은 말이 나오자 아무리 공손웅이라도 따르지 않을 수 없었다.

하더라도 이렇게 덮어놓고 도망치는 것도 성질에 맞지 않았다.

"신산자, 취우당 놈들이 뒤를 쫓고 있을 것이오. 매복해서 놈들을 공격할 만한 장소를 물색해 보시오!"

"알겠사옵니다, 소맹주!"

신산자 역시 뒤가 없는 이런 도주는 마음에 들지 않았었다. 매복하라는 명이 내려졌으니 좋아할 수밖에 없었다.

그 말을 들은 도욱천도 은연중에 주변을 살피기 시작했다. 매복 기습이라면 승산이 있을지도 모른다.

'아니다. 그래도 소맹주는 멀리 빼내야 한다!'

만에 하나 있을지도 모를 불상사를 대비한다는 차원이 아니었다. 매복 기습을 한다고 해도 단지 승산만 있을 뿐이다. 그것도 이쪽이 숫자가 많기에 가능한 얘기다. 그 와중에 공손웅을 남겨둘 수는 없는 일이다.

이런저런 생각에 잠겨 달리던 도욱천의 눈에 한군데 지형이 솟구치듯 다가왔다.

"저곳이 어떻겠소, 신산자?"

바로 곁에서 달리던 신산자에게 도욱천은 나직이 말했다.

"나도 마침 그곳을 보고 있던 참이오!"

신산자의 대답이 재빨리 건너왔다.

다른 곳이 아니었다. 길은 왼쪽으로 급격히 휘어지고, 양쪽엔 제법 큼직한 언덕이 있어 사람들이 은신하기에 적격인 장소였다.

"그럼 저기로 결정할까요?"

"그게 좋겠소이다. 일단 수하들을 이 리 정도 전진시켰다가 다시 돌려서 양쪽 언덕에 매복시킵시다!"

그게 바로 매복의 기본이다. 어설픈 흔적을 남겨서는 안 되기에, 적어도 이 리 정도는 모든 인원이 함께 움직여야만 한다.

그래도 몇 명은 남아야 한다. 매복지를 점검하고, 또 불필요한 것들은 미리 제거해야 하기 때문이다.

"그럼 신산자가 다녀오시오. 난 여기 남아 준비를 하겠소. 그리고 또 하나!"

"뭐가 또 있소?"

도욱천의 말에 신산자가 급히 덧붙였다. 매복을 하는 데 뭐가 더 필요하냐는 어투였다.

"소맹주는 멀찍이 떨어져 계시게 하시오! 절대로 매복하는 곳에 계셔선 안 되오!"

"동감이오! 하지만 워낙 성격이 그 모양이신지라⋯⋯."

도욱천과 같은 생각이었지만, 신산자는 공손웅을 말릴 자신이 없었다. 신분은 물론, 성격적으로 이미 지고 있는 탓이었다.

"아무튼 소맹주는 이 매복에서 빼도록 하시오. 될 수 있으면 맹으로 귀환하셨으면 좋겠소! 물론 신산자도 같이 말이오."

"그건 도 궁주께서 말씀드리는 게 좋겠소. 요즘 들어 내 말은 당최 들을 생각을 안 하시니……."

앞서 달리는 공손웅의 눈치를 살피는 신산자의 목소리는 더욱 낮아졌다. 스스로 생각해도 창피한 말이었던 것이다.

"물론 나도 얘기는 하겠소. 하지만 돌아오는 지점에서 소맹주를 제지하는 건 신산자의 몫이오."

그런 대화를 주고받는 사이, 그들은 목적했던 지점에 당도했다.

"남은 대도회 전원과 친위대의 절반을 데리고 돌아가 매복을 하겠소! 소맹주는 이대로 길을 재촉해 맹으로 복귀하시길!"

매복할 인원을 추스르며 도욱천은 공손웅에게 말했다.

"무슨 말이오? 놈들의 숨통은 반드시 내 손으로 끊겠다고 작정하고 예까지 왔는데!"

펄쩍 뛰기라도 할 것처럼 공손웅은 고함을 질렀다.

"그래서 위험하다는 거요. 소맹주의 그 성격상 매복에서도 선두에 서실 건 뻔한 일, 그랬다가 만약의 사태라도 생긴다면 돌이킬 수 없소이다. 그러니 여기선 잠자코 물러가시도록 하시오!"

도욱천의 어투가 여느 때보다 강했다. 공손웅을 위한 것이니 얼마든지 목소리를 높여도 좋았다.

"말도 안 되는 소린 집어치우고, 신산자는 여기서 나머지 인원들과 대기하도록 하시오!”

공손웅은 도욱천의 말을 흘려버렸다. 첫 싸움에서 몸을 뺀 것도 수치스러웠는데, 매복까지 하지 말라는 건 들을 가치도 없는 얘기였다.

“도 궁주의 말에 따르시는 것이 좋겠습니다.”

“신산자까지!”

짐짓 의외란 표정을 지었지만, 공손웅은 이미 신산자와 도욱천이 한마음이란 걸 알고 있었다.

“그럼 두 사람이 여기 남으시오. 내가 부하들을 이끌고 매복하겠소!”

“소맹주!”

여전히 고집을 피우는 공손웅을 도욱천이 다시금 강한 어조로 제지했다.

“장차 북도맹을 이어갈 분의 처신이 어찌 그리 가벼우시오? 이건 겁이 나서 도망가는 것과는 다르다는 걸 왜 모르시오! 북도맹의 미래를 생각하시오!”

“카앗!”

도욱천의 말에 공손웅은 기성을 질렀다. 감정으로는 절대로 받아들일 수 없을 것 같던 것도, 이성으로 냉정하게 생각해 보니 승복할 수밖에 없었다.

“그럼 소맹주를 잘 부탁하겠소. 대도회주는 어디 계시오?”

신산자에게 공손웅을 맡긴 후 도욱천은 곧장 대도회주를 찾았다. 매복의 한쪽은 그들에게 맡길 작정이었다.

"도 궁주, 놈들의 수괴는 반드시 생포하시오. 반드시!"

저만치 걸어가는 도욱천에 등에 대고, 공손웅의 목소리가 이 가는 소리와 함께 날아가 꽂혔다.

"소맹주, 우린 서둘러 이 자릴 벗어납시다. 그래야 저들도 마음껏 싸울 수 있을 거요!"

이젠 불과 스무 명 정도 남은 친위대원들에게 경호를 명하며, 신산자는 공손웅을 재촉했다.

"이 후퇴는 내가 원한 게 아니오. 모든 게 본 맹의 미래를 위한 거요!"

다시 한 번 신산자에게 다짐을 둔 뒤에야 공손웅은 발길을 옮겼다.

북도맹의 소맹주인 공손웅이 세력권에 들어왔고, 수상한 무리가 대파산의 산불을 껐다는 정보는 동상벌에서도 이미 접수하고 있었다.

그 결과 벌써부터 외부에서 활동하고 있던 동상벌 대외총감 이인립에게 특명이 떨어졌다. 산하에 있는 각 지부에서 고수들을 선발해 공손웅을 치라는 게 그것이었다.

하지만 이인립은 공손웅을 치는 것보다 대파산에 나타나 산불을 껐다는 일단의 무리들에게 더 관심을 가졌다.

'여태까지 추적했던 송자홍의 흔적이 아무래도 대파산으로 향한 것 같은데……'

바로 이 이유 때문에 이인립은 급하게 모은 동상벌 지부의 무사들을 독려하고 있었다.

또한 이 무사들로 공손웅을 친다는 건 불가능한 일이기도 했다. 공공연히 동상벌의 세력권으로 들어왔을 땐, 북도맹의 정예들이 총동원되었다고 봐도 무방하다. 동상벌 전체가 전력을 기울여도 겨우 패하지 않을 정도이리라.

'공손웅은 상관하지 말고, 송자홍부터 찾아야 한다! 대파산까지는 이틀 거리니, 서두르면 거기서 보다 확실한 흔적을 찾을 수 있을지도 모른다.'

"이 총감, 잠깐만 멈추시오!"

생각에 잠겨 있는 이인립의 말을 누군가가 세웠다. 동상벌 합비(合肥)지부의 수장(首長)인 노룡타(怒龍打) 윤벌(尹洀)이었다.

"왜 그러시오?"

"척후로 보냈던 자들이 돌아오고 있소. 모양을 보니 전방에 무슨 일이 벌어진 듯하오."

윤벌의 말에 따라 그가 가리키는 곳으로 눈을 돌린 이인립 역시 약간 놀란 표정을 지었다.

'확실히 뭔가 있나 보군!'

두 명의 척후는 멀리서 봐도 매우 허둥거리고 있는 게 역력했다.

이인립이 고개를 갸웃거리고 있는 사이, 척후는 숨 가쁘게 달려와 보고를 시작했다.

"약 이십 리 앞에서 일단의 괴한들을 목격했습니다. 격심한 싸움을 벌인 듯 모두가 살기등등한 모습들로……."

"어디에 소속된 자들이던가? 또 인원은 몇이고?"

허둥거리느라 중요한 점을 빼먹은 척후에게 윤벌이 날카로운 어조로 질문을 던졌다.

"인원은 스무 명 정도, 어디에 소속된 자들인지는 알 수 없었습니다. 다들 복면을 하고 있는지라……."

"그들의 이동 속도는? 그리고 어느 방향으로 향하고 있던가?"

"이동 속도는 그리 빠르지 않았습니다. 방향은 곧장 이쪽으로 향하고 있었습니다."

"이십 리 밖에서 목격했다면 지금은 거리가 더 가까워졌겠군! 어쩌시겠소, 이 총감?"

윤벌은 이인립의 의견을 물었다. 어쨌든 그가 지휘자이니 당연한 일이기도 했다.

"본 벌의 세력권 한복판에서 설치는 괴한들을 모르는 척할 수는 없소. 싸울 준비를 하고 이대로 전진합시다!"

일말의 망설임도 없이 이인립은 명을 내렸다.

사실 지금 이인립은 한 가지 생각에 사로잡혀 있었다. 스무

명 정도의 괴한이라면, 자신이 찾는 송자홍 일행일지도 모른
다는 바람을 품었던 것이다.

"다들 들었다시피 전방에 괴한이 출현했다. 어떤 일이 벌
어질지 모르니 모두 각오를 단단히 다지도록!"

윤벌이 뒤를 따르는 백여 명의 무사들을 돌아보며 사기를
고무시켰다.

그걸 들으며 이인립은 씁쓸하게 입맛을 다셨다. 고작 스무
명을 상대하면서도 일일이 고무시켜야만 싸울 의사가 생기는
무사들이 한심스러웠다.

'그래도 없는 것보다는 낫겠지!'

스스로 이렇게 위로하면서 이인립은 말잔등을 걷어찼다.

"이 총감은 가운데로 가시오. 괴한들의 정체를 알 수 없으
니 몸을 소중히 하시오!"

윤벌의 제지에 이인립은 묵묵히 따랐다. 전방에 있다는 괴
한들이 송자홍이길 바랐지만 그건 알 수 없는 일이다. 안전을
도모하는 게 좋다.

"서둘러라! 괴한들이 다른 곳으로 새기 전에 잡아야 한다!
달려라!"

선두에 나선 윤벌은 다시 한 번 부하들을 독려했다.

그와 함께 일행은 속도를 높였고, 얼마 지나지 않아 척후가
목격했던 괴한들과 마주치게 되었다.

"웬 놈들이기에 백주(白晝)에 복면을 하고 동상벌의 세력

권에서 활보를 하는가? 썩 정체를 밝히렷다!"

윤벌이 제법 당당하게 괴한들에게 목소리를 높여 물었다.

"동상벌의 떨거지들인가?"

괴한들의 선두에 섰던 자가 그리 높지 않은 어조로 내뱉었다. 상당한 짜증이 섞여 있는 공손웅의 목소리였다.

'이건 좋지 않다!'

그 목소리를 들은 순간, 이인립은 목덜미에 섬뜩한 한기를 느꼈다. 바라고 있던 송자홍 일행이 아님은 물론, 까닭 모를 불안감까지 엄습해 왔다.

"잘 걸렸다. 가뜩이나 울화가 치밀던 참이었는데, 네놈들을 상대로 속풀이나 해야겠다!"

공손웅의 말은 사실이었다. 매복에 참가하지 못해 울화통이 터지던 판에, 동상벌 놈들이 걸렸으니 그야말로 좋은 먹잇감이 걸린 것에 다름 아니었다.

숫자는 동상벌 쪽이 훨씬 많았다.

그러나 공손웅은 전혀 두렵지 않았다. 동상벌의 무사들 백여 명 정도는 혼자서도 상대할 자신이 있었다.

"소맹주, 여기서 싸워선 안 됩니다!"

신산자가 공손웅을 제지하고 나섰다. 여기서 동상벌과 충돌을 할 거라면 애당초 취우당 놈들을 피하지도 않았을 것이다.

"북도맹 놈들이닷!"

신산자의 말이 채 끝나기도 전에 이인립의 입에서 고함에 가까운 말이 터져 나왔다. 피하고자 했던 자와 정면으로 맞닥뜨린 사람이 보이는 자연스런 반응이었다.

이인립의 말이 가져온 여파는 컸다. 우선 동상벌 무사들이 술렁거렸고, 공손웅을 말리던 신산자가 두어 걸음 앞으로 나섰다.

"우리의 정체를 간파하다니… 그게 네놈들의 불행이다! 쳐라, 한 놈도 살려 보내지 마라!"

신산자로선 내리고 싶지 않은 명이었다. 되도록 북도맹이 여기까지 왔다는 흔적 자체를 숨기고 싶었다.

하지만 이미 정체는 발각되고 말았다. 동상벌 놈들을 모조리 죽여야 이 비밀이 좀 더 오래 유지될 터였다.

명이 떨어지자마자 북도맹의 친위대원들은 신속하게 움직였다. 다섯 명이 남아 공손웅을 지키고, 나머지는 한꺼번에 동상벌 무사들 사이로 뛰어들었다.

"당황하지 말고 맞서 싸워라! 놈들은 고작 스무 명뿐이다!"

북도맹의 친위대들이 뛰어들자마자 대열을 흩뜨리는 부하들에게 이인립은 소리를 질렀다.

그러나 효과는 전혀 없었다. 백 명 속으로 뛰어든 열다섯 명은 그야말로 양 떼 속에서 설치는 호랑이와 같았다.

"합비에서 온 자들은 어디 있느냐? 전력을 다해 대외총감을 보호하라!"

그나마 여유가 있는 건 윤벌이었다. 그는 한 명의 북도맹 친위대를 상대하면서도 싸움판의 상황을 살피며 명을 내렸다.

아니, 나름대로 여유가 있는 건 윤벌만이 아니었다. 그의 명에 의해 움직이기 시작한 동상벌 합비지부의 무사 십여 명도 재빨리 전권(戰圈)에서 벗어나 이인립의 주변을 에워쌌다.

"윤 지부장도 어서 이쪽으로!"

이인립으로선 혼자 보호를 받는다는 게 부담스러웠다. 자기보다 연상인 윤벌을 부른 것도 그 때문이었다.

하지만 그땐 벌써 윤벌이 상대하고 있던 자를 그의 독문병기인 음양쌍검(陰陽雙劍)으로 찍어 넘어뜨리고 있었다.

'호오, 대단하군!'

그 모습을 지켜보며 이인립은 내심 감탄을 금치 못했다. 동상벌 내에선 그래도 고수 축에 속하는 자신이라고 해도, 윤벌처럼 쉽게 북도맹의 친위대를 처치할 수 있을지는 의문이었다.

"흩어지지 마라! 움직일 수 있는 자들은 모두 대외총감을 중심으로 모여라!"

가장 가까이 있는 또 다른 적에게 엄습해 가며 윤벌은 재차 소리를 질렀다.

"당신들도 가서 도우시오! 내 걱정은 하지 말고……."

이젠 보호나 받고 있을 상황이 아니었다. 이인립은 타고 있던 말에서 그대로 몸을 날려, 한 명의 북도맹 친위대원에게 덤벼들며 주변의 사람들에게 말했다.

"앗, 총감님! 다들 총감님 곁을 떠나지 마랏!"

누군가의 다급한 목소리가 이인립의 뒤를 따랐다. 그들의 몸 역시 재빨리 따라붙었다.

이인립의 무공 역시 예사롭지 않았다. 동상벌의 대외총감을 맡았으니 만큼, 그 역시 절정고수라 불리는 데 부족함이 없었다.

처음에 당황했던 동상벌의 무사들도 차츰 체계적으로 대응하기 시작했다.

특히 합비지부에서 온 자들의 활약은 두드러져 싸움은 승패를 가늠하기 힘들 정도로 치열해졌다.

2

추적은 쉬웠다. 첫 싸움에 죽은 서른 명을 제외한 일흔 명의 북도맹 놈들이 한꺼번에 움직였으니, 그 흔적은 너무도 또렷이 남아 있었던 것이다.

"꼭 이렇게까지 해야겠나?"

단연은 이 추적이 영 마음에 들지 않았다. 도망가는 걸 쫓아가서까지 공손웅을 죽일 이유는 없으니까 말이다.

그러나 암류혼은 대꾸조차 하지 않았다. 그저 흔들리는 마차의 천장을 뚫어져라 응시하고 있을 뿐이었다.

가볍게 고개를 가로저으며 단연도 창밖으로 시선을 옮겼다. 더 이상 말을 해봐야 입만 아플 거라 생각한 탓이었다.

그때 갑자기 마차가 멈췄다.

"무슨 일이냐, 증두?"

천장에 박혀 전혀 움직일 것 같지 않던 암류혼의 시선이 어자석으로 통하는 작은 창으로 향했다.

"아무래도 불길해. 매복하기 딱 좋은 장소다."

증두의 대꾸에 암류혼은 재빨리 마차 밖으로 나갔다.

"이런 곳에 매복이 없다면 오히려 이상하겠군."

주변을 둘러보던 암류혼도 증두의 말에 공감을 표했다.

"어떻게 할 거야? 이대로 지나갈까?"

증두의 질문에 암류혼은 고개를 끄덕였다.

"매복해 있다는 걸 알면서 걸려주지 않으면 미안한 일이잖아! 단 형과 망사웅이 오른쪽 언덕을 맡고, 파사륵과 의문표가 왼쪽 언덕을 맡아! 나머지는 대기!"

요컨대 매복하고 있는 자들을 먼저 기습하자는 얘기였다.

누구도 이의를 제기하지 않았다. 아니, 할 수가 없었다. 싸움을 앞두고 같은 편끼리 의견이 갈라진다는 건 치명적인 약

점이 된다는 걸 다들 잘 아는 까닭에서였다.

"가자, 망사웅!"

단연이 망사웅을 데리고 먼저 출발을 했고,

"흥!"

콧방귀를 남긴 의문표 역시 파사륵을 대동하고 달려갔다.

"우리도 출발하자!"

"잠깐만 기다려. 소피라도 보면서 시간을 좀 보낸 뒤에 출발하도록!"

먼저 출발한 사람에게 어느 정도 시간을 줘야 하기에 암류흔은 서두르는 증두를 제지했다.

그 말에 따라 가장 먼저 바지춤을 내린 건 상춘풍이었다. 오줌줄기가 향한 곳은 북도맹의 매복이 있는 곳, 다분히 조롱하는 행동이었다.

돌연 왼쪽 언덕에서 한줄기 연기가 피어올랐다. 불어오는 바람결엔 사람들의 비명도 섞여 있었다.

"파사륵과 의문표가 먼저 시작한 것 같구먼!"

그 광경을 지켜보던 매보자가 한숨 섞인 어투로 내뱉었다. 단연에 대한 파사륵의 경쟁심과 의문표의 편벽괴이한 성격 탓에 일을 너무 서둘러 자칫 실수나 하는 게 아닌가 싶어서였다.

"자, 가자!"

그제야 암류흔은 마차의 어자석에 올랐다.

"저 네 명에게만 맡길 건가? 도와주지 않아도 될까?"

매보자가 암류혼의 뒤를 따르며 물었다.

"도와줄 것까진 없을 거요. 우린 도망치는 자들의 뒤를 치기만 하면 되오!"

"과연 저 넷이 그럴 수 있을까?"

매보자는 고개를 갸웃거렸다. 적들은 무려 쉰 명 이상, 아무리 네 명이 강하다고 해도 고전할 것은 분명하다.

그런데도 암류혼은 태평한 표정이다. 자기가 한 말에 확신을 가진 것 같다.

그리고 그건 곧바로 증명되었다. 먼저 시작했던 파사륵과 의문표 쪽에서부터 북도맹 놈들이 쫓겨 내려오기 시작했다.

"놈들을 쳐라! 다 죽이지는 말고!"

암류혼의 말에 따라 막 달려가려던 쌍도끼와 열반노가 멈칫거리며 돌아보았다. 다 죽이지 말라는 얘기가 얼핏 이해되지 않아서였다.

"공손웅은 저기 없을 거요. 살아남은 자들을 쫓다 보면 놈에게 도착할 거요!"

"알겠네!"

그제야 의혹이 풀린 쌍도끼는 곧바로 쫓기는 북도맹 놈들의 뒤를 추격하기 시작했다.

"형님은 안 가시오?"

금방이라도 달려갈 듯 설치던 열반노가 움직이지 않는 게 이상해진 상춘풍이 물었다.

"자네도 같이 가야지! 이 늙은이만 부려먹을 건가?"

열반노가 툭 쏘아붙였다. 평소에도 뺀질거리는 상춘풍이 얄미워서 한 말이었다.

"난 저렇게 달아나는 놈들을 치는 건 관심없소. 놈들이 제대로 대열을 갖추고 있으면 내가 선봉에 서리다!"

"같이 가도록 하시오. 증두도 따라가!"

이어진 암류흔의 말엔 상춘풍도 따르지 않을 수 없었다.

증두도 마찬가지였다. 왜 자기도 따라가라고 하는지 잘 아는 까닭에 전혀 망설이지 않았다.

'혹시라도 놈들이 빠져나가면 그 흔적을 쫓으라는 것이겠지!'

싸움에 패해 달아나는 자들을 쫓는다는 건 생각처럼 쉬운 게 아니다. 필사적으로 도망치기 때문이다. 그럴 때를 대비해 경험 많은 증두가 필요한 것이리라.

세 사람이 추적에 가담한 뒤에야 암류흔은 천천히 마차를 몰았다. 활귀가 한 대의 마차를 몰아 그 뒤를 따랐고, 매보자는 비어 있는 마지막 마차를 향해 달려갔다.

정말이지 도욱천은 벼락을 맞은 기분이었다. 취우당을 치기 위해 매복해 있던 자신들에게, 오히려 그 취우당이 기습을 감행해 왔으니 넋이 나가지 않으면 오히려 비정상일 터였다.

게다가 상대도 나빴다. 취우당 최고고수라고 할 수 있는 단연과 아름드리 통나무라도 휘두를 수 있을 것 같은 망사웅이었으니 말이다.

하지만 궁지에 몰린 사람에겐 없던 오기도 생기나 보다. 으드득, 어금니를 갈아붙인 도욱천은 지금 막 쓰러지고 있는 부하의 손에서 검을 뺏어 들었다.

"나와 더불어 여기서 뼈를 묻고자 하는 사람은 날 따르라!"

한 소리 크게 외치며 수중의 검과 하나가 되어 망사웅을 찔러갔다. 아무래도 단연보다는 쉬울 것 같아서였다.

그게 도욱천의 실수였다. 망사웅의 힘은 실로 사람의 상상력까지 초월하는 면이 있어 엄청난 괴력을 발휘했던 것이다.

가장 먼저 도욱천에게 날아온 건 자기 몸통만 한 바윗돌이었다. 아무래도 초식의 정교함이 떨어진다고 판단한 망사웅이 선택한 방법이었다.

달려가던 탄력으로 인해 도욱천은 가까스로 그 바위를 피할 수 있었다.

"아악!"

"커헉!"

뒤를 따르던 두 명의 친위대가 바위에 당했는지 단말마의 비명을 질렀다.

그래도 도욱천은 달리던 발길을 멈추지 않았다. 망사웅의 괴력을 해소하는 방법은 거리를 좁히는 것밖에 없다는 판단에서였다.

"죽어라, 이 괴물 같은 놈!"

검이 닿을 거리에 이르자마자 도욱천은 망사웅의 가슴을 향해 세차게 검을 찔러 넣었다.

푹!

검은 망사웅의 가슴에 꽂혔다. 다른 바위를 머리 위로 치켜들고 있던 참이라 미처 피할 여유가 없었다.

그러나 그뿐이었다. 아니, 오히려 공격을 감행했던 도욱천이 위기에 처했다.

검은 깊이 박히지 않았다. 망사웅의 가슴근육이 너무 단단해서 겨우 한 치 정도만이 피부를 뚫고 들어갔을 뿐이었다.

대신 진즉부터 망사웅이 쳐들고 있던 바위가 그대로 도욱천의 정수리로 떨어져 내렸다.

그렇다고 그냥 당하고 있을 도욱천은 아니었다. 망사웅의 가슴을 세차게 두드리며 그 탄력을 이용해 곧장 뒤로 몸을 빼냈다.

이번엔 망사웅도 충격을 받았다. 도욱천이 검자루를 치는 바람에 다시 세 치 정도 더 박혔기 때문이다.

그래도 망사웅은 짧은 신음 한마디 토하지 않았다. 대신 주변에서 주워 든 허벅지 굵기만 한 통나무를 연신 휘둘러 댔다. 가슴엔 여전히 도욱천의 검이 덜렁거리며 꽂힌 채였다.

파바박!

친위대가 휘두르던 숱한 병기들이 통나무에 의해 팅겨졌다.

망사웅은 재차 통나무를 휘둘렀다. 비록 남다른 괴력을 지녔다곤 하지만, 아무래도 병기를 다루는 것보다는 느릴 수밖에 없었다.

하지만 북도맹의 친위대원들은 단연의 존재를 잊고 있었다. 그들의 배후에 죽음의 사신이 버티고 있다는 걸 잠깐 망각했던 것이다.

바로 그 단연의 움직임은 실로 눈부셨다. 한 번의 손짓에 망사웅에게 덤벼들던 북도맹 놈들이 무더기로 나가떨어졌다.

일단 위기가 해결되자 망사웅은 전권을 벗어났다. 도욱천의 검에 당한 상처를 살펴보기 위해서였다.

검을 뽑아버리자 피가 솟구쳤다. 뼈도 조금 상한 것 같았다.

그러나 망사웅은 대수롭지 않다는 표정으로 품속에서 금창약(金瘡藥)을 꺼내 상처에 골고루 뿌렸다.

피는 이내 멈췄고, 망사웅은 재차 통나무를 들고 북도맹 놈들에게 달려들려고 했다.

"그만두게. 저들을 죽이는 것보다 살려두는 게 더 쓸모가 있을 걸세!"

단연이 재빨리 망사웅을 제지했다.

망사웅은 의아한 시선을 단연에게 보냈다. 제각기 한군데씩은 부상을 당한 북도맹 놈들이 달아나는 걸 그대로 지켜보라니 얼핏 이해가 되지 않았다.

"아마 암 총수도 나와 같은 생각일 걸세. 만약 이게 문제가 된다면 책임은 내가 지겠네!"

망사웅으로선 더더욱 알아듣기 힘든 단연의 말이었다. 마치 암류흔과 미리 대화라도 한 것처럼 애기하고 있으니 말이다.

하지만 따르지 않을 수도 없었다. 의형(義兄)이기도 했지만 단연에겐 사람을 압도하는 위압감이 있었다.

대부분의 북도맹 놈들이 질린 기색으로 슬슬 물러섰지만 도욱천만은 예외였다. 진심으로 여기서 죽을 각오였다.

"그러고도 네놈들이 북도맹의 친위대라고 할 수 있는가? 사나이의 근성이 있거든, 나를 따라 놈들을 쳐라!"

몸을 빼는 친위대를 꾸짖으며 도욱천은 단연에게 덤벼들었다. 수중엔 어디서 주워 들었는지 다시 한 자루 장검이 예리한 빛을 뿌리고 있었다.

이 순간 도욱천은 추살대의 존재가 절실히 그리웠다. 그들이 있었다면 이처럼 외로운 싸움은 하지 않아도 됐을 터였다. 적어도 그들은 지금의 친위대원처럼 뒤로 빼지는 않을 테니까 말이다.

"저자는 살려둘 수 없겠군!"

단연은 살기를 일으켰다. 다른 자들이라면 몰라도 저렇게 선동을 하는 자는 죽여야만 한다. 살려두면 죽이지 않아도 될 다른 사람들도 죽이게 된다.

말을 끝내자마자 단연의 모습이 흐릿해지더니 이내 사라져 버렸다. 흡사 안개가 스러지는 것과 비슷한 모습이었다.

그렇다고 결과까지 보이지 않는 건 아니었다. 한껏 용기를 북돋워 덤벼들던 도욱천이 갑자기 뒤로 튕겨져 나갔다.

쿠웅!

소리도 육중하게 바닥에 처박힌 도욱천은, 그러나 재빨리 몸을 일으켰다.

"커헉, 쿨럭, 쿨럭!"

그러나 도욱천은 이내 격한 기침과 함께 피를 토하며 다시 무릎을 접었다. 통증보다는 눈앞에서 불꽃이 명멸해 가는 듯한 현기증이 더 견디기 힘들었다.

"도 궁주를 구하자!"

"우리가 놈들을 맡을 테니, 그사이 도 궁주를 피신시켜라!"

용기일까? 아니면 마지막 남은 악에 받친 행동이었을까?

친위대원 중 서너 명이 도욱천의 앞을 가로막아 스스로 방패가 되길 자처했다.

이 경우 방패라는 말이 가장 적당한 표현이었다. 단연의 앞에 나선 자들도 하나같이 부상을 입은 상태였으니, 몸으로 도욱천을 가릴 수밖에 없었다.

그사이 손과 발이 재빠른 자들 몇이서 도욱천을 들쳐 업고 언덕을 달려 내려갔다.

"서랏!"

"못 간다!"

망사웅이 재빨리 그 뒤를 따르려 하자 남은 서너 명이 하나같이 수중의 검을 휘둘러 그 진로를 차단했다.

비록 부상을 당한 상태였지만, 초식의 정교함이나 무공의 조예에 있어선 망사웅이 따르기 힘든 친위대원들이었다.

그들 넷이 마음먹고 검을 휘두르자, 맨몸에 빈손인 망사웅은 더 이상 움직이기 힘든 처지에 빠지고 말았다.

그래도 망사웅은 단연의 도움을 바라지는 않았다.

"형님, 어서 놈을 추격하십시오!"

오히려 도욱천을 놓칠까 봐서 안타깝게 외쳤다.

단연은 잠깐 동안 싸움판을 지켜보았다. 당장은 손발이 어지러웠지만, 시간이 지나면 망사웅이 이길 싸움이었다.

그걸 확인한 뒤에야 단연은 도욱천을 쫓아 몸을 날렸다.

출발은 분명 단연이 늦었지만 그 차이는 이내 극복되었다. 언덕을 내려와 관도에 접어들자마자 도욱천을 업은 자들의 모습이 보였던 것이다.

아니, 도욱천만이 아니었다. 건너편 언덕에 매복하고 있던 대도회 놈들도 마구 뒤섞여 있었다. 그 뒤엔 파사특과 의문표가 나찰 같은 모습으로 뒤따르고 있다는 건 말할 것도 없었고…….

사실 피해는 대도회가 더 심했다. 암류흔의 마음을 짐작한 단연은 되도록 친위대원들을 죽이지 않았지만, 그걸 알 길 없는 파사륵과 의문표는 철저하게 대도회 무사들을 말살시켰던 탓이었다.

아무튼 단연도 이젠 그 도살을 막을 생각이 없었다. 그 자신도 도욱천을 죽이기 위해 뒤를 쫓고 있는 상태였으니 말이다.

물론 다른 자들은 단연의 관심 밖이었다. 오직 도욱천만을 노리고 일직선으로 몸을 날리려는 찰나,

"형님, 추격은 우리들이 맡겠소!"

느닷없이 중두가 끼어들며 단연을 말렸다.

아니, 그만이 아니었다.

"실례하겠네, 단 아우!"

열반노가 한마디 던지며 단연을 스치고 지나갔고, 상춘풍도 불퉁한 얼굴로 그 뒤를 따랐다.

"놈들의 뒤는 우리에게 쫓으라는 총수의 명이오!"

중두가 남아서 설명을 해주고는 곧바로 몸을 날려 도주하는 자들의 뒤를 쫓았다.

"멈추게!"

여전히 북도맹 놈들을 도륙하며 달려가려는 파사륵과 의문표에게 단연이 묵직한 어투로 말렸다.

"흥!"

쌀쌀맞게 콧방귀를 날렸지만, 의문표는 이내 소매 속의 철삭을 거둬들였다.

그러나 파사륵은 막무가내였다. 아예 단연의 말 따위는 귀에 들어오지도 않는다는 듯 북도맹을 추격하는 발길을 더욱 빨리했다.

"암 총수의 명일세. 당장 추격을 그만둬!"

다시 한 번 단연이 고함을 지른 후에야 파사륵은 추격의 발길을 멈췄다.

그렇다고 그냥 멈춘 건 아니었다. 이번엔 적들이 도망친 곳과는 반대로 달려가기 시작했다.

"아!"

그 모습을 눈으로 쫓던 단연은 어이없다는 표정으로 탄성을 토했다. 파사륵이 달려간 곳에서 암류혼이 탄 마차가 모습을 보였던 것이다.

"암 총수 외엔 다른 약이 없구먼!"

"흥!"

한숨 비슷한 단연의 말에 의문표는 여전히 콧방귀를 날렸다.

그사이 암류혼이 탄 마차가 당도했고, 몇 군데 부상을 더 입은 망사웅도 언덕에서 내려왔다.

"타시오. 천천히 놈들의 뒤를 따라가 봅시다!"

"아니, 난 한발 먼저 달려가 보겠네."

암류혼에 말에 단연은 고개를 저었다. 그리고 다른 말도 기다리지 않고 곧장 북도맹이 패주한 쪽으로 달려갔다.

"형님을 따라가!"

암류혼은 말들에게 채찍을 가해 마구 달렸다. 단연이 저처럼 서두르는 데엔 이유가 있다고 생각되었다.

마차들이 관도 위를 마구 질주하며 뽀얀 먼지를 일으켰다. 군데군데 시체들이 널브러져 있어 가끔 마차가 위태롭게 흔들리기도 했지만 속도를 늦추지는 않았다.

그 덕인지 질주의 시간은 길지 않았다. 저만치 등을 돌린 채 서 있는 단연이 보이자 암류혼은 마차의 속도를 줄였다.

거기 있는 건 단연만이 아니었다. 주변엔 서너 구의 시신이 쓰러져 있었고, 도욱천이 아주 힘겹게 버티고 서 있는 게 보였다.

취우당의 다른 형제들은 패주하는 북도맹 놈들을 쫓고 있는 것 같았다.

"그대 때문에 이 사람들이 죽었다는 건 알고 있을 터, 여기서 그대의 목숨을 거두겠네!"

살기를 일으키기는 했지만 아무래도 단연의 마음은 조금 무거웠던 모양이다. 그만큼 묵직한 어조로 도욱천에게 경고의 말을 던졌다.

"애당초 여기서 죽고자 했었다. 어서 쳐라!"

도욱천의 기세도 전혀 누그러 들지 않았다. 움직이기 힘들 정도의 부상을 당했지만 그 기백만은 생생하게 살아 있었다.

"고통은 없을 것이다!"

다시 한마디 내뱉으며 단연은 곧장 도욱천에게 접근해 갔다.

"잠깐!"

암류흔이 단연을 제지했다.

"그를 죽이지 마시오!"

"응?"

의외의 말에 단연은 고개를 돌려 암류흔을 쳐다보았다.

"나와는 약간의 인연이 있는 사람이오. 살려주고 싶소!"

'실은 그 딸과 인연이 있었지만……'

물론 뒷말은 암류흔의 가슴속에서만 맴돌고 말았다.

어쨌든 단연으로선 따르지 않을 수 없었다. 여기서 거역한다면 형제들 전체가 암류흔의 명을 우습게볼 소지가 다분하다.

다시 한 번 도욱천을 일별한 후 단연은 암류흔의 옆에 올라앉았다.

마차는 다시 출발했다.

그 뒤에 남은 먼지 속에서 후들거리며 서 있던 도욱천의 육신이 마침내 바닥으로 허물어지고 말았다.

3

넋이 빠질 만큼 놀란 건 비단 도욱천만이 아니었다. 그보다는 공손웅이 더 기가 막혔다.

매복을 하는 이유가 뭔가? 불시에 기습해 적을 괴멸시키거나, 아니면 막대한 타격을 주기 위함이다.

그런데 그 매복을 했던 부하들이 태반은 죽고, 다른 자들은 대부분 부상을 당한 모습으로 도망쳐 왔으니 할 말을 잊을 수밖에 없었다.

"허둥거리지 마랏! 냉정을 되찾고, 도 궁주는 어디에 있는지 대답하라!"

쫓기느라 여념이 없는 부하들에게 공손웅은 도욱천의 행방을 물었다. 그를 찾아야 보다 상세한 정황을 보고받을 수 있을 터였다.

"도 궁주는 철수하지 않았습니다. 그곳에서 뼈를 묻는다고……."

"그렇다고 두고 왔단 말이냐? 어떤 위험이 있더라도 도 궁주는 구출했어야지!"

"그보다 소맹주께서도 얼른 이 자릴 피하시는 게 좋을까 합니다! 놈들은 생각보다 강하여……."

"닥쳐라! 여기까지 온 것도 내 평생의 수치다. 더 이상 물러설 곳은 없다!"

고함을 지르는 공손웅의 이마에 시퍼런 힘줄이 불끈 돋았다. 도욱천이 매복지에서 죽었다는 말을 들으니 머리끝까지 피가 몰렸다.

"소맹주, 수하의 말대로 어서 이 자릴 피하십시오!"

"시끄럽다!"

신산자의 말을 공손웅은 거칠게 잘라 버렸다.

"도 궁주가 죽었다고 하잖아, 도 궁주가!"

"그 도 궁주의 죽음을 헛되이 하지 말라고 말씀드리고 있는 중입니다. 작은 체면에 구애되어 소맹주의 신상에 만약의 일이라도 생긴다면, 도 궁주의 죽음은 그야말로 개죽음이 될 것입니다! 철수한 수하들과 힘을 합쳐 동상벌의 잡종 놈들을 짓밟고 그대로 황하를 건너가십시오!"

그 와중에도 신산자는 냉정함을 유지했다. 동상벌과의 싸움은 유리하게 전개되었지만, 주력이라고 할 수 있는 전력이 취우당에게 무너졌으니 공손웅을 북도맹으로 무사히 귀환시키는 게 가장 급선무가 되고 말았다.

"안 간다! 못 간다!"

공손웅은 버텼다. 예천을 떠나 동상벌의 세력권 내로 들어온 이래 뜻대로 된 게 하나도 없었다. 마음대로 되는 게 적어도 하나쯤은 있어야만 한다. 설사 그게 죽음이라도 말이다.

하지만 신산자의 입장은 달랐다. 그 무엇보다 공손웅의 안전이 우선이었다.

"알겠습니다, 소맹주! 그럼 소인이 앞장을 서겠습니다!"

속마음과는 전혀 다른 말을 하면서 신산자는 슬쩍 공손웅의 뒤로 돌아갔다.

그런 신산자의 행동을 공손웅은 전혀 의심하지 않았다. 온 신경이 취우당을 치는 것에 집중되어 있는 탓이었다.

신산자는 수도(手刀)로 공손웅의 후두부에 있는 뇌해혈(腦海穴)을 강하게 내려쳤다.

"어억!"

기묘한 신음을 토하며 공손웅은 그대로 풀썩 무너졌다.

"자, 앞을 막고 있는 동상벌 놈들을 짓밟아라! 소맹주는 내가 모시겠다!"

쓰러지는 공손웅을 받아 들며 신산자는 커다랗게 고함을 질렀다.

그 한마디로 싸움의 상황은 돌변했다. 그나마 버티고 있던 동상벌 무사들이 무더기로 쓰러지기 시작했던 것이다.

"맞서지 마라! 길을 터줘라!"

그 상황을 지켜보던 이인립도 커다란 고함을 질렀다. 신산자가 공손웅의 뇌해혈을 찍어 혼절시킨 걸 보자마자 북도맹이 이 싸움을 피하려고 한다는 걸 확연히 알 수 있었다.

살아남은 동상벌 무사들이 썰물처럼 한쪽으로 밀려나며

길을 비켜주었다. 그래 봐야 고작 서른 명 정도에 불과했지
만…….

"더 이상 상대하지 마라. 최대한 빨리 이 자리를 벗어나
라!"

신산자의 명에 따라 대부분 친위대원들인 북도맹의 생존
자들은 공손웅을 에워싸고 달리기 시작했다.

하지만 그땐 이미 너무 늦은 뒤였다. 아직 싸움 뒤의 피비
린내가 사라지지도 않은 그곳에 열반노가 뛰어들었다.

아니, 그보다 더 빨리 그의 독문병기인 구절편이 허공과 사
람을 구분하지 않고 꿰뚫거나 휘감아 메다꽂곤 했다.

"으아악!"

"피하라! 아니, 막아라!"

북도맹의 친위대원들은 삽시간에 다시 혼란에 빠져들었
다. 앞을 가로막은 동상벌을 물리치고 막 몸을 빼려는 순간에
당한 기습이라 더욱 당황했을 터였다.

그러나 친위대원들은 매복하고 있었을 때와는 또 다른 모
습을 보였다. 도욱천은 버릴 수 있었을는지 몰라도, 공손웅만
은 보호하기 위해 필사적으로 열반노에게 덤벼들었다.

순식간에 열반노의 손발이 어지러워졌다. 단연과 망사웅
에 의해 친위대의 대부분이 크고 작은 부상을 입은 상태였으
니 그나마 이처럼 설칠 수 있었던 것이다.

거기에 증두와 상춘풍이 뛰어들자 전세는 다시 취우당의

우세로 기울기 시작했다.

이쯤 되면 이인립도 지켜보고만 있을 수 없었다. 다른 곳도 아닌 세력권 안에 침입한 적에게 쫓겨 등을 보인다는 건 두고 두고 수치스런 일이 될 터였다.

"모두 나를 따르라! 북도맹의 침입자 놈들에게 동상벌의 따끔한 맛을 보여줘라!"

큰 소리로 명을 내린 후 이인립은 가장 먼저 공손웅을 들쳐 업고 도주하는 신산자를 향해 달렸다.

"와아, 쳐라!"

"한 놈도 살려 보내지 마라!"

그 뒤를 노룡타 윤벌이 따라붙었고, 동상벌 합비지부의 무사들도 뒤처질세라 득달같이 달려들었다.

그러나 신산자는 이미 싸움판에서 몸을 빼낸 뒤였다. 처음부터 공손웅을 호위했던 다섯 명의 친위대원들은 부상 하나 입지 않았기에 그들의 활약은 눈부셨다.

신산자로선 뒤를 돌아볼 여유도 이유도 없었다. 백 명이 와서 일곱 명만이 귀환한다는 것도 이미 계산 밖이었다.

'소맹주는 살려야 한다!'

오직 이 한 가지 생각뿐이었다.

"공손웅은 놓고 가라!"

달아나는 신산자를 본 증두가 고함을 질렀지만 별 효과는 없었다. 살아남은 북도맹 친위대원들은 필사적으로 취우당과 동상벌 무사들의 발길을 막았던 것이다.

해가 서서히 기울고 있었다. 핏빛 노을이 서편 하늘에서부터 퍼져 나갔고, 실제로 피를 흘리는 지상의 싸움은 서서히 접혀지기 시작했다.

그사이로 암류혼을 필두로 한 마차의 행렬이 먼지와 더불어 당도했다.

동상벌 각 지부로 보내는 전서구를 처리하느라 여념이 없는 가운데서도 이인립은 연신 고개를 갸웃거렸다.

'틀림없이 어디선가 본 사람인데……?

바로 싸움이 끝나갈 무렵 마차를 타고 왔던 암류혼에 대한 것이었다.

'나는 송자홍의 흔적을 따라 여기까지 왔었다. 그리고 저들과 만났는데… 혹시 송자홍이 아닐까?

지금까지 몇 번이나 이인립의 뇌리를 스쳤던 바람이자 생각이었다.

하지만 이번에도 이인립은 고개를 가로저었다. 지난번에 봤던 송자홍과 상당히 닮긴 했지만, 또 전혀 다른 인물로도 보였다. 속단할 수 없는 일이었다.

"대체 저들은 누구요?"

한창 바쁜 이인립에게 윤벌이 다가와 물었다. 지금까지는 단둘이 될 기회가 없어서 미처 묻지 못했던 질문이었다.

"나도 모르겠소. 북도맹이 서광막과 싸울 때, 북도맹을 치고 나갔던 취우당인 것 같기도 하고……."

취우당에 대한 소문은 이미 강호에 진동하고 있었다. 북도맹의 배후를 쳤고, 또 밀화궁의 추살대를 괴멸시켰다는 건 숨긴다고 해서 숨겨질 성질의 일이 아니었다.

"직접 물어봐야겠군!"

"잠깐만!"

한쪽에 모닥불을 지피고 앉아 각자 건량을 먹고 있는 취우당 형제들에게 발길을 옮기는 윤벌의 어깨를 이인립이 재빨리 잡아챘다.

"왜 그러시오? 비록 우리에게 도움이 됐다고는 하지만, 정체를 모르는 자들과 함께 할 수는 없지 않겠소!"

"내가 알아보겠소!"

아무래도 윤벌은 동상벌 외부의 사람들을 대하는 건 익숙하지 못하다. 그런 일에 경험이 많은 자신이 나서는 게 만약에 있을지도 모르는 오해를 줄일 수 있을 터였다.

윤벌로서도 이의가 없었다.

"전서구는 내가 점검하고 있을 테니 이 총감은 가보도록 하시오."

윤벌이 이인립 대신 전서구를 점검하겠다는 말이었다.

"그럼 부탁드리겠소."

한마디 남긴 후 이인립은 취우당 형제들이 둘러앉은 곳과는 다른 방향으로 재빨리 걸어갔다.

이인립이 간 곳은 주방으로 쓰이는 천막이었다. 거기서 술을 서너 병 받아 든 뒤에야 취우당 형제들이 있는 곳으로 발길을 향했다.

"오늘 도와주신 것에 대해 동상벌의 이름으로 다시 한 번 감사를 드리오!"

이인립은 우선 모두에게 정중한 포권을 해 보였다.

"야외에서 하는 거친 식사에 도움이라도 될까 해서……."

말꼬리를 흐리며 이인립은 들고 왔던 술병을 내밀었다.

"흐흐흐, 그렇지 않아도 목이 칼칼하던 참이었소. 고맙소. 잘 마시리다!"

열반노가 가장 반색을 띠며 잽싸게 술병을 낚아챘다.

"자, 형님부터 한잔 드시우!"

'취우당이 확실한 것 같군!'

열반노의 말을 들은 이인립은 확신을 가졌다. 자신이 알고 있는 정보에 의하면 취우당은 의형제 결사라고 했으니까 말이다.

그래도 확인은 해봐야만 한다.

"요즘 강호엔 취우당에 대한 소문이 자자한데, 오늘 이렇게 인연을 맺게 되어 일생의 광영이오이다!"

은근슬쩍 넘겨짚으며 이인립은 취우당 형제들 사이에 끼어 앉았다.

"우리가 그렇게 유명하오?"

상춘풍이 눈 가득히 웃음을 떠올리며 이인립의 말을 받았다.

이처럼 좋아하는 것도 무리가 아니었다. 진즉에 이인립의 신분은 알고 있는 터, 천하사세 중 한곳의 대외총감이 취우당의 이름을 기억해 준다는 건 실로 대단한 일인 것이다.

"이를 말씀이오! 그 콧대 높은 북도맹을 상대로 전면전을 벌이시는 분들이라고, 다들 우러러보고 있는……."

"흥!"

아부성으로 흐르는 이인립의 말을 의문표가 콧방귀를 날려 잘라 버렸다.

다른 사람이었다면 얼굴색이 변해 덤벼들었을 일이었다. 거기까진 아니더라도 최소한 다음 할 말을 잃을 건 분명했다.

하지만 이인립은 전혀 구애가 되지 않았다. 동상벌의 대외총감이란 직책은 그의 얼굴 가죽까지 두껍게 만든 것 같았다.

"저의 못난 이름이야 이미 말씀드렸고, 여러분 개개인의 함자는 어떻게 되시오?"

"알 거 없소!"

이번엔 암류흔이었다. 그 역시 의문표의 콧방귀와 마찬가지로 입에 밴 대답이었다.

벌써 두 번째, 이쯤 되면 정말 검이라도 빼 들어야 정상적인 행동이다.

하지만 이인립은 여전히 끄떡도 하지 않았다. 오히려 한 술 더 떠서 암류흔에게 말을 붙였다.

"그런데 대협은 제가 아는 어떤 분과 아주 닮았소이다그려!"

이인립의 말에 암류흔은 내심 가슴이 뜨끔했지만 한편으론 재미있다는 생각도 들었다.

"나랑 닮은 사람이 있다고? 그게 대체 누구요?"

암류흔이 능청스럽게 물었다.

사정을 아는 증두는 웃음을 참기 위해 고개를 돌려야만 했다. 웃는 게 들키면 이인립이 눈치를 챌지도 몰라서였다.

"아, 송자홍이라고, 산동의……."

신나게(?) 얘기하던 이인립이 돌연 입을 다물었다. 송자홍이 산동 출신이 아니란 건 이미 알고 있었기 때문이다.

"송자홍? 혹시 아시오?"

암류흔은 매보자에게 시선을 돌리며 물었다. 그 얼굴이 너무 진지해서 주변에 있던 사람들조차 궁금하다는 표정을 지었다.

"글쎄… 처음 들어보는 이름이네만……."

매보자 역시 화가장의 괴멸에 대한 건 소상하게 알고 있었다. 탁월한 정보 상인의 재능을 발휘해 그 일을 해치운 게 암류흔이라는 것도 물론이고.

뻔히 알면서도 이처럼 맞장구를 치는 건 암류흔이 숨기고 싶어한다는 걸 눈치 챈 까닭에서였다.

또 한 가지 더 있다면 재미있기도 했다. 나이를 떠나 사람을 놀리는 건 대개의 경우 즐거운 일이니까 말이다.

'분명 뭔가 있는 것 같은데……'

취우당 형제들의 눈치를 살피며 이인립은 연신 고개를 갸웃거렸다.

"그런데 그 송자홍이란 사람은 왜 찾으시오?"

암류흔이 재차 물었다. 그의 기억으로는 동상벌을 도와줬으면 도와줬지, 해를 끼친 건 없었다.

그런데 이인립은 필사적으로 송자홍, 즉 자신을 찾고 있는 듯하니 궁금증이 도졌다.

"다름이 아니라 본 벌로 초빙을 할까 해서 백방으로 찾고 있는 중이오. 벌주께서는 부벌주의 자리까지 생각하고 계시는 듯했소!"

이인립의 이 말은 다른 사람에겐 해서는 안 되는 것이었다.

그럼에도 불구하고 입을 연 건 암류흔과 송자홍이 동일인이 아닐까 하고 의심하고 있어서였다.

"호오―!"

암류흔뿐만이 아니라 몇몇 사람들의 입에서 탄성이 토해졌다. 동상벌에서 부벌주의 자리까지 걸고 누군가를 초빙한다는 건 지금까지 들어본 적이 없었던 것이다.

"그런데 그분을 도무지 찾을 수가 없소이다. 최근의 흔적을 보면 대파산으로 향한 것 같긴 한데……."

말꼬리를 흐리며 이인립은 암류흔의 눈치를 살폈다. 만약 송자홍과 동일인이라면 분명 표정의 변화가 있을 터였다.

하지만 이인립은 암류흔을 몰라도 너무 몰랐다. 잘 훈련된 세작인 그의 표정은 설사 하늘이 무너진다고 해도 바뀌지 않는다는 걸 말이다.

"그렇게 열심히 흔적을 쫓으셨다니, 이제 곧 만나실 수 있을 것이오!"

'벌써 만나고 있지만…….'

속으론 터져 나오려는 웃음을 삼키며 암류흔이 다시 한마디 던졌다. 정말이지 너무 재미있었다.

"그 송자홍이란 사람 말이오, 그렇게 우리 총수와 닮았소?"

중두가 슬며시 대화에 끼어들었다.

"그렇소. 형제라고 해도 믿을 정도요!"

중두는 놀리려는 의도였지만 이인립으로선 대화를 통해 뭔가를 캐내려고 필사적이었다.

"어때? 네가 송자홍인 척하고 동상벌로 가지 그래? 그 덕에 우리 형제들도 호강 좀 해보고……."

"애타게 찾는 사람을 앞에 두고 그런 농담이 나오나? 나도 찾아보겠소. 우리 총수와 비슷한 사람을 만나면 동상벌에서 애타게 찾고 있더라고 전해주리다!"

짐짓 중두를 나무란 매보자는 정작 그 자신은 한술 더 떠서 이인립을 놀렸다.

"그렇게 해주시면 감사하기 그지없겠소. 나야 본 벌의 세력권을 벗어나면 움직이기 힘들지만, 여러분이야 못 갈 곳이 어디 있겠소? 그러니 소생이 이렇게 머리 숙여 부탁드리겠소!"

이인립은 자기가 했던 말 그대로 깊숙이 머리를 숙였다.

"그 점은 염려 마시오. 그보다 북도맹 놈들의 추적은 어떻게 되었소? 아직 연락이 없었소?"

역시 이 재미(?)를 즐기며 암류흔은 화제를 돌렸다.

밤에 누군가를 추적한다는 건 정말 어려운 일이다. 어둠 탓에 흔적을 찾기 쉽지가 않고 역습을 당할 위험성도 없지 않다.

그래서 달아난 공손웅에 대한 추적은 동상벌에서 맡기로 했다. 각지에 흩어져 있는 지부와 긴밀하게 연락을 주고받는 것도 그 때문이었다.

"황하 일대는 거의 봉쇄해 두다시피 했소이다. 만에 하나라도 공손웅이 무사히 북도맹으로 돌아가는 일은 없을 것이오!"

'눈앞에 있는 나도 알아보지 못하면서 큰소리는……!'

암류흔은 속으로 웃었다. 비록 세력권 안이고, 숫자가 적은 북도맹이지만 동상벌의 힘만으론 공손웅을 치기가 쉽지는 않을 터였다.

"놈들이 어디에 있고, 그 달아나는 발길만 늦춰주면 나머지 우리가 알아서 하겠소!"

아주 무거운 어조로 한마디 던진 후 암류흔은 몸을 일으켰다. 마차 안으로 들어가 자려는 것이었다.

이인립으로선 아쉬운 순간이었다. 취우당에 대해 아무것도 알아낸 것 없이 이대로 대화를 끝내긴 싫었다.

하지만 송자홍으로 의심하고 있는 암류흔이 마차 안으로 사라져 버렸으니 어쩔 수 없었다.

"그럼 편히들 쉬시오. 지부에서 연락이 오는 대로 통지하겠소!"

이렇게 말한 뒤 이인립도 윤벌이 있는 곳으로 돌아갈 수밖에 없었다.

이인립이 가버리자 증두가 슬며시 마차 안으로 스며들었다.

"이 기회에 동상벌에도 한번 가보는 게 어때? 송자홍으로 가장하고 말이야."

"뭐 하러?"

뒤따라와서 엉뚱한 애길 하는 증두에게 암류흔은 짜증스럽게 대꾸했다.

"오랜만에 세작으로 돌아가 보라는 거지. 동상벌 내부의 장단점도 파악해 보고!"

"글쎄 그걸 알아서 뭘 하겠냐고?"

"돈이 되잖아! 나머지 삼세 중 어떤 곳에서도 동상벌 내부의 정세라면 막대한 돈을 지불하고 그 정보를 살 거야!"

한동안 가라앉은 듯했던 증두의 돈 밝힘증(?)이 다시 도진 것 같았다.

"관심없어!"

"의혈사에서 관심을 보일지도 모르잖아!"

짜증스럽게 돌아눕는 암류흔에게 증두는 집요하게 매달렸다.

"미친놈! 지금 동상벌과 남선련, 서광막이 연합을 추진하고 있다는 걸 몰라서 하는 말이야? 팔 곳은 북도맹뿐인데, 그놈들에게 팔겠다고 어정거리며 갔다가는 우리 모두 모가지 없는 귀신이 되고 말 거야!"

여전히 돌아누운 채 말한 암류흔에게서 이내 코 고는 소리가 나직하게 들렸다.

암류흔이 진짜로 잠이 든 건 아니었다. 그저 증두가 귀찮아서 코 고는 소리를 내고 있을 뿐이었다.

그 점은 증두도 잘 알았다. 마음 같아서는 한 대 패고 싶었지만 그럴 수도 없었다.

잠깐 그 자리에 앉아 있던 증두는 마차를 빠져나왔다. 하늘 가득한 별빛이 쏟아질 듯 왈칵 눈 속으로 파고들었다.

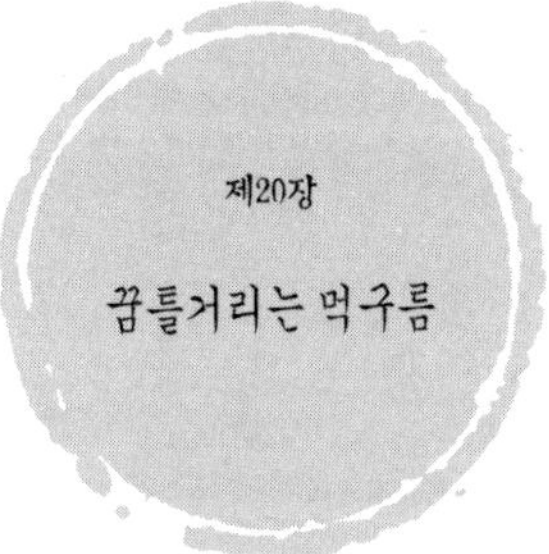

제20장

끔틀거리는 먹구름

혈염수 왕국량의 기분은 한껏 고조되었다. 황하를 건너
자마자 습격을 했던 동상벌 제남(濟南)지부에서 커다란 승리
를 거둔 결과였다.

그러나 한편으론 의아한 생각이 들지 않는 건 아니었다. 아
무리 동상벌에 무림고수가 부족하다지만 너무 약했기 때문이
다.

게다가 인원도 너무 적었다.

'사로잡은 놈들에게 물어보면 이유를 알 수 있겠지!'

이런 생각을 하고 있을 때, 마침 수하들이 밧줄에 묶인 자
들을 끌고 왔다.

"나는 혈염수 왕국량이다!"

크게 한마디 외친 후 왕국량은 잠시 입을 다물었다. 자기 이름이 잡혀온 자들의 뇌리에 단단히 각인되기를 기다리는 것이다.

확실히 그건 효과가 있었다. 창주 일대를 떨게 만들었던 왕국량의 이름은 사로잡힌 동상벌 무사들도 공포에 잠기게 하기 충분했다.

"지금부터 내가 묻는 말에 순순히 대답을 한다면 아주 편하게 죽여주겠다!"

살려주겠다는 말도 아니었다. 그저 편하게 죽이겠다는 걸 왕국량은 큰 선심이라도 쓰는 것처럼 말했다.

그럼에도 불구하고 그 말은 동상벌 제남지부 무사들에게 달콤한 유혹으로 들렸다. 그만큼 왕국량이라는 이름이 갖는 두려움은 컸다.

그러나 동상벌 무사라고 해서 뼈대가 없는 건 아니었다.

"닥쳐라! 네놈들이 무단으로 본 벌을 침입하고도 무사할 것 같은가? 제남지부는 비록 무너졌지만, 곧 본 벌의 토벌대가 네놈들을 괴멸시킬 것이다!"

잡혀온 동상벌 무사들 중 누군가가 큰 소리로 왕국량을 질타했다.

"흥, 돈만 아는 주제에 그래도 무사란 말인가? 그렇다면 그에 합당한 대우를 해줘야지. 여봐라, 이놈은 산 채로 태워 죽여라!"

왕국량의 명은 즉각 실행되었다. 북도맹의 친위대 두 명이 조금 전에 말한 동상벌 무사를 삼 장 정도 앞으로 끌어냈다.

"똑똑히 봐둬라! 내 말에 따르지 않는 자의 최후가 어떤지……."

"으아아악!"

왕국량의 으스스한 공갈은 돌발적으로 터져 나온 단말마의 비명에 지워져 버렸다. 기름에 전신을 적신 채 불이 붙은 동상벌 무사가 지른 것이었다.

다행히 비명은 그리 길지 않았다. 동상벌 무사는 산 채로 불에 타는 고통보다 혀를 깨물어 자결하는 쪽을 선택한 것이다.

"부디 용서해 주십시오!"

돌연 동상벌 무사를 끌고 갔던 두 명의 북도맹 친위대원이 왕국량 앞에 꿇어 엎드렸다.

"죄를 알기나 하는가?"

"부디 용서를!"

"그렇다면 이번엔 제대로 해라. 저놈이다!"

부하를 질타하던 왕국량은 돌연 동상벌 무사들 중 한 명을 가리켰다.

"존명!"

복명과 동시에 두 명의 친위대는 왕국량이 가리킨 동상벌 무사를 끌어냈다.

동상벌 무사는 소리를 지르지도 못했다. 아까처럼 혀를 깨물까 싶어 미리 아혈(啞穴)을 제압당했기 때문이다.

그 상태로 동상벌 무사의 몸에 기름을 뿌린 친위대원들은 아직도 타고 있는 그 동료의 시신 위에 던져 버렸다.

비명은 없었다.

하지만 그 광경을 보고 있는 동상벌 무사들의 치를 떨게 하기엔 충분했다.

게다가 살을 태우는 소리와 냄새는 또 다른 공포감을 대기 중에 떠돌게 만들었다.

"자, 이제부터 묻겠다. 제남지부는 동상벌 산하 조직 중에서도 몇 손가락에 꼽히는 곳이다. 그런데 왜 이리 무기력한가?"

왕국량은 가장 궁금한 것부터 물었다.

"그, 그건 주력들이 차출되어 다, 다른 곳으로……."

"닥쳐!"

누군가는 왕국량의 질문에 대답을 했고, 또 다른 누군가는 그걸 제지했다.

왕국량의 눈에 스산한 살기가 어렸다.

그러자 예의 친위대원 두 명이 방금 동료를 제지했던 동상벌 무사를 끌고 나갔다.

"네놈들도 무인의 도리를 알 터, 절대로 굴복하지 마, 컥!"

끌려 나가던 동상벌 무사가 동료들에게 발악적으로 외쳤지만, 그 말은 미처 끝맺지도 못했다. 북도맹 친위대원들이 그의 아혈과 마혈(痲穴)을 동시에 제압한 탓이었다.

뿌지지직ㅡ!

다시 한 번 살 타는 소리와 함께 짙은 노린내가 주변에 퍼져 나갔다.

"네가 그래도 상황을 파악할 줄 아는구나. 그래, 차출된 자들은 다들 어디로 갔느냐?"

"그, 그건 모르겠습니다."

일단 한 번 터진 입이었다. 왕국량의 질문이 떨어지자마자 처음으로 대답했던 자의 입에선 그 답이 술술 새어 나왔다.

"그래? 어디로 갔는지는 모르지만 왜 갔는지는 알겠지? 무사들을 차출할 때는 그 이유를 밝혔을 테니까!"

왕국량의 어조가 다시금 싸늘해졌다.

"다, 다름이 아니라 부, 북도맹의 소맹주 놈이, 아니, 소맹주께서 황하를 건너 본 벌의 세력권으로 들어왔으니 치, 치라고……."

"뭣이?"

왕국량의 입에서 기성에 가까운 외침이 터져 나왔다. 우려했던 사태가 기어이 벌어지고 만 것 같았다.

"어디로 갔나? 어디로?"

다급해진 왕국량은 직접 대답했던 동상벌 무사의 멱살을

틀어쥐며 물었다.

"우, 우린 저, 정말 모르오. 대외총감과 합류해 그 명을 들으라고 한 것밖에는… 큭!"

뽀각!

대답했던 동상벌 무사의 입에서 답답한 신음성이 토해진다 싶자 뒤를 이어 울대가 부러지는 소리가 들렸다. 적어도 편하게 죽여주겠다던 약속을 왕국량은 지킨 것이었다.

"나머지 놈들은 모두 태워 죽여라!"

다른 자에게 물어봐야 소용없다고 판단한 왕국량은 싸늘한 명을 내리며 몸을 돌렸다.

"잠깐만요!"

바로 그때 누군가가 왕국량을 불러 세웠다.

"어제 저녁나절에 대외총감으로부터 전서구가 왔다고 들었습니다. 내용이야 지부장의 방에……."

"그걸 왜 이제 얘기해!"

신경질적으로 내뱉었을 때, 왕국량은 벌써 지부장의 방을 향해 달리고 있었다.

"큭!"

돌연 동상벌 무사들 중 한 명이 답답한 신음을 토하며 앞으로 엎어졌다.

동시에 그의 입에선 엄청난 피가 흘러내렸다. 그 역시 타죽는 것보다는 혀를 깨문 자결을 택한 것이었다.

자결의 행렬이 이어졌다. 왕국량이 모두 태워 죽이라는 명을 거두지 않았으니 자살하지 않으면 타 죽을 게 뻔한 일이었다.

하지만 북도맹의 친위대원들은 가차없었다. 이미 죽었거나 쓰러진 채 경련을 일으키고 있는 동상별 무사들 위에 기름을 뿌리고 불을 질렀다.

그 불길이 한창 치솟고 있을 때,

"출동이다! 모두 나를 따르라!"

마치 그 자신의 꽁무니에 불이 붙은 것처럼 왕국량이 달려나오며 외쳤다.

어느 명이라고 거역하겠는가. 친위대원들은 일제히 왕국량의 뒤를 따랐다.

북도맹의 친위대원들이 모두 떠난 후, 제남지부에 남은 건 불타는 시신 몇 구뿐이었다.

*　　　*　　　*

서광막주인 농요갱 탄융의 미간은 찌푸려진 채 펴질 기미를 보이지 않았다.

'왜 하필 막도종인가?

바로 이게 탄융이 미간을 찌푸리고 있는 이유였다.

여기는 서광막이 보계에 세운 솔하장의 지하, 오늘은 서광막에서 중추를 이루는 인물들이 모두 모여 있었다. 다름 아닌 삼세의 연합 건에 대한 최종 회의를 하는 중이었다.

그런데 다른 누구도 아닌 막도종이 가장 강력하게 연합을 반대하고 나섰다. 가장 아끼고 신임하는 심복이 그러니 탄융의 가슴은 답답하기 그지없었다.

"막 원로, 어찌 혼자서 그리 고집을 부리시오? 막주께서 여기 보계까지 오신 그 마음을 생각해서라도 부디 고집을 꺾어 주시오."

사십대 중반으로 보이는 피부가 유난히 하얀 사람 하나가 막도종에게 은근히 말을 건넸다.

"닥쳐라, 유개(劉介)!"

막도종은 방금 말을 했던 유개에게 버럭 고함을 질렀다.

유개의 하얀 얼굴이 순식간에 벌겋게 달아올랐다. 대공자인 탄영의 측근으로 발탁된 이후 이런 모욕은 처음이었다.

그러나 막도종은 유개의 기분 따위는 전혀 고려하지 않고 마구 퍼부었다.

"네놈의 눈에는 삼세가 연합한 뒤의 일이 보이지 않느냐? 북도맹이 멸망하면 다음엔 우리 서광막 차례란 걸 진정 모르겠다는 말이냐?"

"무슨 망발이시오! 우리 서광막이 북도맹 다음 차례라니?"

"동상벌과 남선련이 어떤 관계인가? 그 두 곳은 선대(先代)부터 자식들의 혼인을 약속한 사이다! 그러니 북도맹을 괴멸시키고 나면 다음에는 그 둘이 연합하여 우리 서광막을 칠 것은 뻔한 이치, 이것도 모르면서 어찌 대공자를 보필한다고 하느냐? 당장 때려치우고 갱도에 들어가 땅이나 파라!"

막도종의 이 말에 좌중은 술렁거렸다. 모두들 염려는 하고 있었지만, 차마 입 밖으로 내지 못했던 얘기를 정면으로 들고 나왔기 때문이다.

"막 원로, 그대는 내가 거기에 대한 대책을 강구해 놓지도 않고 연합을 하려 한다고 생각하는가?"

여전히 찌푸린 미간을 유지한 채 탄융이 무겁게 입을 열었다.

"그 대책을 이 자리에서 밝혀주십시오, 막주! 납득을 할 수 있다면 속하도 더 이상 반대하지 않겠습니다."

말은 그랬지만, 탄융이 어떤 말을 해도 한발도 물러서지 않을 듯한 막도종의 태도였다.

"막 원로가 걱정하는 건 동상벌과 남선련이 혼인에 의해 서로 연합하는 것이겠지! 그 혼인은 절대로 이루어지지 않는다. 혼인이 없으면 그 둘의 연합도 없을 터, 나중에라도 우리가 당할 일은 없을 게야!"

"그렇군. 혼인만 막으면 되겠군!"

"과연 막주시군. 앞날의 일까지 미리 대비하고 계시다니……."

여기저기서 가벼운 탄성이 터져 나왔다. 다들 연합에 대한 것만 생각하느라, 미처 그 뒤의 대비책까진 강구하지 못하고 있었음이 여실히 드러나는 대목이었다.

"그 혼인을 막을 방도를 먼저 얘기해 주십시오!"

그래도 막도종은 완강했다. 혼인을 못하게 하려면 그 혼사를 막을 방법이 중요한 것이다. 그게 없다면 방금 탄융이 말한 건 모두 공염불에 지나지 않게 된다.

"삼세가 연합할 땐 나를 포함해서 나머지 이세의 주인들이 한자리에 모일 것이다. 그때 동상벌주에게 지정산(地精散)을 먹이면 되지 않겠느냐!"

"불가하오!"

탄융의 말이 끝나기 무섭게 막도종의 음성이 실내에 쩌렁하게 울려 퍼졌다.

"아무리 좋게 생각하려고 해도 이건 도무지 막주의 입에서 나온 말씀이라고는 믿기 어렵소! 그런 비겁한 수를 써서 이겨 본들, 누가 본 막의 이름 앞에 진심으로 승복하겠소이까!"

얼굴색은 물론, 어투까지 달라진 막도종의 말은 마치 탄융을 꾸짖는 것처럼도 들렸다.

좌중의 사람들도 안색이 변했다. 막도종의 불손한 태도에 질린 탓이었다.

그러나 한편으론 막도종의 말에 수긍하는 면도 없지 않았다. 다름 아닌 탄융이 제시한 방법, 즉 지정산을 사용하겠다는 얘기에 대한 거부감이었다.

지정산!

이름에서 알 수 있듯이 땅속에서 출토되는 광물성 독의 일종이다.

아니, 독의 일종이라는 말은 너무 약한 감이 없지 않다. 광물성 독 중 가장 지독한 맹독이라고 하는 게 정확한 표현이다.

원래부터 광물성 독은 해독제가 없는 경우가 많다. 또한 대부분이 만성적이다.

그러나 지정산은 해독약이 있다. 만성적인 다른 광물성 독과는 달리 단 한 번이라도 복용하게 되면 중독이 되고, 심한 금단증상에 시달리게 된다.

바로 그 금단증상을 이용하겠다는 게 탄융의 말이었다.

그걸 막도종은 받아들일 수 없었다. 아무리 수단과 방법을 가리지 않고 이기는 게 중요하다고 해도 비겁한 짓을 사용한다는 것엔 거부감이 들었다.

그런 심정은 다른 사람들도 엇비슷했다. 거기엔 동상벌주가 여자라는 점도 많이 찜찜한 부분이었다.

"그러면 막 원로에겐 다른 방법이 있나?"

"애당초 이 연합 따위는 걷어치우면 되는 것이오!"

막도종의 어투는 여전히 거칠었다. 애당초 마음에 들지 않았던 삼세의 연합, 그걸 위해 회의를 연다는 것도 썩 내키는 건 아니었기에 마음먹은 대로 쏘아붙이고 있었다.

"그래도 동상벌과 남선련은 연합을 할 걸세. 그땐 어떻게 하겠나?"

"그땐 북도맹과의 싸움에서 발을 빼면 되는 것이오. 북도 맹이 버티고 있으면 동상벌과 남선련이 연합을 한다고 해도 제대로 힘을 쓰지 못할 거요!"

막도종은 자기의 주장을 굽히지 않았다.

그 점에 있어선 탄융도 마찬가지였다. 뜻을 굽히지 않으면 서도 어투가 거칠어지지 않은 건 그만큼 막도종을 아낀다는 의미였다.

"어쨌든 그 둘이 연합을 한다면 가장 약해지는 건 본 막일 세. 거기에 우리가 북도맹과의 싸움을 그만둔다면, 그들은 오 히려 북도맹과 연합을 할 가능성도 배제할 수 없네!"

탄융의 말도 일리가 있다. 삼세의 연합이 나오게 된 배경엔 서광막이 북도맹과의 일전에서 이겼다는 점이 크게 작용했 다. 거기에 고무되어 평소부터 횡포를 일삼던 북도맹을 일거 에 괴멸시키자는 저의를 감춘 연합 제의였던 것이다.

그런데 만약 서광막이 북도맹과의 싸움을 포기한다면 연 합 자체가 무산될 수도 있고, 탄융의 말처럼 거꾸로 북도맹에 게 추파를 던질 수도 있다. 어쨌든 막바지까지 진척된 일을 중도에 포기하는 일은 좀처럼 없을 게 분명하다.

"이건 미리 얘기하지 않으려 했던 것이오마는, 속하는 여 필을 강호로 내보냈소이다!"

“여필을? 아니, 무슨 일로?”

막도종의 말끝을 재빨리 잡아채며 탄융이 성급하게 물었다. 여필은 서광막의 대외 첩보를 총괄하는 책임자다. 그를 내보냈다면 예삿일은 아닐 터, 관심을 기울이지 않을 수 없었다.

“여필은 전날 북도맹의 배후를 쳐서 본 막을 도운 자들을 찾으러 갔소. 그들이 본 막에 가담한다면 전력에 상당한 보탬이 될 터, 설사 본 막을 제외한 다른 삼세가 연합을 한다고 해도 그리 두려워할 일은 아니오!”

“그렇다고 막 원로 마음대로 여필과 같은 중요한 자를 강호로 보냈단 말이오?”

서광막의 대공자인 탄영이었다. 지금까지는 낄 기회가 없이 입을 다물고 있었는데, 여필의 얘기가 나오자 한마디 하고 나선 것이다.

“그만큼 중대한 일이었소!”

막도종의 대꾸는 짧았다. 탄영과는 길게 말을 섞고 싶지 않았다.

“그자들을 본 막으로 영입할 가능성은 있나?”

잔뜩 기대가 서린 음성으로 탄융이 물었다. 그로서도 막도종이 추진하고 있는 일이 성사되길 진심으로 바라고 있었다.

“최선을 다할 뿐이오! 그들 역시 북도맹의 원한을 사고 있으니 본 막과 같은 든든한 배경이 필요할 거요!”

“그러니까 설득할 방법도 없으면서 무조건 찾아만 오라고 여필을 내보낸 거요? 지금처럼 중요한 시기에?”

탄영이 다시 끼어들었다. 서광막의 수뇌부가 모두 모인 이 자리에서 자신의 존재를 확실하게 부각시키고 싶었다.

하지만 탄영의 시도는 다른 누구도 아닌 그 아비에게 철저하게 차단되고 말았다.

“영아는 입 다물고 있거라. 확실히 막 원로의 말은 설득력이 있다. 그들도 우리의 힘을 필요로 한다면, 영입할 가능성도 있겠지!”

“그럼 삼세의 연합은 포기하는 겁니까?”

탄융이 자기의 말에 수긍하는 것처럼 보이자 막도종의 어투도 누그러졌다.

“그들을 영입하는 것과 삼세의 연합은 별개의 문제일세. 막 원로의 뜻은 잘 알았으니 이젠 그 고집을 접어주면 어떻겠나?”

은근한 어조로 탄융은 막도종을 달랬다. 그가 끝까지 반대한다고 해서 연합이 결렬될 일은 없겠지만, 이왕이면 진심으로 승복해 주길 바랐다. 그래야 내부적으로 힘을 응집시켜 최대한의 전력으로 외부의 일에 대처할 수 있을 터였다.

“막주께 한 가지 청이 있습니다. 물리치지 마시고 반드시 들어주시기를!”

“그게 뭔가? 말해보게!”

갑작스런 막도종의 요청에 탄융의 표정이 살짝 굳어졌다. 어지간한 일로 저런 말을 할 사람이 아니란 걸 잘 아는 탓이었다.

"저에게 이공자와 그에 딸린 사람들을 붙여주십시오. 그리해 주신다면 더 이상 삼세의 연합에 대해서는 언급하지 않겠습니다!"

요컨대 요구만 들어주면 삼세의 연합에 대해선 침묵하겠다는 막도종의 말이었다. 끝까지 찬성의 뜻은 표하지 않은 채 말이다.

"사람을 붙여달라는 건 독자적으로 움직이겠다는 뜻인가?"

"결코 본 막의 위명에 누를 끼치지는 않겠습니다!"

탄융으로선 막도종이 무슨 생각을 하고 있는지 훤하게 알 수 있었다. 서광막의 이름을 내걸지 않고 독자적으로 북도맹과 싸울 작정인 것이다. 만약 먼저 도발한다면 동상벌과 남선련과도 일전을 불사할 게 뻔했다.

그렇다고 들어주지 않을 수도 없었다. 거절한다면, 혼자서라도 싸움에 나설 막도종의 성격이었다.

"알겠네. 허락하겠네!"

탄융은 무겁게 고개를 끄덕여 막도종의 청을 수락해 주었다.

"모두 들었겠지만, 앞으로 밀아는 막 원로의 말에 따라야

할 것이다. 추호도 거역하는 일이 없도록!"

막도종에겐 부드럽던 탄융은, 그러나 아들인 탄밀에게 말할 때는 엄격한 어투가 되었다.

"명을 받들겠습니다!"

자리에서 일어난 탄밀은 공손하게 허리를 숙였다.

"자, 그럼 가십시다, 이공자!"

볼일이 끝난 이상, 촌각이라도 이 자리에 머물러 있을 이유가 없는 막도종이었다. 탄밀을 재촉해 밖으로 나왔다.

"뭐부터 하실 생각이오?"

탄밀로선 막도종의 의중을 완전히 알 수는 없었다. 그래서 밖으로 나오자마자 급하게 물었다.

"우선 여필부터 찾아야 하오."

"그럼 동상벌의 세력권으로 들어가겠다는 거요?"

"그리 위험하지는 않을 거외다. 삼세의 연합이 코앞에 닥쳤으니 동상벌이 우릴 방해하는 일은 없을 거요."

탄밀은 고개를 끄덕였다. 비록 서광막과는 관계없는 것처럼 움직일지라도, 필요할 땐 그 이름을 댈 수는 있다. 막도종의 말처럼 동상벌의 세력권 내에서 움직이더라도 그들로부터 직접적인 위협은 없을 터였다.

"서두릅시다. 이공자에게 딸린 사람들에게 소집 명령을 내리시오!"

빠른 발길로 부지런히 걸으며 그보다 더 빠른 어조로 막도종은 내뱉었다.

"알겠소!"

대답을 하며 탄밀도 걸음을 더욱 빨리했다.

바야흐로 하나의 바람이 서광막에서 시작되어 불기 시작했다.

2

여필로선 자신을 찾기 위해 대장로인 막도종이 서광막을 나섰다는 걸 알 턱이 없었다.

지금 그는 곤혹스런 상황에 직면해 연신 머리를 갸웃거리고 있었다. 바로 취우당과 어떻게 만나야 할지 몰라 망설이고 있는 중이었다.

동장에서 공손웅 일행과 마주쳐 그걸 추월해서 취우당을 찾아 헤맸었지만, 그 결과는 그리 신통치 않았다.

아니, 오히려 북도맹보다 더 늦어지고 말았다. 그들은 생각보다 훨씬 빨리 움직여 어느 순간 자신들보다 앞서게 되었다.

그건 어쩔 수 없다고 여필은 생각했다. 자신들은 동상별 눈치를 보느라 신중하게 움직였지만, 북도맹은 그런 점에 전혀 개의치 않았으니 속도가 빠른 건 당연한 일이었다.

그래서 여필은 계획을 수정했다. 북도맹의 꼬리를 물고 함께 가기로 했던 것이다.

그 판단은 좋았다. 바랐던 대로 취우당과 만났고, 또 북도맹과 싸움까지 벌였으니 말이다.

그때 여필은 내심 쾌재를 불렀었다. 열한 명의 취우당원이 만에 하나라도 북도맹의 백여 명에 이르는 친위대원들과 싸워 이길 확률은 없다고 생각했었다.

그래도 선뜻 싸움에 가담해 취우당을 돕지는 않았었다. 가장 큰 위기에 몰렸을 때 멋지게 등장하는 게 최대한의 효과를 낼 수 있기 때문이었다.

그러나 취우당원 열한 명은 여필 자신의 입을 쩍 벌어지게 만들 정도로 강했다. 처음에만 조금 밀린다 싶었지, 그들은 이내 반격에 나섰고 마침내 북도맹을 물리치고 말았다.

여필로선 그저 취우당의 뒤를 따르며 어떻게 접근해야 할까를 고민할 수밖에 없었다.

물론 무턱대고 다가가서 신분을 밝히고 목적을 밝히는 것도 하나의 방법이었다.

하지만 한창 북도맹을 추적하고 있는 취우당에게 선뜻 다가갈 수는 없는 노릇이었다. 그 바쁜 걸음을 세운다면 오히려 역효과만 날 것 같아 망설였었다.

그런데 지금은 더 큰 문제에 봉착하고 말았다. 어디선가 난

데없이 동상벌의 대외총감인 이인립이 나타난 것이다.

갈수록 태산이란 말이 지금의 여필을 위해 준비되었다면 너무 지나친 해석일까?

처음 취우당과 북도맹이 싸울 때 나타났었다면 이런 난처함은 겪지 않아도 좋았을 터였다.

그걸 좀 더 극적인 효과를 노리려다 때를 놓쳤고, 지금은 가장 피하고 싶었던 동상벌까지 등장하고 말았다.

연합에 대한 얘기가 오가고 있다고는 하지만 아직은 성사되지 않았다. 섣불리 자신들의 모습을 드러낼 수는 없다.

'방법을 찾아야 되는데…….'

여필은 필사적으로 머리를 굴렸다. 어떻게든 은밀하게 취우당원에게 접근해야 한다. 그것도 그들의 수뇌인 듯한 사람에게 말이다.

'아무리 생각해도 방법은 한 가지뿐이군!'

그건 바로 동상벌 무사로 가장하는 것이었다. 저 무리들 속에 섞여 들어가 접근하는 수밖에 없을 것 같았다.

다행히 변장에는 어느 정도 자신이 있었다. 서광막의 대외 첩보를 책임진 자로서, 세작의 능력에 대해선 누구보다 우수한 여필이었다.

그러나 문제가 아주 없는 건 아니었다. 동상벌에서도 인원 점검을 게을리 하지 않을 터, 그들 중 누구 한 명을 쥐도 새도 모르게 사라지게 해야 한다.

'죽여서는 안 된다!'

하급무사 한 명의 목숨이라고 해서 가볍게 생각해서는 안 된다. 그게 빌미가 되어 삼세의 연합이 깨질지도 모르고, 설사 연합이 성사된다고 해도 뒷날 서광막과 동상벌 사이엔 앙금이 남게 된다. 그건 피해야만 한다.

'적어도 하루는 필요하다!'

말이 쉬워 하루지, 산 사람을 하루 동안 꼼짝도 못하게 제압해 둔다는 건 그리 쉬운 일이 아니다. 으슥한 곳에 묶어두거나 혈도를 제압해 두는 것도 염려스럽다. 풀려서 달아날 수도 있고, 또 의외의 변고를 당할지도 모른다. 그건 죽이는 것과 진배없는 결과가 될 터였다.

부하들에게 맡기는 것도 썩 내키는 건 아니었다. 취우당과 동상벌은 북도맹을 쫓아 이동할 것이 분명하다. 누군가를 감시하면서 그 뒤를 따라 움직인다는 건 결코 쉬운 일이 아니다.

그래도 어쩔 수 없다. 은밀히 빼낼 동상벌 무사의 기분을 최대한 거슬리지 않게 하려면 부하들에게 맡기는 수밖에 없을 것 같았다.

생각을 정한 여필은 즉각 수하 중 한 명을 불렀다. 평소부터 눈여겨보고 있던 장갈(張碣)이란 자였다.

그에게 자신의 생각을 설명한 후 두 사람은 재빨리 그 자리에서 사라졌다.

동상벌 무사들 중 한 명을 제압하는 건 그리 어려운 일이 아니었다.

또 그 사람으로 변장하는 것도 여필에겐 쉬운 일이었다.

정작 어려운 건 동상벌 무사에게 애기를 듣는 일이었다. 목소리는 물론 그가 맡은 임무와 습관 등을 알아야 비로소 변장한 게 제대로 살게 되는 것이다.

다행히 그 일도 빨리 끝났다. 두려움에 질린 동상벌 무사가 술술 다 말해줬기 때문이다.

어느 정도 준비가 끝난 뒤에 여필은 조심스럽게 동상벌 무사들 사이에 섞여들었다.

동상벌 무사들은 여필을 알아보지 못했고, 자신감을 얻은 여필은 천천히 말들이 모여 있는 곳으로 접근했다. 잡은 동상벌 무사의 임무가 말들을 돌보는 것이라고 했기에 이건 아주 자연스러운 행동이었다.

그러나 여필의 본심은 다른 곳에 있었다. 말들이 모여 있는 곳에 취우당의 마차들도 있었던 것이다.

말을 보살피는 척하면서 여필은 슬쩍 취우당의 동태를 살폈다. 금방이라도 떠날 듯 준비를 서두르고 있었다.

이젠 더 이상 망설일 여유가 없었다. 일단 움직이기 시작하면 그때부턴 숨 돌릴 틈도 없는 추적전이 될 터, 지금이 아니면 취우당과 애기할 기회가 없을지도 모른다.

여필은 재빨리 취우당원들이 있는 곳으로 걸어갔다.

"무슨 일이오?"

망사웅이었다. 생각보다 부드러운 어조로 용건을 물었지만, 그 덩치만은 여필을 질리게 하기 충분했다.

"귀당의 당주를 뵈러 왔소. 이 몸은 서광막에서 온 사람이오."

재빨리, 그리고 나직이 여필은 속삭였다. 행여 주변에 오가는 동상벌 사람들이 들을까 저어해서였다.

"당주? 총수를 만나러 왔소이까?"

조용히 하려는 여필의 노력에도 불구하고 망사웅의 목소리는 너무 컸다.

하지만 그것도 망사웅으로선 나름대로 노력한 거였다. 덩치가 큰 만큼 목소리도 커서, 낮춘다고 낮춰도 크게 들릴 수밖에 없었다.

"아, 귀당은 총수라고 부르시오? 그럼 그 총수를 뵙게 해주시오."

"따라오시오!"

이 역시 의외다 싶을 정도로 선선히 망사웅은 여필을 안내했다.

"총수, 누가 찾아왔습니다!"

여전히 망사웅에게 있어 암류혼은 대하기 어려운 존재였다. 마차 밖에서 간단하게 말한 후 그대로 입을 다물고 기다렸다.

"누구냐?"

마차 안에서 문이 열리며 누군가 얼굴을 내밀었다.

'헙!'

그를 본 순간 여필은 자신도 모르게 숨을 삼켰다. 취우당원들의 얼굴은 모두 알고 있었지만, 가까이서 본 활귀의 얼굴은 더욱 공포스러웠다.

"소생은 서광막에서 온 여필이라고 하오. 취우당의 총수께 드릴 말씀이 있어 왔소."

"서광막에서?"

고개를 내민 활귀보다 마차 안에서 이상하다는 반문이 들려왔다. 암류흔의 목소리였다.

"활 형, 들여보내시오!"

안에서 허락의 말이 떨어졌을 때 여필은 활귀가 비키기도 전에 마차에 올랐다.

안엔 암류흔과 단연, 매보자가 앉아 있었다. 지금까지 자리를 같이 했었을 활귀는 마차에서 내려 주변을 경계했다.

"서광막에서 오셨다고? 우린 서광막과는 인연이 없는데……?"

여필이 보이자마자 암류흔은 곧장 말을 붙였다.

"귀당은 본 막과 인연이 있어도 아주 깊은 인연이 있소이다. 귀당 덕분에 우리가 북도맹에게 이길 수 있었소! 늦었지만 깊이 감사드리는 바이오!"

"아!"

암류혼은 짤막한 탄성을 토했다. 지난번 채가파를 빠져나올 때 북도맹의 배후를 치고 지나간 일을 얘기한다는 걸 알아챘기 때문이다.

"하지만 그건 서광막을 돕고자 했던 게 아니오. 우리들의 필요에 의해 한 일이었지. 그러니 우린 인연이 있다고 말할 수 없구려!"

"어쨌든 그 일로 인해 본 막은 귀당에 커다란 신세를 진 셈이 되었소! 그걸 잊는다면 어찌 사람이라 할 수 있겠소!"

대수롭지 않게 대꾸하는 암류혼의 태도에 여필은 바짝 달아올랐다.

"뭐 그렇다고 해둡시다. 그래도 조금 전에 인사를 하셨으니 그걸로 된 거요. 이만 돌아가시오. 우린 바삐 움직여야 하니까."

"제발 본 막을 도와주시오!"

별안간 여필은 암류혼 앞에 무릎을 꿇었다. 체면이고 뭐고 따지지 않는 절실한 행동이었다.

"누구의 명으로 이러는지 몰라도 서광막엔 우리가 필요치 않을 거요. 곧 삼세가 연합을 하면 북도맹 정도는 쉽게 물리칠 수 있을 테니까!"

매보자가 조용히 끼어들었다. 암류혼은 동상벌의 제의도

이인립을 조롱하는 걸로 거절의 뜻을 비친 바 있었다. 서광막이라고 해서 예외는 아닐 터, 작금의 상황을 설명함으로써 완곡하게 거절을 한 것이다.

"부디 물리치지 말아주시오! 설사 삼세가 연합을 하더라도, 취우당은 꼭 본 막에 모시고 싶소이다. 부디 허락해 주시길!"

마치 떼를 쓰고 있는 아이와 같은 여필의 태도였다. 그만큼 절실하다는 의미이기도 했다.

하긴 여필에겐 시간이 없었다. 잡아둔 동상벌 무사를 돌려보내기 전까지 취우당의 마음을 움직여야 한다.

"대체 귀하는 누구의 명으로 이러고 있는 거요? 서광막주께서 직접 내리신 명이오?"

암류혼은 이 점이 궁금했다. 동상벌의 경우는 벌주가 직접 자신을 영입하겠다고 이인립이 밝혔었다.

그런데 여필이란 자는 그 점에 대해선 전혀 언급하지 않고 있다. 동상벌과 서광막 중 어느 곳에서 취우당을 더 중요시하는지 알고 싶었다.

"바로 본 막의 대원로께서 직접 내리신 명이오!"

"막주는 알고 계시오?"

"지금쯤이면 대원로께서 막주께 보고를 드렸으리라 생각되오!"

"그럼 막주가 직접 내린 명이 아니라 대원로에게서 나

온……."

"총수, 잠깐만!"

약간 기분이 상한 어투로 얘기하는 암류흔의 말을 매보자가 중간에 잘랐다.

"알겠소. 서광막의 뜻은 잘 알았으니 내가 총수께 잘 말씀드리리다. 가서 기다리도록 하시오!"

매보자가 부드러운 어조로 말하자 여필도 더 이상 버티고 있을 수만은 없었다.

"되도록 빨리 답변을 주셨으면 고맙겠소이다. 이렇게 오래 머물러 있을 수 없으니……."

"알고 있소, 알고 있어. 너무 염려 마시오!"

매보자는 웃는 얼굴로 여필을 달래 마차 밖으로 내보냈다.

"대체 무슨 짓이오?"

여필이 나가자마자 험악한 어조로 암류흔이 매보자에게 물었다. 중간에 말이 잘리면 누구든 기분이 좋지 않을 터였다.

"아무래도 서광막이 분열된 거 같네."

"그게 무슨 말이오?"

엉뚱한 매보자의 말에 암류흔의 목소리가 조금 높아졌다.

"저 여필이란 자는 서광막의 대외 첩보 조직인 탐갱단의 단주일세. 막주의 직속 기관이니, 정상적이라면 서광막주인 탄융의 명만 듣는 자일세. 그런데 저자는 분명 대원로의 명으로 우리에게 왔다고 했네. 뭐 짚이는 게 없는가?"

군이 매보자가 확인하지 않아도 벌써 암류흔의 뇌리엔 몇 가지 생각이 교차하면서 지나갔다.

우선 떠오른 건 서광막 명령 체계의 혼선이었다. 막주의 명에만 복종해야 될 첩보 조직의 수장이 대원로의 명으로 움직이고 있다. 대원로의 심각한 월권 행위일 뿐만 아니라 여필에게도 항명(抗命)의 소지가 다분하다.

그건 바로 매보자가 얘기했던 서광막의 분열과 연결된다. 권한없이 명을 내리는 자나, 또 그 명을 실행하는 자가 있다면 그건 이미 콩가루 집안이다. 앞날이 없다고 봐도 무방하다.

"그런데 이상하긴 하군."

암류흔이 자신의 말을 충분히 알아들었다고 여긴 매보자가 이번엔 고개를 갸웃거렸다.

"뭐가 이상하다는 말이오?"

어느새 부드러워진 어투로 암류흔이 재빨리 물었다. 여필의 한마디로 서광막의 내부 사정까지 짐작해 낸 매보자의 정보 분석 능력에 새삼 감탄하고 있던 참이었다.

"서광막의 대원로라면 지복수 막도종일세. 근데 내가 아는 막도종은 절대로 서광막주인 탄융에게 거슬릴 사람이 아닐세. 탄융이 흰 것을 가리켜 검다고 해도 그대로 받아들이는 사람일세! 그런데 탐갱단주에게 멋대로 명을 내렸다니, 선뜻 이해가 되지 않네!"

암류흔으로선 달리 할 말이 없었다. 서광막의 내부 사정이야 자신보다 매보자가 훨씬 잘 알고 있을 터, 그저 귀 기울여 듣는 수밖에 없었다.

"단 아우는 어떻게 생각하나? 지금 추진되고 있는 삼세의 연합이 무사히 이루어질 것 같나?"

매보자는 질문의 과녁을 단연에게 돌렸다.

"만약 대형의 말씀처럼 서광막이 내부적으로 분열되었다면, 이는 필시 삼세의 연합 때문일 게요. 북도맹이 존재하는 한 연합이야 이루어지겠지만, 서광막이 그 꼴이라면 조만간 연합이 실현되기는 어려울 것 같소."

"만약 그들이 짜고서 조장한 분열이라면……?"

단연의 말이 끝나자마자 매보자는 다시금 고개를 갸웃거리며 마음속의 의혹을 토로했다.

"설마 그럴 리야 있겠소! 삼세의 연합이 임박했는데 일부러 자신들의 약점이 될 짓을 할 턱이 없지 않소."

말도 안 된다는 듯 단연은 미소를 떠올리며 손을 내저었다.

"만약 여필이 다른 자의 명을 받고 움직였다면 나도 이런 말은 하지 않았을 걸세. 하지만 다른 누구도 아닌 탄융의 오른팔이라 일컬어지는 막도종의 명이라니, 아무래도 이해가 되질 않네."

"그럼 우린 두 가지 경우를 모두 생각해서 대답을 해야 하지 않겠소? 먼저 서광막이 실제로 분열되었다면 우린 어떻게 해야 되겠소?"

매보자의 말을 듣고 있던 암류흔이 불쑥 질문을 던졌다.

암류흔으로서야 궁금한 걸 물은 것이지만, 그걸 들은 단연과 매보자는 의외라는 표정을 지었다.

"그럼 암 총수는 경우에 따라 우리가 서광막에 가담할 수도 있다는 말인가?"

동상벌의 이인립에겐 거절보다 더 냉혹하게 대했던 암류흔이었다.

그런데 서광막엔 일말의 가능성도 있는 것처럼 얘기하니, 두 사람이 의아하게 여기는 것도 무리는 아니었다.

"어쨌든 돈을 가지고 노는 무리들보다는 재미있을 게 아니오!"

"재미?"

매보자의 표정이 다시 변했다. 이번엔 기가 막힌다는 눈빛이었고 얼굴이었다.

"이왕이면 재미있는 게 좋지 않겠소! 게다가 우리 형제들이 처음으로 결성될 때 총수는 분명 얘기했었소. 우리들을 재미있게 해주겠다고!"

씨익, 웃으며 단연까지 가세하자 매보자도 더 이상 거기에 대해선 할 말이 없었다.

불만이 없는 건 아니었다. 밀화궁의 추살대에게 쫓길 때부터 매보자의 지상 목표는 살아남는 것이었다.

그런데 단순히 재미 때문에 어떤 위험이 도사리고 있을지 모를 일에 뛰어들겠다니 말문이 막힐 따름이었다.

하지만 암류흔과 단연이 한목소리를 낸 이상, 앞으로 취우당의 진로는 결정된 거나 진배없다. 그 와중에 살아남으려면 최선을 다하는 수밖에 없다.

"만약 서광막이 진짜로 분열된 거라면 가담하는 것도 좋을 것 같네. 우리 취우당을 가장 크게 부각시킬 수 있으니 말일세!"

매보자의 말에 암류흔과 단연은 고개를 끄덕였다. 진짜로 분열되었다면 어느 쪽이든 힘을 얻기 위해 혈안이 되어 있을 게 뻔하다.

그때 어느 쪽에든 취우당이 가담한다면, 그야말로 최대한의 효과를 얻을 수 있다.

"그 반대의 경우라면?"

수긍할 건 수긍했지만 또 다른 가능성을 배제할 수 없다. 암류흔은 무거운 어조로 재차 물었다.

"그렇다면 말할 것도 없네. 서광막 근처엔 얼씬도 않는 거지!"

이건 바로 매보자가 원하는 것이기도 했다.

"문제는 그걸 어떻게 알아내느냐 하는 것인데……."

"우형의 생각으로는 서광막의 분열은 진짜인 거 같네. 거짓으로 꾸며서 한 것치고는 여필의 태도가 너무 절박했네!"

암류흔의 말꼬리를 잡아 단연이 자신의 생각을 피력했다.

"그건 연극일 수도 있소. 첩보 조직의 수장이라면 그 정도 연기는 물 마시는 것보다 쉬울 것이오!"

암류흔이 단연의 말에 반론을 제기했다. 누구보다 세작의 생리에 대해 잘 알기에 할 수 있는 얘기였다.

단연과 매보자는 할 말이 없었다. 암류흔이 했던 말도 분명 가능성이 있는 것이다.

"총수, 출발 준비가 끝났습니다!"

돌연 밖에서 망사옹의 우렁찬 목소리가 들려왔다.

"조금 기다려라. 동상벌부터 먼저 출발하라고 일러라!"

이미 동상벌 허창(許昌)지부에서 온 전서구로 인해 공손웅이 그 근처에 있다는 첩보는 입수한 상태였다. 그 추격을 시작하려던 참이었다.

"자, 이제 어떻게든 결정을 내려야 하오. 어떻게 하면 좋겠소?"

암류흔으로선 어떻게든 서광막과 관련을 갖고 싶었다. 그 최선의 방법을 모색하라는 말이었다.

"우선은 여유가 없네. 그저 긍정적으로 검토하겠다고 얘기한 후, 서광막의 동정을 좀 더 염탐해 보도록 하세!"

한 걸음도 진척이 없는 원론적인 매보자의 말이었다.

그러나 지금으로선 그게 최선이었다. 상황도 제대로 파악하지 못한 채 섣불리 발을 밀어 넣을 수는 없으니까 말이다.

"알겠소. 여필을 불러주시오. 마차는 출발시키고!"

암류흔의 말이 끝나자마자 단연이 선뜻 몸을 일으켜 마차에서 내렸다.

마차가 출발했다. 지리한 기다림의 시간이 끝나고, 다시 공손웅의 사냥이 시작된 것이다.

3

살아오면서 지금처럼 뼈저린 낭패감은 예전에 맛보지 못한 공손웅이었다.

의식을 잃은 상태로 신산자에게 업혀 싸움을 피한 것까지는 어쩔 수 없었다.

그러나 중요한 고비마다 앞을 막아서는 동상벌 무사들은 짜증스럽기 짝이 없었다.

지금도 그렇다. 간신히 당도한 이곳 허창, 여기만 지나면 개봉까지는 눈과 코 사이의 거리에 불과하다.

개봉이라면 황하에 접한 시진(市鎭)이다. 암암리에 북도맹의 입김이 작용하고 있으니, 황하를 건너 맹으로 귀환하는 건 일도 아닐 터였다.

그러나 동상벌이라고 해서 손발을 묶은 채 그냥 있지만은 않았다. 당장 눈앞에 허창지부의 무사 오십여 명이 앞을 가로막고 있다.

으드득!

공손웅의 어금니가 소리를 내며 갈렸다. 평소 같았으면 쉰 명 정도야 그저 짓밟고 지나가면 그만이었다.

하지만 지금은 싸울래야 싸울 여력이 없다. 백 명을 채웠던 친위대와 대도회 무사들은 모두 잃어버렸고, 자신과 신산자를 포함해 고작 일곱 명만 남았으니 말이다.

"정면 대결은 피하셔야 합니다."

신산자가 나직이 속삭였다.

"알고 있어. 그러니 더 화가 나는 거지!"

"이럴 때일수록 모쪼록 냉정하게 대처하시길!"

신산자는 공손웅을 달래기에 여념이 없었다. 앞뒤 재지 않고 또 한 번 성질을 부렸다가는 정말로 끝장이 날 게 뻔하다.

하지만 화를 내고는 있지만, 오늘 공손웅은 상황을 파악하고 있는 것 같았다. 더 말해봐야 오히려 성질만 건들 뿐이라고 판단한 신산자는 입을 다물었다.

그렇다고 친위대원들에게까지 아무 말도 하지 않을 순 없었다.

"지금부터가 중요하다. 어떤 일이 있어도 소맹주의 곁을 떠나지 마라!"

복명하는 목소리는 없었다. 살아남은 다섯 명은 친위대원들이 재빨리 공손웅을 에워쌌을 뿐이었다.

"이대로 위하(渭河)까지 물러간다. 반격은 그 다음이다!"

신산자는 결코 희망을 버리지 않았다. 북도맹 친위대의 위명이야 동상벌 무사들도 익히 알고 있을 터였다. 그 증거로 지금도 앞을 가로막고 있을 뿐, 감히 덤빌 생각도 못하고 있지 않는가 말이다.

그렇다면 어떻게든 위하까지는 철수할 수 있을 것 같았다. 거기까지만 가면 물길을 이용할 수 있기에 선택의 폭이 보다 넓어지게 된다.

신산자는 슬쩍 공손웅의 눈치를 살폈다. 방금 자신이 친위대원들에게 내렸던 명령에 별다른 이의를 제기하지 않는다면 곧바로 움직일 생각이었다.

공손웅에게선 별다른 반응이 없었다.

"너희 셋은 뒤를 맡고, 너는 앞장서서 길을 열어라. 너는 소맹주 곁을 떠나지 말도록!"

비록 다섯 명에 불과했지만 신산자는 각자에게 임무를 주었다.

명령은 즉각 실행되었다. 버티고 있는다고 해서 달리 뾰족한 수가 나올 리도 없는 상황, 숨 막히는 대치를 계속하는 것보다는 움직이는 게 낫다.

동상벌 허창지부 무사들을 충분히 경계하면서 북도맹은 서서히 움직였다.

동상벌도 천천히 그 뒤를 쫓기 시작했다. 그들의 목적은 공손웅을 막는 데 있지 싸우는 게 아니었다. 지켜보기만 해도 되는 것이다.

그 바람에 신산자는 한숨 돌릴 수 있었다. 그뿐 아니라 위하로 향하는 발길에 속도를 붙이는 것도 가능했다.

그러나 정작 문제는 앞서 길을 열던 친위대원에게서 일어났다. 그것도 너무 치명적이었다.

"아아악!"

처절한 비명과 함께 그의 몸이 몇 조각으로 쪼개지며 쓰러져 버렸으니, 문제치고는 큰 문제였다.

"뭐, 뭐냐?"

깜짝 놀라 외치는 신산자의 귀에 싸늘한 콧방귀 소리가 들렸다.

"흥!"

의문표였다. 그의 상징처럼 되어버린 콧방귀와 소매 속의 철삭을 동시에 드러내며 모습을 나타냈다.

"앗, 취우당!"

자신도 모르게 신산자는 놀람에 찬 외침을 발하고 말았다. 최근 들어 취우당은 공포의 존재로 그의 뇌리에 각인되어 있었다.

"흥!"

그에 대한 답변은 의문표의 싸늘한 콧방귀였다.

하지만 다른 목소리가 의문표의 뒤에서 날아와 신산자의 고막을 떨게 만들었다.

"공손웅을 놓고 가라. 그럼 나머지 놈들의 목숨은 살려주겠다!"

이번엔 열반노였다. 목에 감은 구절편을 풀었다 다시 감았다 하면서 북도맹의 친위대 앞으로 천천히 걸어나왔다.

'이대로 끝인가!'

신산자는 두 눈을 질끈 감았다. 지금까지는 어떻게든 위기를 모면했었지만, 오늘은 도저히 빠져나갈 구멍이 보이지 않았다.

그래도 만만한 건 취우당보다는 동상벌이다. 신산자는 슬쩍 뒤를 돌아보았다.

거기에도 희망의 빛은 보이지 않았다. 어느새 취우당의 두 명이 동상벌 무사들과 합류해 있었다.

"좋다. 더 이상 피하는 것도 질렸다. 시원하게 한판 싸우고 깨끗하게 죽자!"

차라리 공손웅은 웃었다. 비록 그 어투만은 마치 짐승이 으르렁거리는 듯했지만 입 가득히 비릿한 자조의 미소가 떠올라 있었다.

이제 신산자도 그런 공손웅을 말리지 않았다. 아니, 말릴 수가 없었다. 날개가 달리지 않은 이상, 이 자리를 벗어난다는 건 불가능한 일임을 깨달았으니 말이다.

"결코 소맹주 곁을 떠나지 않겠습니다!"

신산자가 열에 들뜬 음성으로 격렬하게 내뱉었다.

조금 전에 열반노가 했던 말에 순간적으로 유혹을 느끼지 않았던 건 아니었다. 어차피 모두가 죽을 거라면, 공손웅만 남기고 가는 것도 그리 나쁜 건 아니었다.

그러나 조금만 생각해 보면 그래 봐야 고통받는 삶이 아주 조금 더 연장될 뿐이란 걸 알게 된다. 후계자를 버리고 온 자신들을 그대로 용서할 북도맹이 결코 아닌 것이다.

차라리 여기서 공손웅과 함께 죽는다면 자기의 이름만은 뒤에 남겨질 수 있을 터였다.

또한 이처럼 격앙된 어조로 말한 건 친위대원들을 고무시키자는 목적도 있었다. 이들 중 한 명이라도 흐트러진 모습을 보인다면 그야말로 북도맹의 수치가 되고 만다.

다행히 친위대원들에게 신산자의 뜻이 스며든 것 같았다. 하나같이 결연한 태도로 수중의 병기를 더욱 힘주어 쥐었다.

"너도 참 못난 놈이로구나. 혼자 죽기 두려워 애꿎은 수하늘까지 함께 죽이다니! 그러고도 북도맹의 후계 자리에 앉아 있느냐? 쯧쯧쯧……."

여전히 거리를 좁히며 열반노가 공손웅을 놀렸다.

이건 열반노의 습관이자 싸움의 기본이었다. 상대를 도발해서 이성을 잃게 만든다면 벌써 절반 정도는 이기고 들어간다.

하지만 그 이치는 열반노만 아는 게 아니었다. 공손웅과 신산자도 너무 잘 알고 있어 그 도발에 넘어가지 않았다. 오히려 침착하게 투지를 가다듬으며 좀 더 가까이 다가오길 기다리고 있었다.

이렇게 되면 생각을 고쳐야 할 사람은 열반노다. 아무리 패한 자들이라지만, 어쨌든 상대는 여섯이나 된다. 혼자 덤비는 건 무리다.

걸음을 멈춘 열반노는 북도맹 뒤에서 동상벌 허창지부의 무사들과 합류해 있는 망사웅을 눈으로 불렀다. 취우당 형제 중 가장 막내인지라 가장 만만하기도 했다.

망사웅은 즉각 움직였다. 열반노가 혼자 적들에게 접근해 갈 때부터 마음이 편치 않던 참이었다. 눈짓으로 신호를 보내오자 오히려 홀가분해졌다.

"기다리게, 망 아우! 여긴 내가 맡겠네."

막 걸음을 옮기려는 망사웅을 쌍도끼가 제지하고 나섰다.

"아닙니다, 형님! 소제가……."

"무기 없이 싸우는 건 그리 좋은 생각이 아닐세!"

이게 바로 쌍도끼가 걱정하는 점이었다. 아무리 뛰어난 괴력을 가졌어도 그에 걸맞는 무기가 없으면 제대로 위력을 발휘하기 어려웠다.

그 극단적인 예가 바로 망사웅의 몸에 새겨져 있다. 불과 며칠 전 매복해 있던 친위대원들과의 싸움에 입은 상처들 말이다.

망사웅이 미처 이의를 제기하기도 전에 쌍도끼는 양손에 한 자루씩 도끼를 나눠 들고 성큼성큼 걸어갔다.

"홍, 감히 내 먹잇감에 손을 대겠다고?"

의문표도 그냥 있지 않았다. 맨 처음 북도맹을 공격해서 길을 열던 친위대원을 죽인 건 그였다. 이대로 물러선다면 첫 공격의 노고가 퇴색되고 만다.

"뭐, 그럼 우리 셋이서 간단하게 끝내고 치우자고!"

열반노가 넉살 좋게 의문표의 신경질을 받아넘기며 곧바로 손을 움직였다.

촤앗―!

그의 목에 감겨 있던 구절편이 마치 유성처럼 빠른 속도로 공손웅 앞을 막고 있던 북도맹 친위대에게 쏘아져 나갔다.

정말이지 이번에 가한 열반노의 공격은 너무도 기습적이었다. 의문표와 웃으며 얘기를 하다가 느닷없이 구절편을 날렸으니 말이다.

하지만 친위대원도 이미 각오를 다지고 있던 바였다. 그것도 목숨까지 도외시한 것이었다.

친위대원의 손에 들린 검이 움직인 건 열반노가 구절편을 날린 것과 거의 동시였다.

깡!

날카로운 쇳소리와 함께 두 개의 병기가 부딪치며 불똥을 날렸다.

"차압!"

친위대원의 입에서 우렁찬 기합성이 토해지며 그대로 몸을 날려 열반노에게 짓쳐들었다.

"자릴 지켜라!"

공격해 들어가는 친위대원을 말린 건 신산자였다. 부딪친 뒤 거둬질 줄 알았던 구절편이 허공에서 예리한 각도로 꺾이며 곧바로 공손웅을 노렸기 때문이다.

그래도 친위대원은 뒤로 물러서지 않았다. 전진했던 그 자리에 선 채 구절편의 중간 부분을 그대로 잘라갔다.

치잉—!

조금 전보다는 약간 둔탁한 소리와 함께 구절편의 끝이 원래의 목표에서 벗어나 엉뚱한 땅을 두드렸다.

그 후에야 친위대원은 제자리로 돌아갔다.

놀라운 건 공손웅의 태도였다. 그 격한 성미를 꾹 누른 채 미동도 하지 않고 상황을 지켜보고만 있었다.

그러나 그 평정도 오래가지 않았다. 열반노는 물론 쌍도끼까지 공격에 가세하자 공손웅 곁에는 신산자만 남게 되었다. 각기 둘씩 붙어야 겨우 비등하게 싸울 수 있었던 것이다.

"너는 내 몫이겠군!"

공손웅은 의문표에게 무겁고 나직한 어조로 한마디 내뱉은 후 등에 메고 있던 직도(直刀)를 뽑아 들었다. 지금까지 한 번도 빼지 않았었는데, 죽음을 각오한 오늘 드디어 손에 쥐었다.

모양이 조금 이상한 직도였다. 폭이 다른 칼을 두 개 댄 것처럼 넓고, 끝은 비교적 뭉툭해서 전체적으로 예리하다기보다는 투박한 느낌이 들었다.

모양이야 어떻든 이 직도를 무시할 무림인들은 아무도 없다. 오늘날의 북도맹을 이룬 공손가(公孫家) 비전의 무기인 탓이었다.

"홍!"

이번에도 의문표는 차가운 콧방귀로 대답을 대신했다.

아니, 의문표가 준 대답은 그게 전부가 아니었다. 싸라락, 소리도 가볍게 무수한 철삭들이 그의 소매 속에서 빠져나와 허공에 너울거렸다.

"소맹주, 소인이 맡겠습니다!"

"신산자의 상대가 아니오!"

나서려는 신산자를 제지하며 공손웅은 수중의 직도를 한 차례 휘둘렀다.

쒸아앙!

보기와는 달리 뭉툭한 직도는 예리한 파공성을 남기고 허공을 갈랐다. 착시(錯視)인지는 몰라도 날카로운 빛줄기도 폭출되었던 것 같았다.

"흥!"

재차 콧방귀를 날렸지만 의문표의 얼굴은 딱딱하게 굳어졌다. 공손웅과의 싸움에서 이길 자신이 없었다.

그렇다고 물러서거나 다른 형제들에게 도움을 청할 만큼 의문표의 자존심이 약하지도 않았다.

꽈악!

의문표는 입술을 지그시 깨물며 한 발짝 물러서 거리를 넓혔다. 직도보다 긴 철삭을 보다 효과적으로 사용하기 위해서였다.

공손웅도 그 저의는 알고 있었지만 그저 웃고 말았다. 눈앞에 있는 자를 벤다고 해도 자신에게 허용된 삶은 그리 길지 않을 게 분명하다. 이 싸움 자체가 허무하게만 생각되었다.

싸라락, 싸락!

파공성이 유난히 커졌다 싶은 순간, 의문표의 전신은 번뜩이는 빛무리에 휩싸였다. 철삭으로 엄밀한 보호막을 형성한 결과였다.

그렇다고 공격을 하지 않을 수는 없는 노릇, 의문표가 휘두르는 철삭 중 몇 가닥은 빠른 속도로 공손웅을 휘감아갔다.

여전히 웃음을 지우지 않은 채 공손웅은 직도를 가볍게 휘둘렀다. 단 한 차례!

디디딩!

비파(琵琶)의 현(鉉)에 종이를 끼운 채 연주를 한다면 바로 이런 소리가 나리라.

하지만 그 결과는 그리 시시한 게 아니었다. 공손웅을 향해 날아들던 의문표의 철삭이 가닥가닥 잘려 나가고 말았다.

의문표로선 처음 겪는 일이었다. 공손웅이 칼을 휘두를 때 철삭이 튕겨 나가리란 것까지는 예상했었다. 그만큼 유연성이 있는 병기였다.

그런데 결과는 아예 잘려 나가 버렸다. 마치 수족이 떨어져 나간 것처럼 허전한 상실감이 의문표를 엄습해 왔다.

한편으론 투지도 들끓어올랐다. 강한 자를 만나면 겨루어 보고 싶은 무림인 특유의 기질이 고개를 쳐들었다.

다시 두어 발짝 물러서며 의문표는 양팔을 빠르게 휘둘렀다.

너울, 너울!

유난히 너른 의문표의 소매가 마치 거대한 독수리의 날개처럼 허공에서 너풀거렸고, 그의 전신을 둘러싸고 있던 철삭들이 한꺼번에 공손웅을 노리고 날아갔다.

그건 실로 장관이었다. 밤[栗]을 감싸고 있던 수많은 가시들이 일제히 한 방향으로 날아가는 걸 상상해 본 적이 있는가?

거기다 현란한 빛줄기를 첨가하면, 지금 의문표가 날린 철삭의 모습과 비슷하리라.

하지만 그 철삭들은 공손웅에게 가 닿기도 전에 허공에서 녹아버린 듯 사라지고 말았다.

보는 사람의 눈을 멀게 할 것만 같았던 빛줄기도 순식간에 스러들었다.

공손웅이 어떤 행동을 취한 건 아니었다. 그는 조금 전 자세 그대로 미동도 하지 않았었다.

그 이유는 한마디 말로 인해 설명되었다.

"물러서라, 의문표. 너의 상대가 아니다!"

그건 암류흔의 목소리였다. 어느새 단연과 함께 의문표와 공손웅 사이에 모습을 드러내고 있었다.

"방해하지 마!"

의문표는 거칠게 내뱉었다. 싸움 중간에 끼어든 것만도 기분 나쁜데, 상대가 되지 않는다는 말까지 들었으니 그 어투가 부드럽다면 그답지 않은 일이었다.

"자네의 공격은 내가 무산시켰네. 이자는 암 총수에게 맡기고, 우린 물러나 있기로 하세. 그게 북도맹 소맹주에 대한 최소한의 예를 갖추는 것이니까!"

부드러운 어조로 단연은 의문표를 달랬다.

그러나 단연의 눈빛은 엄격했다. 거역하면 강제로라도 의문표를 끌어내겠다는 의지가 가득했다.

의문표 역시 강한 눈빛으로 단연의 눈을 쏘아보았다. 그러다 이내 고개를 가로 흔들며 뒤로 물러섰다. 콧방귀도 뀌지 않고 말이다.

쉽게 받아들일 수는 없었지만, 의문표는 암류흔과 단연의 마음을 알 것 같았다. 어줍잖은 무공을 지녔으면서도 꼴에 총수라고 티내는 것이랑, 형제로서 가장 강한 무공을 지닌 사람으로서의 책임감…….

결국은 모두 자신을 보호해 주려 한다고 의문표는 생각했다.

가당찮은 그 짓거리들이 고마워지려는 자신이 의문표는 한심스러웠다. 그러면서도 명치끝이 싸해지는 건, 지금까지 살면서 단 한 번도 이런 배려를 받아보지 못한 탓이리라.

"원래는 그대를 형제들의 손에 맡겨 죽이고자 했다. 하지만 저기 계시는 단 형의 말씀도 계시고 해서, 최대한의 예우를 베풀어주겠다. 자결하라! 그게 북도맹 소맹주로서 너와 북도맹의 이름을 더럽히지 않는 길이다!"

그사이 공손웅과 대치한 암류흔이 잔뜩 낮게 깐 목소리로 말을 하고 있었다.

이제 공손웅 곁에 남은 사람은 신산자 한 명뿐이었다.

"자결한다면 네 수하는 살려주겠다. 시신만이라도 온전하게 수습해서 돌아갈 수 있도록……."

"네놈만은 반드시 죽인 후, 내 스스로 삶을 마감하겠다!"

암류흔의 말을 자르는 것과 공손웅이 뛰어든 것, 수중의 직도를 휘두른 것은 거의 동시에 이루어졌다.

번쩍!

그 뭉툭한 직도에서 예리한 한광(寒光)이 번쩍인다 싶자, 곧장 암류흔의 목을 자르고 지나갔다. 가문의 비전인 뇌전참이 만들어낸 광경이었다.

"억!"

비명성이 터져 나왔다. 암류흔도, 공손웅도 아닌 보고 있던 신산자의 입에서 토해진 것이었다.

공손웅의 칼은 분명 암류흔의 목을 베고 지나갔다.

그렇다면 의당 피가 튀고, 모가지가 허공으로 솟구쳐야 됨에도 불구하고 암류흔은 멀쩡했다. 그 믿을 수 없는 광경에 신산자가 자신도 모르게 비명을 토하고 말았다.

"사술, 사술입니다! 소맹주! 저런 자를 상대하셔서는……!"

"차압!"

신산자의 말이 채 끝나기도 전에 공손웅의 몸은 허공으로 솟구쳤다.

동시에 그의 직도에서는 셀 수 없는 그림자가 피어올라 암류흔의 전신을 휩쓸어갔다. 뇌전참에 이은 풍우참(風雨斬)이었다.

그건 분명 밝은 빛줄기는 아니었다. 만약 검은 그림자가 빛을 낼 수 있다면 분명 지금과 같으리라.

공손웅의 공격은 거기서 그치지 않았다. 풍우참이 암류흔에게 가 닿은 것과 함께 온몸으로 그에게 부딪쳐 갔다.

　변화는 그것만이 아니었다. 공손웅이 펼친 풍우참이 절정
에 이르렀을 때, '와아' 하는 함성이 동상벌 허창지부 무사들
배후에서 들려왔다.

제21장

군림천의 균열

퍼억!

가슴으로부터 극심한 둔통을 느끼며 암류혼은 뒤로 훨훨 날아갔다. 공손웅의 풍우참엔 아무런 해도 입지 않았지만, 그의 몸통 공격엔 고스란히 당할 수밖에 없었다.

그 기회를 놓칠 공손웅이 아니었다. 아직도 허공에 떠 있는 암류혼을 향해 다시 한 번 몸을 도약했다.

"안 됩니다, 소맹주!"

돌연 신산자가 공손웅의 허리를 부여 안으며 말렸다.

"혈염수가 왔습니다! 본 맹의 지원이 왔습니다!"

"놔라!"

공손웅은 거칠게 신산자를 내치려 했다.

그러나 신산자는 부여잡은 손을 놓지 않았다. 암류흔을 죽이는 것보다는 그를 살리는 게 더 중요하기에 어떤 일이 있어도 말려야만 한다.

"몸을 보중하소서! 이제 곧 놈들을 모두 죽일 수 있을 것입니다! 그때까지만 참으소서!"

필사적으로 공손웅을 말린 신산자의 판단은 맞았다. 바닥에 처박힌 암류흔이 아직까지 일어나지 못하자, 단연과 활귀가 그를 보호하기 위해 나섰다. 계속 싸웠다면 당장 위급해지진 않더라도 단시간에 몸을 빼지는 못할 터였다.

그건 중요한 문제였다. 지금 혈염수가 얼마나 많은 사람들을 데려왔는지 알 수 없었지만, 그 지휘는 공손웅이 해야 한다. 감정에 휘둘러서 직접 싸우게 할 수는 없는 노릇이다.

"소맹주는 어디 계시오? 소맹주?"

앞을 가로막는 동상벌 무사들을 마구 쓰러뜨리며 혈염수 왕국량이 공손웅의 앞에 모습을 드러냈다.

"소맹주, 무사하셔서 다행이오! 지금부터 소생이 모시겠소이다! 자, 서둘러 여길 빠져나갑시다!"

왕국량은 서둘렀다. 상황을 제대로 파악할 순 없었지만 공손웅이 위험한 상황에 처한 건 분명한 듯이 보였다. 일단 이 자리를 벗어나는 게 상책인 듯싶었다.

"잠깐, 왕 부대장!"

서두르는 왕국량을 공손웅은 무거운 어조로 제지했다. 의외로 침착한 모습이었다.

"대체 얼마의 인원을 이끌고 왔나?"

우선 이걸 알아야 앞으로 할 일이 결정된다. 몸을 피하든 맞서 싸우든 말이다.

"예천에 주둔했던 인원을 모두 이끌고 왔습니다!"

"뭣이? 그럼 서광막에 대한 대비는?"

"맹주의 명이셨습니다. 적은 서광막만이 아니라 삼세 전부인지라, 놈들을 북경 근처까지 끌어들여 일거에 괴멸시킬 계획이십니다!"

"알겠소! 예천에 나가 있는 인원을 모두 데려왔다면 본 맹 전력의 삼 할! 그만한 전력으로 도망을 친다면 정말로 수치가 될 거요. 여기 있는 모든 적들을 한 놈도 남김없이 도륙하시오!"

공손웅의 명을 들으며 신산자는 안도의 한숨을 내쉬었다. 염려했던 것과는 달리 냉정을 유지하고 있는 것 같아서였다. 지난 며칠간 겪었던 지독한 패배가 그를 조금은 성장시킨 것 같았다.

하지만 공손웅의 그 명은 사실 그리 필요치 않은 것이었다. 그때는 벌써 북도맹이 동상벌을 거의 괴멸시키고 주변으로 몰려들고 있었던 것이다.

물론 북도맹의 피해도 없지 않았다. 특히 한 덩어리로 뭉쳐

있는 취우당원들에게 덤빈 자들은 말 그대로 맥도 한 번 쳐보
지 못하고 쓰러지고 있었다.

"멈춰라!"

공손웅은 커다란 목소리로 명을 내렸다. 여기까지 온 인원
에 비하면 지금까지의 피해는 조족지혈(鳥足之血)에 불과하
다.

그렇다고 해서 저런 소비적인 싸움을 계속할 수는 없다. 지
금까지 겪어본 취우당 놈들은 가히 상상을 초월할 정도로 강
했다. 마치 싸움귀신들을 보는 것처럼 말이다.

그사이에도 북도맹 무사들은 꾸역꾸역 몰려들었다. 전체
의 삼 할이라면 족히 오천은 훌쩍 넘을 터였다.

"놈들을 단단히 포위하라! 절대 놓쳐선 안 된다!"

공손웅은 다시금 부하들에게 고함을 질렀다. 덤비지는 말
고 그저 포위만 하라는 것이었다.

"금도대는 모두 몇 명이 왔소? 예천에 있던 자들 중 빠진
자들은 없소?"

부하들이 취우당과 동상벌의 생존자들을 몇 겹으로 에워
싸는 걸 보며 공손웅은 나직하게 왕국량에게 물었다.

"일흔 명, 한 명도 남김없이 데려왔습니다!"

왕국량은 재빨리 대답했다.

"놈들을 공격하는 건 금도대에게 명하시오! 나머지는 포위
망만 더욱 엄밀하게 구축하도록!"

공손웅의 말은 즉각 시행되었다. 기수(旗手)가 백색 천을
세차게 몇 번 흔들자, 포위하고 있던 북도맹 무사들 중에서
일제히 사람들이 쏟아져 나왔다.

생애를 통틀어 단연은 자신의 행위에 대해 후회한 적이 별
로 없었다.

하지만 지금은 자신의 매섭지 못했던 결단을 뼈저리게 후
회하고 있었다.

바로 공손웅에 대한 것이었다. 암류흔의 말대로 일찍 죽여
버렸다면 지금 당하는 곤란이 훨씬 덜어졌으리라.

그런데 북도맹과 극단적인 원한을 맺기 싫어 자신이 손을
쓰지 않고 암류흔에게 맡겼었다.

그게 실수였다. 자신이 직접 나섰다면 단번에 공손웅을 죽
였을 테고, 북도맹의 지원이 오기 전에 이 자리를 벗어났을지
도 모른다.

아니, 채 벗어나지도 못한 채 적들과 맞닥뜨렸다고 해도,
지금보다는 상황이 나았으리라. 지휘자가 없다면 아무리 숫
자가 많아도 그 위력을 제대로 발휘하지 못하니까 말이다.

'오천은 족히 넘을 것 같군.'

포위하고 있는 북도맹 무사들을 둘러보는 단연의 표정엔
암울한 그늘이 드리워졌다. 그 많은 숫자들이 일사불란하게
움직이고 있다. 공손웅을 죽이지 못한 결과였다.

"취우당 여러분, 조금만 더 버텨주시오! 각지로 전서구를 날렸으니 이제 곧 동상벌에서 지원을 나올 것이오! 그때까지만!"

버텨달라는 뒷말은 꿀꺽 삼키며 이인립이 상기된 표정으로 단연 앞으로 달려왔다. 그 뒤를 몇 명의 동상벌 생존 무사들이 따르고 있었다.

"귀당의 총수는 어떠시오? 많이 다치셨소?"

활귀가 바닥에 쓰러진 암류흔을 마차로 안고 들어가는 걸 본 이인립이었다. 묻는 그 음성엔 어떤 절박함이 묻어 있었다.

하긴 이인립으로선 그럴 수밖에 없었다. 허창지부에서 나온 무사들이 거의 다 죽어버린 지금, 취우당은 바로 그의 생명줄이나 다름없었으니 말이다.

"흐음!"

별안간 단연의 입에서 침음성이 터져 나왔다. 진즉부터 드리워져 있던 얼굴의 그늘도 더 짙어졌다.

그 변화에 놀란 이인립은 황급히 주변을 둘러보았다. 포위망 속에서 무수한 인원들이 달려나오는 게 보였다.

"금도대……."

이인립의 입에서 이 이름이 망연히 흘러나왔다. 동상벌 대외총감으로서 해묵은 경험은 금도대의 무서움을 뇌리에 단단히 각인시키게 만들었다.

“다들 모이게!”

단연 역시 포위망 속에서 달려나온 자들이 금도대란 걸 알아보았다. 그래서 형제들을 불러 모았다.

단연의 말에 따라 취우당 형제들은 모두 한자리에 모여들었다. 다만 암류흔의 모습만은 보이지 않았다.

“총수는 누가 돌보고 있나?”

암류흔을 안고 들어갔던 활귀까지 모습을 보이자 단연은 세찬 어조로 물었다.

“파사륵이 곁에 있소이다!”

그리고 보니 파사륵의 모습도 보이지 않았다.

“나와서 싸우라고 하게. 총수는 대형께 부탁드리겠소!”

슬쩍 살펴봐도 쇄도해 오는 금도대는 쉰 명이 넘을 것 같았다. 어려운 싸움이 될 게 뻔한 노릇, 파사륵 같은 고수의 손이 어느 때보다 절실했다.

“나도 싸우겠네!”

결연한 표정으로 말했지만 매보자의 목소리는 어쩔 수 없이 가늘게 떨렸다.

“알고 있소. 하지만 싸우는 것만치 총수를 보살피는 것도 중요한 일이오.”

부드럽게 한마디 한 후 단연은 성큼 금도대를 맞기 위해 걸음을 옮겼다.

매보자로선 어쩔 수 없는 일이었다. 싸움에 있어선 자신보다 파사륵이 훨씬 유용할 터, 물러설 수밖에 없었다.

금도대를 향해 걸어가던 단연은 문득 발길을 세우고 형제들을 둘러보았다.

'내 잘못이다!'

또 한 번 진득한 자책감이 그의 혈관을 타고 전신을 한 바퀴 휘감아 돌았다. 형제들 중 몇 명은 여기서 뼈를 묻을 것만 같았고, 그건 순전히 자기 책임이라 여겨졌다.

단연은 눈을 감았다.

'용서해라!'

속으로 나직이 되뇐 단연은 눈을 부릅떴다. 그 어느 때보다 날카로운 눈빛이 번쩍하고 쏘아져 나왔다.

스릇!

다음 순간 단연의 신형은 지운 듯 사라져 버렸다.

"크아악!"

거의 동시에 외마디 비명성이 사람들의 고막을 떨어 울렸다. 취우당 형제들에게 가장 가까이 접근했던 금도대원의 입에서 터진 것이었다.

그 금도대원이 꼬꾸라진 바로 그 자리에 얼핏 단연의 모습이 보였다.

하지만 이내 다시 사라져 버렸고, 주변에 있던 금도대원들 서너 명이 동시에 피를 토하며 어지러이 튕겨 나갔다.

"우리도 슬슬 시작해야지? 평생 가장 힘든 싸움이 되겠지만!"

평소와는 달리 장난기라곤 전혀 찾아볼 길 없는 어조로 말하며 열반노도 달려나갔다.

"땀에 젖는 건 싫지만 어쩔 수 없지 뭐!"

상춘풍이 나섰고,

"흥!"

싸늘한 콧방귀를 남긴 의문표도 상춘풍과는 반대 방향으로 달렸다.

"의문표에게!"

누구에게랄 것도 없이 한마디 남긴 후 활귀가 쌍도를 휘두르며 마주 달려오는 금도대원들을 베어나갔다.

그렇게 취우당 형제들은 하나씩 싸움에 말려들었다.

분명 고전이었다. 지금껏 싸웠던 친위대와 금도대는 확실히 달랐다. 단연을 제외한 다른 취우당 형제들은 둘 이상을 감당하기 어려울 정도였다. 심지어 은도대원 열 명을 베었던 활귀까지 세 명을 상대로 간신히 버티고 있었다.

단연도 예외는 아니었다. 벌써 그의 손에 유명을 달리한 금도대원의 숫자가 열 명 남짓, 그사이 자신의 몸에도 두세 개의 상처를 입고 말았다.

단연을 향해 꽂혀들던 금도대의 공격이 갑자기 뚝 그쳐졌다. 그들로서도 삽시간에 열 명의 동료를 죽인 자에 대해 일말의 두려움을 느낀 탓이리라.

어쨌든 그사이 단연은 주변을 살펴볼 수 있었다. 자신 외에 우위를 점하는 싸움을 하고 있는 형제는 아무도 없었다.

중두의 경우는 특히 심했다. 쌍도끼가 곁에서 그를 도와주고 있지만, 오히려 두 사람 모두 위험에 빠지는 경우가 더욱 많았다.

그걸 뻔히 보고 있으면서도 도와줄 수가 없어서 단연은 안타까웠다.

전황은 금도대들도 파악하고 있어 당장 취우당 형제들을 상대하고 있는 자들 외에는 모두 단연에게 몰려들고 있었다.

단연은 그들을 쏘아보았다.

'이 정도 숫자라면 저승에 가서도 창피하진 않겠군!'

족히 마흔 명은 될 것 같은 금도대원들이었다. 한바탕 드잡이질을 벌이기엔 충분한 숫자였다.

'최대한 많이 죽여야 한다!'

그게 형제들의 부담을 최대한 덜어주는 길이 되리라.

단연은 생각을 곧장 행동으로 옮겼다. 그의 신형이 다시 사라졌다 싶은 순간,

"쳐랏!"

"조심하라!"

금도대원의 입에서도 경계의 외침이 터져 나왔다.

"커헉!"

스파앗―!

비명과 금도대원들이 휘두르는 칼빛이 허공에 흩날린 건 그 다음의 일이었다.

"흐음!"

단연은 소리 내어 침음성을 토했다. 이번 공격으로 죽인 자는 고작 한 명, 그런데 자신 역시 또 한칼의 상처를 입은 것이다.

"절대로 혼자 상대하려고 하지 마라!"

같은 금도대 중에서도 나름대로 서열이 있나 보다. 늙수그레한 음성이 주의를 주었고 대원들이 약간 술렁거렸다.

금도대의 움직임은 그게 다였다. 특별히 누구랑 조를 맞추지도 않았고, 그렇다고 진(陣)을 형성하지도 않았다.

하지만 마주 서 있는 단연이 느낀 변화는 컸다. 밖으로 보이지는 않았지만, 금도대 내부적으론 이미 단단한 진을 형성한 것 같았다.

사실은 이게 더 무서운 거다. 눈에 보이는 거라면 대처라도 할 수 있지만, 보이지 않기에 뭐가 튀어나올지 알 수 없다. 앞으로의 싸움이 더욱 어려워질 게 뻔했다.

단연은 재빨리 형제들을 둘러보았다. 조금 전에 봤을 때보다 훨씬 더 심한 고전을 치르고 있었다.

그 광경을 보면서 단연은 아랫배에 힘을 모았다.

뿌드듯, 두둑!

돌연 뼈가 부딪치고 근육이 뒤틀리는 소리가 단연의 전신에서 솟구쳤다.

그뿐만이 아니었다. 원래부터 위엄이 서려 있던 단연의 전신에서 감히 범접하기 힘든 위압감이 화르륵 피어올랐다.

"쳐라!"

예의 그 늙수그레한 목소리의 금도대원이 명을 내렸다. 수비보다는 선공을 택한 것이었다.

그와 동시에 금도대원 일단이 왈칵 단연에게 달려들었다. 달리 정하진 않았지만 마치 사전에 약속이라도 한 듯한 움직임이었다.

이건 단연으로서도 기다리던 바였다. 공격은 상대가 피하면 다른 자들로부터 역습을 받을 수도 있지만, 수비하는 입장이라면 누구든 골라서 죽일 수 있다. 경우에 따라선 덤비는 놈들 전부를 죽이는 것도 가능하다.

금도대원들이 일 장 정도까지 접근한 순간, 단연은 맹렬하게 양손을 휘둘렀다. 대파산에 산불을 헤칠 때 보였던 바로 그 움직임이었다.

팡, 팡, 팡, 팡!

가죽 공이 터지는 소리가 연속적으로 들려왔다. 단연의 손바닥이 그린 것처럼 허공에 찍히는 것과 동시였다.

"큭!"

"쿠헉!"

그때마다 정확하게 하나의 비명성이 뒤를 이었고, 금도대

원들이 혹은 뒤로 팅겨 나가고, 혹은 그 자리에 가슴을 부여
안고 꼬꾸라졌다.

하지만 피해는 금도대원들의 것만은 아니었다. 휘두르는
단연의 양손 움직임의 틈바구니를 헤집고 들어온 두 자루 칼
이 그의 옆구리와 등에 긴 상처를 남기고 지나갔다.

휘청!

어떤 곳보다 옆구리의 상처가 깊었다. 의지와는 상관없이
단연은 비틀거렸다.

"흐음!"

다시 묵직한 침음성이 단연의 입에서 새어 나왔다. 그렇게
라도 하지 않으면 고통에 겨운 신음을 발했을지도 몰랐다.

그 기회를 놓칠 금도대가 아니었다. 달리 명령이 내려진 건
아니지만, 아까보다 더 많은 인원이 단연을 노리고 쇄도해 들
어갔다.

으드득, 투둑!

예의 기묘한 소리가 다시 단연의 전신에서 들린다 싶자 그
의 두 손이 보이지 않는 속도로 허공을 찍어갔다.

아마 단연은 이 공격에 전력을 기울였나 보다. 금도대원들
은 그의 몸 근처에 가 닿기도 전에 일곱 명이 입으로 피를 뿜
으며 나가떨어졌다.

금도대의 공격이 자른 깃처럼 뚝 그쳐졌다. 비록 손은 무수
히 내뻗었지만, 단 한 번의 움직임이었다. 거기에 동료 일곱

명이 절명해 버렸으니 그들의 오금도 저릴 만했다.

그러나 단연의 상태도 심상치 않았다. 이번의 격돌에서 다른 부상을 입지는 않았지만, 너무 과도한 힘을 사용한 나머지 옆구리의 상처가 더욱 벌어졌다.

단연은 옆구리의 상처 주변에 분포된 작은 혈도 몇 군데를 강하게 눌렀다. 지혈을 하려는 의도였다.

그게 효과를 발휘해 피는 거의 멎었지만 위기가 해소된 건 아니었다.

다시 십여 명의 금도대원들이 단연에게 접근했다. 이번엔 보다 신중한 발걸음이었다. 원래 상처 입은 맹수가 더욱 무서운 법이니까 말이다.

금도대의 그런 조심성이 단연에게 다시 형제들을 돌아볼 수 있는 여유를 주었다.

'아!'

돌연 단연의 눈에서 희열의 빛이 반짝였다. 이제 막 마차에서 나오고 있는 파사륵을 본 탓이었다.

어두웠던 단연의 표정이 급격하게 펴졌다. 파사륵이 싸움에 가담한다면 양상은 크게 바뀔 것이기 때문이다.

'그러고 보니 묘하군. 위기 때마다……'

파사륵은 취우당을 위해 그녀의 능력을 유감없이 발휘했었다. 채가파를 벗어나던 그 폭우 속에서 처음 만났을 때부터……

"허허허……."

단연은 나직이 웃었다. 이젠 홀가분하게 싸울 수 있을 것 같아서였다. 뒤는 파사륵에게 맡기고, 자신은 최대한 많은 금도대원들을 죽이면 된다. 자신이 살고 죽는 건 그 다음의 문제였다.

뿌드득, 툭, 투두둑!

다시 기묘한 소리가 단연의 몸 구석구석에서 스며 나왔다.

2

남선련주인 신타 정호는 흘러내리려는 눈물을 눈꺼풀 속에서 말리느라 애를 썼다. 입을 벌리지 않고 하품은 할 수 있었지만 맺히는 눈물은 어떻게도 막을 수 없었던 것이다.

다른 이유 때문이 아니었다. 주안상을 마주하고 맞은편에 앉은 매요봉의 교태가 지겨워서였다.

"자아, 한 잔 더 드셔요. 우리 사이에 내외할 게 뭐 있나요?"

녹을 듯한 웃음을 머금은 얼굴로 매요봉은 연신 술을 권했다.

아무 말 없이 정호는 술잔을 기울였다. 처음부터 마음에 들지 않는 자리였기에 얼굴도 그리 밝지 않았다.

정호에게 있어 술이란 지각을 마비시키는 수단 중 하나였다. 병째로 넘칠 듯 마시고 그대로 쓰러져 뒹구는 것이지, 이처럼 격식을 갖춰 마시는 게 아니었다.

그러나 오늘은 중요한 자리였다. 남선련과 동상벌이 확고하게 연합을 이루느냐, 파기하느냐 하는 결정이 이루어지는 날이었다. 물론 그 뒤에는 서광막과의 교섭도 이루어질 터였다.

"아이, 얼굴 좀 펴셔요. 술이 마음에 들지 않으시면 바꿔오라고 할게요. 아니면 안주?"

정호가 어떤 표정을 짓든 매요봉의 교태는 여전했다. 그가 동상벌까지 온 이상, 어떻게 요리하든 자신의 마음에 달렸으니까 말이다.

"너무 그렇게 무뚝뚝하게 계시면 소녀가 민망해요. 자, 이거 한번 잡숴보셔요. 자, 아아—!"

매요봉은 안주를 한 점 집어 정호의 입 근처로 내밀었다.

"난 원래 안주를 잘 먹지 않소."

살짝 외면하며 정호는 툭 던지듯 내뱉었다. 실제로 그게 그의 술버릇이기도 했다.

"호호호호……!"

돌연 매요봉은 고개를 뒤로 젖히고 웃었다. 비록 손으로 입은 가렸지만 썩 좋아 보이는 모습은 아니었다.

"죄송해요. 갑자기 아버지께서 하셨던 얘기가 떠올라서요.

호호호!"

사과를 하면서도 매요봉은 웃음을 그치지 않았다.

그사이 정호는 다시 한 번 눈꺼풀 속에서 눈물을 말려야 했다. 매요봉이 무슨 말을 하든 어떤 행동을 하든 그로선 전혀 관심이 없었다. 그저 이 자리가 빨리 끝나길 바랄 뿐이었다.

"어떤 얘기인지 궁금하지 않으셔요?"

매요봉이 물었지만 정호는 대답 대신 술병을 집어 들었다. 그리고는 곧장 입으로 가져갔다.

"확실히 아버지께서 하신 말씀이 맞군요. 전대 남선련주께서도 안주 없는 술을 병째로 드시는 걸 좋아하셨다더니, 공자께서도…… 호호호!"

아버지와 아들의 술버릇이 닮았다는 게 매요봉에겐 그처럼 재미있는 일이었을까? 그녀는 한 번 시작한 웃음을 거둘 기미를 보이지 않았다.

"그리 애쓸 것 없소. 단도직입적으로 얘기합시다. 만약 수하들의 얘기가 어긋나 귀벌과 본 련의 연합이 깨진다면 어떻게 할 생각이오?"

참다못한 정호가 퉁명스레 한마디 던졌다.

그렇다. 비록 정호와 매요봉은 이 자리에서 한가하게 술을 마시고 있었지만, 지금 다른 곳에선 동상벌과 남선련의 장로급 인물들이 연합에 대한 토의를 거듭하고 있었다. 그 결과에 따라선 서로가 피를 보게 될지도 모를 일이었다.

"아이, 설마 결렬될 리야 있겠어요? 우리가 어떤 사인데……. 자, 소녀가 한잔 올리겠어요."

자욱한 교태와 끈적이는 유혹을 동반한 목소리로 말하며 매요봉은 정호의 잔을 채웠다.

"자, 소녀도 한잔 주시어요."

그리고는 자기의 빈 잔을 정호 앞에 내밀었다.

"거친 뱃놈이라 여자에게 술 따르는 법을 배우지 못했소!"

한층 더 퉁명스러워진 어조로 말하며 정호는 술병을 집었다. 매요봉의 잔을 채우려는 게 아니라 자신이 마시기 위함이었다.

그제야 매요봉의 눈매에 서늘한 한기가 스치고 지나갔다. 손수 채워서 권한 잔이 거절당한다는 건 자신의 마음까지 물리쳐졌다는 의미인 것이다. 모욕이라고 치면 이런 모욕도 없을 터였다.

그러나 매요봉은 이내 예의 화사한 미소를 회복했다. 어쨌든 여긴 동상벌이다. 이 정도 여유는 가져도 좋았다.

"그 호쾌한 기상이 부러워요. 귀련에 소속된 무사들은 모두가 그렇겠죠? 그에 비해 본 벌은 다들 돈만 밝히는……."

"벌주, 속하 대내총감입니다!"

푸념 섞인 매요봉의 말을 자르는 목소리가 바깥에서 들려왔다. 어딘지 들떠 있는 것처럼 들리는 주시천의 음성이었다.

다시 한 번 매요봉의 눈매에 차디찬 한기가 스치고 지나갔다.

'부르기 전엔 절대로 여긴 오지 말라고 단단히 일렀건만, 감히!'

이 순간 그 명을 어긴 주시천을 찢어 죽이고 싶은 매요봉이었다.

하지만 정호 앞에서 그런 기색을 내보일 정도로 미숙한 매요봉은 아니었다. 목소리를 가다듬고 밖으로 향해 조용히 말했다.

"귀한 분을 모시고 있어요. 웬만한 일은 다음에 보고해 주세요!"

"그게 화급을 다투는 일인지라……."

그제야 매요봉도 주시천의 어조가 심상치 않다는 걸 깨달았다.

"잠깐 실례하겠어요."

정호에게 가벼운 목례를 해 보인 후 매요봉은 조용히 밖으로 걸어나갔다.

주시천이 들고 온 건 두 장의 전서였다.

"겨우 이것 때문에 불렀나요? 이런 건 대내총감이 알아서 하면 되잖아요!"

매요봉은 신경질적으로 쏘아붙였다. 하루에도 수천 장씩 날아드는 비합전서를 일일이 확인할 수는 없는 일이었다.

"우선 읽어보시길……."

담담한 표정으로 주시천이 내미는 전서를 낚아챈 매요봉은 재빨리 읽기 시작했다.

거기에 주시천이 한마디 덧붙였다.

"그게 어제 낮에 도착한, 그러니까 먼저 날아온 전서입니다."

그 말은 매요봉의 귓등에도 스치지 못했다. 전서의 내용이 너무나 엄청났기 때문이었다.

…취우당과 더불어 북도맹의 공손웅을 쳤음. 이제 곧 그 목을 잘라 양재단에 제물로 바치겠음. 이후의 일은…….

"어째서……."

표정까지 창백해진 매요봉은 말도 선뜻 나오지 않는 듯 잠깐 동안 눈을 감고 생각을 정리했다.

"이처럼 엄청난 걸 어째서 보고하지 않았죠? 어제 낮에 도착했다면서……."

정말이지 매요봉은 제대로 충격을 받았다. 북도맹의 후계자인 공손웅의 목이 곧 손에 들어온다면, 그녀 아닌 다른 사람이라 할지라도 똑같은 반응을 보였으리라.

"남선련과의 연합이 이루어진 후에 말씀드리려고 했습니다. 혹시라도 말이 새어나가 남선련에서 이 사실을 안다면 어떤 태도를 취할지 알 수 없었기에!"

그 말에 매요봉은 가볍게 고개를 끄덕였다. 여전히 놀란 표정은 지우지 못했지만 두뇌만은 무섭게 회전하고 있었다.

"잘하셨어요."

매요봉은 주시천을 치하했다. 이 사실은 철저하게 비밀에 부쳐야 한다. 섣불리 밝혔다가 삼세의 연합이 결렬되었을 때, 북도맹의 보복은 온전히 동상벌에 쏠릴 터였다.

그러나 비밀이 지켜지기만 한다면, 최악의 경우 공손웅을 죽인 건 다른 곳이라고 조작할 수도 있다. 이용할 수 있는 건 뭐든 이용해야만 하고, 동상벌은 특히 그런 일에 능했다.

"이것도 읽어보시기를! 방금 도착한 겁니다."

매요봉이 조금 진정된 것을 본 주시천은 나머지 전서도 내밀었다.

긴급. 지원 요청. 북도맹 전격 침입. 공손웅을 구출하는 게 목적으로 사료됨. 허창지부 괴멸.

그 전서를 읽은 매요봉은 이번엔 어리둥절해졌다. 앞의 것과 너무나 상반된 내용이기 때문이었다.

게다가 급하게 휘갈겨 쓴 글씨라 제대로 읽기도 힘들었다. 지극히 급박한 상황에서 쓴 거라 그렇겠지만 말이다.

매요봉은 의아한 시선으로 주시천을 쳐다보았다.

“대체 어느 게 진짠가요?”

매요봉으로선 당연히 던질 만한 질문이었다.

“둘 다 대외총감의 진짜 인장(印章)이 찍힌 겁니다! 하루 사이에 상황이 급변했다고 봐야 할 것 같습니다.”

“그걸 말이라고 하세요?”

돌연 매요봉의 언성이 높아졌다.

“북도맹이 본 벌의 세력권을 침입했다면 당연히 알고 있어야 되는 거 아닌가요? 허창에 가 있는 대외총감이 이런 위급한 전서를 보낼 때까지 어떻게 모를 수가 있나요?”

이 역시 매요봉이 당연히 질책할 수 있는 문제였다.

“오늘 있을 남선련과의 회합 준비 때문에 속하가 잠시 소홀했었습니다. 그렇지 않아도 오늘 제남지부가 괴멸되었다는 소식과 북도맹의 혈염수가 이끄는 오륙천 명 정도의 무사들이 급거 남하하고 있다는 소식이 들어왔습니다.”

“어떻게 그렇게 늦을 수가 있어요? 이런 보고는 가장 신속하게 올라와야 되는데! 만약 돈이 되는 일이었다면 이렇게 느리진 않았겠죠?”

정말이지 매요봉으로선 속이 터질 지경이었다. 황하를 건너 제남지부를 괴멸시킨 북도맹이, 허창에 나타난 뒤에야 보고가 올라왔으니 말이다.

“어떻게 하실 겁니까?”

주시천이 조심스럽게 물었다. 할 일은 뻔하지만, 그래도 이처럼 큰일에는 벌주인 매요봉의 허락이 떨어져야 한다.

"북도맹이 오륙천 명을 동원했다면 이미 대외총감을 구하기엔 늦었을 거예요. 하지만 본 벌을 침입한 자들을 무사히 돌려보내서는 안 돼요! 우선 허창 주변에 있는 지부에 총동원령을 내려 길을 막고, 본 벌의 총력을 기울여 놈들을 괴멸시키세요!"

"삼가 명을 받들겠습니다!"

주시천은 공손하게 허리를 숙였다. 이렇게 될 줄 알고 미리 각지에 긴급 전서구를 날렸고, 또 앙재단에 상주해 있던 정예무사 천여 명도 급히 파견한 뒤였다.

"그런데 얘기는 어떻게 진척되고 있어요?"

매요봉은 화제를 돌려 동상벌과 남선련의 연합에 대한 걸 물었다.

"잘 진행되고 있습니다. 무난히 연합이 성사될 것 같습니다."

"잘됐군요. 그럼 난 돌아가 있을 테니, 변동 사항이 있으면 수시로 보고해 줘요."

말해놓고 매요봉은 걸음을 옮겼다. 그러다 갑자기 몸을 돌려 다시 물었다.

"그런데 취우당이 뭐 하는 곳이죠? 아까 읽었던 전서에 그 이름이 있었던 것 같은데……."

"최근에 결성된 의형제 결사라고 들었습니다. 지난번 북도

맹과 서광막이 채가파에서 싸울 때, 북도맹의 배후를 친 걸로
단번에 이름을 떨친 자들입니다!"

"그들에 대해 좀 더 알아보세요. 대외총감이 그들과 함께
공손웅을 쳤다니, 뭔가 더 있을 거예요. 그나저나 살아남을
수나 있을는지……."

말꼬리를 흐리며 매요봉은 다시 걸음을 옮겼다.

그 등에 대고 주시천은 정중하게 허리를 접었다. 그러나 눈
빛만은 이글거리며 불타오르고 있었다.

＊　　　＊　　　＊

단 한 명, 파사륵의 가담으로 인해 상황이 크게 역전된 건
아니었다. 그러기엔 북도맹의 금도대는 너무 강한 존재였다.

하지만 취우당 형제들에게 숨을 돌릴 수 있는 여유를 준 건
확실했다. 위급한 상황에 몰리면 틀림없이 파사륵이 나타나
구해주곤 했기 때문이다.

여유가 생긴 건 단연도 마찬가지였다. 다른 형제들을 공격
하던 금도대원 한 명이 파사륵의 손에 죽거나 부상당하면, 그
를 포위하고 있던 금도대원들이 그 공백을 메우기 위해 빠져
나갔으니까 말이다.

하지만 단연의 그 여유는 곧장 위기로 돌변했다.

"엉뚱한 적이 나타났다! 서둘러 놈을 죽이고, 나머지도 주

살하라!"

금도대원들에게 명을 내리는 그 늙은 목소리도 상황을 정확하게 파악하고 있었다. 그래서 인원을 둘로 쪼개는 것보다는 하나씩 확실하게, 그리고 빨리 죽이는 방법을 택한 것이다.

그 명에 따라 금도대원들은 한꺼번에 단연에게 몰려들었다. 그사이 혹은 죽고, 혹은 다른 싸움에 가담하느라고 빠져나가서 이젠 스무 명 정도만 남은 인원이었다.

평소의 단연이었다면 해볼 만한 숫자였다.

하지만 지금은 부상을 당한 상태, 이 역시 쉽지 않은 싸움이 될 터였다.

'그래도 파사륵이 가담해 줬으니…….'

이 싸움에서 목숨을 잃어도 마음은 홀가분할 것 같았다. 그녀로 인해 다른 형제들은 무사하게 이 자릴 탈출할 수도 있을 테니 말이다.

쉬쉬쉿, 쓰와앙―!

갖가지 파공성을 동반한 금도대의 칼들이 종횡으로 빛을 뿌리며 단연에게 날아들었다.

그러나 단연은 움직이지 않았다. 전신의 기를 한곳으로 모아 한순간의 폭발을 노리며 적들이 최대한 가까이 접근하기를 기다렸다.

"위험하다! 물러서랏!"

늙은 목소리가 다급하게 금도대원들의 행동을 제지했고, 그와 동시에 거대한 파열음이 싸움판 전체에 울려 퍼졌다.

파아앙—!

그 뒤는 비명의 연속이었다.

"크허억!"

"큭!"

이 한 번의 격돌로 인해 금도대가 잃은 인원은 열 명이 넘었다. 그나마 마지막 순간에 내려진 명령 탓에 희생이 줄은 것이었다.

쓰러지진 않았지만, 단연도 바닥에 한쪽 무릎을 꿇고 있었다. 의복은 흘러내린 피로 흠뻑 젖었고, 턱까지 차오른 호흡은 숨기지도 못한 채 헉헉 내뱉었다.

단연의 몸에 새로 생긴 상처는 없었다. 순전히 결정적인 때에 금도대원들이 주춤 물러선 덕이었다. 그게 아니었다면 지금쯤 그의 육신은 갈가리 조각났을지도 모른다.

뭐 그 바람에 금도대도 전멸을 면했으니, 엄격히 얘기하자면 이 격돌은 서로 비긴 셈이었다.

그러나 금도대, 아닌 북도맹에는 절대적으로 유리한 요소가 있었다. 바로 수적 우위였다.

설사 이 자리에서 금도대 전체를 괴멸시킨다고 해도 그 뒤에는 은도대와 친위대가 버티고 있다. 도저히 취우당에겐 승산이 없는 싸움이었다.

'하긴 승산없는 싸움이니 더욱 재미있었지!'

억지로 미소를 배어 물며 단연은 접혔던 무릎을 펴고 몸을 일으켰다. 다리가 후들거려 금방이라도 다시 주저앉을 것만 같았다.

누가 봐도 지금의 단연은 아주 위태로운 상태란 건 알 수 있었지만, 금도대는 선뜻 달려들지 못했다. 혼자서 거의 마흔 명에 가까운 동료들을 죽인 그가 괴물처럼 생각되었던 것이다.

"금도대는 뭘 하는가? 어서 놈들을 주살하라! 친위대와 은도대도 금도대와 힘을 합쳐 놈들을 쳐라!"

그 망설임의 틈을 비집고, 공손웅의 명령이 커다랗게 들려왔다. 악에 받쳐 쇳소리가 섞여 있는 목소리였다.

그 말에 따라 은도대원들이 새로 싸움에 가세했다. 실제로는 여기에 있는 북도맹 중 절반이 움직였다.

하지만 그 명령이 내려지기 바로 직전에 금도대는 잠깐 망설였고, 그건 치명적인 결과가 되어 그들에게 돌아갔다.

우선 쌍도끼와 활귀가 단연을 에워싼 금도대원들에게 공격을 퍼부었다. 그들이 상대하던 자들을 파사륵이 처치해 준 덕분에 이렇게 자유롭게 움직일 수 있었다.

물론 그들도 온몸에 크고 작은 부상을 입은 상태였다.

그러나 그들이 휘두르는 병기는 하나같이 거칠고 예리하게 금도대의 목숨줄을 노리고 허공을 누볐다.

일순간에 금도대원들은 혼란에 빠지고 말았다. 비록 괴물처럼 강하긴 했지만, 지금까지는 단연의 맨손을 상대로 싸웠었다. 그게 섬뜩한 도끼나, 예리한 왜도로 바뀌고 보니 방어하는 손길이 어지러워질 수밖에 없었다.

"형님, 피하십시오!"

쌍도를 휘둘러 금도대원 둘을 핍박하며 활귀가 단연에게 고함을 질렀다.

말해놓고 활귀는 새삼 자신의 혀를 깨물었다. 이 싸움판 어디로 피할 데가 있단 말인가? 북도맹의 은도대와 친위대까지 가세한 지금, 암류흔이 타고 있는 마차까지 곧 위험해질 판인데…….

단연도 피할 생각은 추호도 없었다. 오히려 할 수만 있다면 분전(奮戰)하고 있는 아우들을 도와 같이 싸우고 싶었다.

그럴 수가 없었기에 단연은 그저 쌍도끼와 활귀가 싸우는 걸 지켜보기만 했다.

그러다 문득 단연은 재미있는 사실을 발견했다. 쌍도끼나 활귀, 모두가 쌍으로 된 무기를 쓴다는 점이었다. 두 개의 도끼, 두 자루의 왜도…….

물론 그 운용법은 판이하게 달랐다. 쌍도끼는 패도적인 힘과 기세로 적들을 눌러간다면, 활귀의 쌍도는 서로의 간격 안에서 빈틈을 찾아 독사의 혓바닥처럼 유연하고 예리하게 적들의 숨통을 잘랐다.

'짧았지만, 저런 아우들과 함께할 수 있어서 행복했다.'

아마 살아서 이 자리를 벗어나기는 힘들 터였다. 그걸 알면서도 단연은 취우당의 형제들과 함께했던 시간들이 가슴 뻐근할 정도로 벅찼다.

그사이 의문표가 다시 가세를 했고, 단연의 시선은 다른 형제들에게로 돌려졌다. 대부분 새로 쇄도해 오는 은도대와 친위대들과 맞설 준비를 갖추고 있었다.

'이게 모두 암류흔이란 젊은 친구 덕이, 엇!'

생각에 잠겨 암류흔이 타고 있던 마차로 시선을 옮기던 단연의 얼굴에 경악의 빛이 서렸다. 마차가 누군가의 손에 이끌려 빠르게 움직이고 있었기 때문이다.

아니, 그뿐만이 아니었다. 또 다른 누군가가 열심히 손짓하며 부르고 있었다.

'저자는 여필이 아닌가?'

분명 여필이었다. 어떻게 이 싸움판에 나타났는지 몰라도 이 자릴 빠져나갈 방도가 있다는 표정으로 취우당을 부르고 있었다.

"나를 따르게!"

만신창이가 된 몸이었지만 단연은 움직일 수밖에 없었다. 자신이 여기 남는다면 따라서 남을 형제들이 분명 있을 것이기 때문이다.

쌍도끼와 활귀, 의문표가 재빨리 단연 주변으로 몰려들

었다.

"형제들을 모두 불러 저자의 뒤를 따라가게. 총수가 타고 있는 마차를 따라가!"

단연의 이 말은 하지 않아도 될 말이었다. 이미 다른 형제들은 물론, 북도맹도 마차의 움직임을 눈치 채고 빠르게 몰려들고 있었다.

취우당 형제들은 이내 마차를 따라잡았다. 어쩌면 여필이 속도를 늦췄기 때문인지도 몰랐다.

"모두 엎드리시오!"

취우당 형제들이 모두 모인 걸 확인한 여필은 크게 고함을 질러 주의를 환기시켰다.

다른 생각을 할 여유가 없었다. 취우당 형제들은 영문도 모른 채 여필이 시키는 대로 바닥에 엎드렸다.

쿠우웅, 꽈앙!

곧이어 거대한 폭음이 천지를 진동시켰다.

그 진동의 충격파는 엎드린 단연의 복부에도 고스란히 전해져 검붉은 피 한 모금을 토하며 그를 혼절의 나락으로 떨어뜨려 버렸다.

폭음이 잦아든 싸움판에는 물속보다 더 고요한 정적만이 감돌았다.

3

눈을 떴을 때 암류흔은 자신이 죽은 것이라고 생각했다. 이렇게 캄캄한 곳은 지옥밖에 달리 없을 것이기 때문이었다.

의미를 알 수 없는 웅웅거리는 소리도 귓전을 때렸다. 벌 떼들의 날갯짓 같기도 했고, 사람의 목소리 같기도 했다.

그러다 기억이 한꺼번에 떠올랐다. 공손웅의 몸뚱이에 부딪친 순간 캄캄한 절벽으로 떨어지는 것 같던 그 느낌을 말이다.

암류흔의 손이 자연스레 가슴을 매만졌다. 공손웅에게 받힌 자리였지만, 아무런 흔적도 남아 있지 않았다. 심지어 통증조차 느껴지지 않았다.

그걸 확인한 뒤에야 암류흔은 조심스럽게 몸을 일으켰다. 자신의 신체가 어떤 상태인지 알 수 없었기에 섣불리 움직일 수 없었다.

다행히 이상은 없는 것 같았다. 오히려 전보다 더 활기가 넘치고 사지는 더욱 유연하게 움직이는 것 같았다.

암류흔은 벌떡 일어섰다. 이 캄캄한 암흑 속에서 서둘러 벗어나고 싶었다.

하지만 암류흔에게 찾아든 건 머리 꼭대기의 강한 통증이었다. 이곳이 어디든 천장이 무척이나 낮아 제대로 일어설 수

조차 없었던 것이다.

그래도 다행이라고 암류흔은 생각했다. 고통이 느껴진다는 건 아직까지 자신이 살아 있다는 걸 의미하니까 말이다.

웅크린 자세로 암류흔은 사방을 둘러보았다. 비록 보이는 건 없었지만, 갈 방향을 정하기 전에 사람들이 하는 자연스런 움직임이었다.

'대체 형제들은 어디에 있을까? 모두 죽었나?'

이런 생각을 하며 제자리에서 거의 한 바퀴쯤 돌았을 때, 암류른의 눈이 반짝 빛을 발했다.

아니, 그건 암류흔의 눈이 빛을 발한 게 아니었다. 지금 보고 있는 아주 희미한 불빛을 그 눈동자가 반사한 것에 불과했다.

실제로 불빛은 너무나도 희미했다. 지금 사방에 깔려 있는 이 지독한 어둠에 적응된 눈이 아니었다면 절대로 보이지 않았을 터였다.

어쨌든 암류흔은 조심스런 발길로 그 불빛을 향해 접근했다. 거기에 누가 있는지 알지 못하는 상태에서 섣불리 다가간다는 건 자살 행위에 다름 아닌 것이다.

다행히 이런 일엔 일가견이 있는 암류흔이었다. 잘 훈련된 세작으로서 소리없이 움직이는 건 무림의 그 어떤 절정고수보다도 한 수 위였다.

고양이보다 조용하게, 먹이를 노리는 독사보다 더 은밀하게 불빛으로 접근한 암류흔은 살며시 고개를 내밀었다.

'헛!'

그리고 다음 순간, 황급히 제 입을 손으로 막으며 고개를 처박아야 했다.

'분명 의문표인데……?'

그렇다. 불빛 속에 있는 사람은 분명 의문표였다.

그럼에도 불구하고 암류흔이 이처럼 놀란 건 도저히 믿을 수 없는 광경을 목격한 탓이었다.

'아니, 그럴 리가 없다!'

방금 봤던 광경을 부정하며 암류흔은 재차 고개를 내밀었다. 다시 확인하지 않고는 절대로 믿을 수도, 믿어지지도 않아서였다.

그러나 다시 확인을 해도 변한 건 아무것도 없었다.

'그런가? 여자였던가?'

바로 이게 암류흔이 그처럼 놀란 이유였다.

의문표는 지금 상의를 벗은 채 상처를 치료하고 있었다. 봉긋한 가슴, 유난히 가녀린 팔, 잘록한 허리…….

몸매로만 봤을 때 의문표는 일등급 기녀보다 더 맵시가 있었다.

생각해 보면 얼굴도 그리 미운 편은 아니었다. 아무렇게나 걸치고 다니는 남자 옷이나, 일부러 거칠게 보이려는 행동 탓에 그녀의 미모가 상당 부분 감추어졌다고 볼 수 있다.

‘정녕 여자였던가?’

이 믿을 수 없는 사실을 스스로에게 각인시키는 암류흔은 차라리 허탈해졌다.

털썩!

소리를 내며 주저앉은 것도 그 때문이었다.

“웬 놈이야?”

일부러 거칠고 굵게 가장해서 내서 의문표의 목소리가 들렸을 때에야 암류흔은 ‘아차’ 싶어 서둘러 몸을 숨길 곳을 찾았다.

하지만 자기의 코도 안 보이는 이 어둠 속에선 갈 곳이 없었다. 함부로 움직이다간 어떤 위험을 초래할지도 모르고…….

“아, 날세. 너무 신경 쓰지 말게!”

암류흔이 할 수 있는 최선은 바로 이것이었다. 아무것도 보지 못한 척, 아무렇지도 않은 척 가장하는 것 말이다.

그 말에 가장 먼저 반응한 것은 의문표가 아니었다. 그, 아니, 그녀는 지금 옷을 입느라 한창 바쁠 테니까.

“총수, 깨어났는가?”

매보자의 목소리가 들린다 싶자, 여기저기에서 작은 불꽃 몇 개가 피어났다.

그걸로 충분했다. 아주 작은 불꽃이었지만, 어둠에 익숙해진 눈은 그것만으로도 모든 것을 환하게 볼 수 있었다.

"오, 다들 무사했구려. 그런데 당신은……?"

형제들의 무사함에 반색을 띠던 암류혼의 표정이 살짝 굳어졌다.

"여필이오. 며칠 전에 인사를 드렸던……."

"이분 덕에 우리 형제들이 무사히 그 싸움판에서 벗어날 수 있었네!"

매보자가 여필의 말허리를 자르며 끼어들었다. 혹시라도 암류혼이 엉뚱한 얘기를 하기 전에 미리 취우당 형제들이 신세를 졌다는 걸 밝혀두기 위함이었다.

"무슨 말씀이오?"

혼절해 있었던 암류혼이 그간의 사정이 알 턱이 없었다. 의아한 표정으로 매보자에게 물을 수밖에 없었다.

"알다시피 서광막은 땅을 파는 데는 귀신같은 재주를 가진 분들이 모인 곳 아닌가? 북도맹의 지원이 온 것과 동시에 이분들이 그 싸움판까지 땅굴을 팠다네. 이 천연 동굴이 마침 근처에 있었던 건 행운이었고!"

매보자가 간단하게 상황을 설명해 줬다.

실제로 일은 매보자가 말한 그대로 진행됐었다. 오천이 넘는 북도맹 지원 무사들의 숫자를 봤을 때, 여필은 단순히 힘으로 취우당을 도울 수는 없다고 판단했다.

그래서 생각해 낸 게 자신들이 가장 잘할 수 있는 일, 바로 땅을 파는 것이었다.

그때부터 탐갱단은 쉬지도 않고 땅을 파 들어가 싸움판 한 가운데는 물론, 포위망을 구축하고 있던 일부 북도맹의 발밑에까지 땅굴을 완성했다. 그 와중에 이 천연 동굴을 발견한 것은 매보자의 말대로 실로 천운이었다.

자신들이 판 땅굴과 천연 동굴을 연결시키고 나자 서광막이 할 일은 딱 두 가지였다. 파 들어간 북도맹의 발밑에 엄청난 양의 폭약을 장치하는 것과 취우당 형제들을 무사히 대피시키는 것!

그리고 그건 부상을 당해 싸움에 가담하지 않고 있었던 단연에 의해 재빨리 알려졌고, 그 후로는 일사천리로 진행되었다. 북도맹의 발밑에 매설한 폭약은 한 치의 어김없이 제때에 터졌고, 땅굴의 입구가 무너지기 전에 전원 싸움판에서 피할 수 있었다.

"그런데 단 형은 어디 계시오? 보이지 않는데……."

동상벌의 이인립까지 무사히 피한 마당에 단연의 얼굴이 보이지 않자 암류혼은 또다시 매보자에게 물었다.

"여기 있네."

어둠의 한곳에서 단연의 목소리가 들려왔다.

"이리 오시오. 얘기할 게 있소!"

여전히 모습을 보이지 않는 단연을 암류혼이 불렀다.

"상처를 치료 중이네. 그 모습을 보이기 싫어서 저러니 자네가 이해하게."

매보자가 재빨리 암류흔의 귀에 속삭였고 단연의 말이 다시 그 뒤를 이었다.

"여기서도 다 들리니 말해보게. 내겐 너무 신경 쓰지 말고……."

어쩌면 단연의 귀엔 매보자의 속삭임도 들렸으리라. 다시 한 번 괜찮다고 안심시킨 후 조용해졌다.

"이대로 북도맹과 정면으로 싸울 순 없소. 그랬다가는……."

암류흔이 말을 하는 가운데 의문표가 슬며시 나타나 자리에 끼었다.

찡긋!

암류흔은 남몰래 그녀에게 한쪽 눈을 감아 보였다. 비밀을 지켜주겠다는 의미였다.

"흥!"

그러나 암류흔의 호의에 대한 의문표의 대답은 싸늘한 콧방귀뿐이었다.

그래도 암류흔은 개의치 않았다. 의문표가 여자란 걸 알고 나자 행동 하나하나, 말 한마디 한마디가 그저 귀엽기만 했다.

"어쨌든 내 생각은 이렇소. 북도맹 전체를 상대로 싸울 순 없으니, 그들에게 가장 큰 타격을 줄 수 있는 다른 방법을 찾아야 하오! 난 그게 공손웅을 죽이는 거라고 생각하오만, 다른 분들의 생각은 어떠시오?"

암류흔의 말에 잠시 사람들이 술렁거렸다.

"하지만 공손웅만 죽일 방도가 없지 않나? 그렇게 많은 자들이 보호하고 있는데……."

단연이었다. 모습은 아직 보이지 않았지만 암류흔의 말에 이의를 제기하고 나섰다.

"방법이 없는 건 아니오. 암살이라는 수단도 있으니깐!"

이건 증두의 말이었다. 그 역시 세작이기에 암류흔이 뭘 얘기하는지 미리 짐작할 수 있었다.

"암살? 다른 방법은 없겠나?"

단연은 이 계획이 마음에 들지 않았다. 그에게 있어 암살은 비겁한 행위로 간주되었다.

"다른 방법이 있다면 얘기해 주시오. 가능성이 있다면 따르겠소!"

"흐음!"

암류흔의 말에 단연은 침음성을 토했다. 그에게도 그 많은 북도맹의 보호를 받고 있는 공손웅만을 골라 죽일 뾰족한 방도가 없었다.

"그럼 방법은 정해졌고, 이제 남은 건 그걸 실행할 사람인데… 이건 내가 맡겠소!"

"그건 안 되네!"

선언하듯 내뱉은 암류흔의 말에 매보자가 기겁을 하며 반대의 뜻을 표했다.

"매 형은 내가 무공이 약해서 걱정이시오? 하지만 암살에는 무공보다 더 중요한 게 있소. 은밀하게 잠입해서 때를 기다리는 것! 여기서 그 일을 나보다 더 잘할 사람이 있소?"

그 말에는 누구도 반박하지 못했다. 암류혼이 의혈사의 뛰어난 세작이라는 건 취우당 형제들은 모두가 익히 알고 있는 터, 방금 그가 말했던 능력으로선 따를 사람이 없었다.

"활귀를 데려가게."

지금까지 침묵을 지키고 있던 단연이 입을 열었다. 이로써 그도 공손웅의 암살에 반대하진 않는다는 뜻을 분명히 했다.

"놈들은 어디에 있소?"

간단하지만 아주 중요한 질문이었다. 죽일 자가 어디 있는지 알아야 가서 죽여도 죽일 테니 말이다.

"여기서 서북쪽으로 약 이 리 정도 떨어진 곳에 있소. 우리들을 찾기 전에는 아예 철수하지 않겠다는 심보인지, 장기간 숙영(宿營)할 준비까지 마쳤소이다!"

여필이 대답했다. 그와 그의 수하들은 이런 지하의 어둠에도 익숙했으니 바깥출입을 마음대로 하며 북도맹의 동태를 살피고 있던 참이었다.

"놈들이 그렇게 가까이 있다니 목덜미가 섬뜩해지는군. 지금 시각은?"

"미시(未時) 중반 무렵일 거요!"

어둠에 익숙한 자는 감각만으로도 시간을 알 수 있나 보다. 여필은 조금도 망설이지 않고 대답했다.

"마침 적당한 때로군. 지금 출발할 수 있겠소?"

자신이 혼절하기 전부터 부상을 입고 있었던 활귀였다. 그의 상태를 점검하지 않을 수 없는 암류흔이었다.

"나보다 자네가 더 걱정이군. 괜찮나?"

흉터진 얼굴에 징그러운 미소를 떠올리며 활귀가 되물었다.

"오히려 전보다 더 거뜬해진 것 같소. 그럼 갑시다!"

"무기도 없이 괜찮겠나?"

이번엔 매보자가 걱정스럽게 물었다. 유성환이 있다지만 그 사용법을 모르니 암류흔은 맨몸이나 마찬가지였다.

"이거면 충분하오. 여 단주, 안내를 부탁하겠소!"

품속의 비수를 내보여 매보자를 안심시킨 암류흔은 그대로 말꼬리를 여필에게 돌렸다.

"여부가 있겠습니까?"

여필이 암류흔의 말에 대답한 것과 거의 비슷하게,

"나도 갈 테야!"

파사륵의 음성이 어둠 속에서 들려왔다. 이제 막 자다가 깼는지 불충분한 수면의 여운이 덕지덕지 묻어 있는 목소리였다.

어느 누구도 말이 없었다. 사실은 파사륵을 말릴 수 있는 사람이 아무도 없다는 게 정확했다.

그래서 사람들은 암류흔의 눈치만 살폈다. 파사륵이 말을 듣는 유일한 사람이기 때문이다.

"좋아. 같이 가자!"

의외로 선선히 암류흔은 고개를 끄덕였다. 이 암살행(暗殺行)에선 파사륵이 의외로 큰 도움이 될 것 같았다.

여필을 앞장세운 세 사람은 동굴을 빠져나가기 시작했다.

남은 사람들은 눈으로 그들을 전송했다. 각자 심정을 감춘 눈빛이었지만, 그중에서 의문표와 이인립의 눈빛은 유난히 복잡하게 반짝거렸다. 전자는 자신이 여자라는 걸 들켰다는 사실 탓에, 후자는 이 일로 인해 암류흔과 취우당을 서광막에 뺏길(?)지도 모른다는 불안감 때문이었다.

*　　　　*　　　　*

달빛이 유난스레 밝은 밤이었다.

'그러고 보니 중추절(仲秋節)이 내일모레군!'

그 밝은 달빛을 받은 천막이 만들어낸 그늘에 잠겨 암류흔은 야릇한 감회에 빠져들었다.

화가장을 전복(顚覆)시키라는 임무를 받고 움직인 지 채 일년도 지나지 않았다.

하지만 그때부터 일신상에 닥친 변화는 너무나 엄청났다.

취우당이라는 결사를 맺어 그 총수가 됐는가 하면, 지금은 북도맹을 상대로 전면전을 벌이고 있다. 세작이라는 원래의 신분은 아예 내동댕이치고 말이다.

'세작으로 있는 게 차라리 편했는데…….'

이제는 책임져야 할 형제들이 무려 아홉이나 생겼다. 총수로서 어깨가 무거워질 수밖에 없었다.

그러다 문득 암류흔은 세차게 고개를 흔들었다. 형제들을 생각하자 지금 당장 해야 할 일에 충실해야 된다는 걸 깨달은 탓이었다.

암류흔은 바로 앞에 있는 거대한 천막에 집중했다. 여필의 말에 의하면 공손웅이 머무는 곳이라고 했다.

그 외에도 천막은 많았다. 당장 암류흔이 은신하고 있는 이 천막도 그것들 중 하나였다.

다시 암류흔의 시선이 공손웅이 있는 천막에서 하나 건너편에 있는 천막의 그림자 속으로 향했다. 눈엔 보이지 않았지만, 활귀가 은신하고 있는 곳이었다.

다시 한 번 하늘을 살펴본 암류흔은 품속에서 비수를 꺼내 들었다. 달빛을 받은 그 날은 물고기 비늘처럼 번뜩거렸다.

암류흔은 비수로 자신의 팔뚝을 살짝 그었다. 따끔한 아픔과 함께 여린 핏줄기가 배어 나왔다.

'유성환의 효능이 다된 모양이군!'

어떤 영문인지 몰라도 무기에 의해서는 상처를 입지 않았었다. 그런데 혼절해 있는 사이 다시 원래대로 되돌아온 것 같았다.

약간 실망스럽기는 했지만, 그것 때문에 마음이 약해지지는 않았다. 어차피 유성환을 믿고 이 암살을 결정한 것은 아니니까 말이다.

돌연 활귀가 은신하고 있던 곳에서 여린 은빛이 순간적으로 번쩍이다 사라졌다.

'누군가 멋모르고 활 형에게 접근하다 당한 모양이군. 그나저나 시간이 다 됐을 텐데……'

꽈앙!

생각을 하고 있는 사이, 갑작스런 폭음이 밤의 정적과 달빛을 동시에 바스라뜨렸다.

'시작됐다!'

마른침 한 모금을 꼴깍 삼키며 암류혼은 수중의 비수를 단단히 고쳐 쥐었다.

"뭐냐? 무슨 일이냐?"

"적이다! 기습이다!"

자다가 놀란 북도맹 무사들이 우왕좌왕하며 혼란에 휩싸였다. 폭음은 한차례로 끝난 게 아니라, 여기저기서 마구 터졌기 때문에 야습(夜襲)을 당한 거라고 믿는 것도 무리는 아니었다.

'제발 나와라, 공손웅! 천막 안에서 일을 치르는 건 너무 위

험하다!'

비록 금도대는 괴멸되다시피 했다지만, 아직도 북도맹엔 새로 보충된 친위대와 은도대가 있다. 그들이 천막 안에서 공손웅을 보호하고 있다면, 이 암살행은 오히려 암류흔 등의 목숨을 앗아갈 공산이 컸다.

"각 대주(隊主)들은 빨리 상황을 파악하여 보고하라!"

먼저 신산자가 천막 밖으로 나와 부하들에게 고함을 질렀다.

그 뒤를 따라 두 명의 은도대원이 모습을 보였다. 다시 두 명의 친위대원들의 호위를 받으며 공손웅이 밖으로 나왔다.

그걸 확인한 암류흔은 망설이지 않고 달려나갔다. 활귀보다 빨랐지만, 결국은 그보다 느리게 도착할 게 뻔했기에 미리 서두른 것이었다.

"앗! 웬 놈이냐?"

신산자 뒤에 서 있던 은도대원 하나가 암류흔을 발견하고 칼을 뽑아 들었다. 나머지의 이목도 모두 그쪽으로 쏠렸다.

이게 그들의 실수였다. 암류흔에게 시선을 돌린 순간, 놈들의 뒤에선 살아 있는 귀신, 활귀의 쌍도가 달빛을 반사하며 그들의 목을 베어버렸으니까 말이다.

비명조차 없었다. 어떻게 자신이 죽는지 모르고 죽는 자들은 입을 벌릴 여유조차 없는 모양이었다.

그 공격을 간신히 피한 건 공손웅 혼자뿐이었다. 어쩌면 활귀가 암류흔에게 기회를 주기 위해 일부러 살려뒀는지도 모를 일이었다.

"적이다! 이놈들을 쳐라!"

공손웅이 커다랗게 고함을 질러 부하들을 불렀지만, 연속적으로 터져 나오는 폭음에 의해 누구의 귀에도 들어가지 못했다.

그 와중에 활귀는 쌍도를 동시에 위에서 아래로 그어 내렸다. 그대로라면 공손웅의 동체는 세로로 세 조각 나고 말 터였다.

그걸 뻔히 알면서 당하고 있을 공손웅은 아니었다. 재빨리 빼 든 직도를 머리 위로 들어 활귀의 쌍도를 막았다.

째쨍!

두 개의 병기가 서로 부딪치자마자 공손웅은 손목을 뒤틀었다. 이대로 칼을 돌려 활귀의 훤하게 비어 있는 허리를 벨 참이었다.

하지만 그건 공손웅의 바람이었을 뿐이었다. 머리로 떠올린 생각을 미처 손목이 실행하기도 전에 심장을 콱 움켜쥐는 듯한 답답함을 느끼며 숨을 멈췄다.

그제야 공손웅은 암류흔의 존재를 떠올렸다. 활귀의 공격이 너무 날카로워 순간적으로 잊고 있었는데, 그의 손에 들려 있던 자그마한 비수가 등을 꿰뚫고 곧장 심장을 두 조각 내고 말았던 것이다.

휘청!

공손웅의 무릎이 그대로 접혀졌다.

하지만 그 무릎이 땅에 닿기도 전에 다시 한 번 휘둘려진 활귀의 칼에 의해 그 목이 동체에서 분리되었다.

암류흔은 재빨리 그 목을 주워 들었다.

쿠웅!

실제로 소리가 난 건 아니지만, 공손웅의 동체가 땅에 쓰러지며 내는 소리가 암류흔의 귀에는 그렇게 들렸다. 지금도 연속적으로 들리는 폭음보다 더 크게 말이다.

그 순간 암류흔은 북도맹의 상징처럼 여겨지는 건물인 군림천의 기둥들이 일제히 소리를 내며 갈라지는 환상을 보았다.

"자, 빨리!"

활귀가 재촉하지 않았다면 암류흔은 언제까지나 그 자리에 서 있었을 것이다.

가장 빠른 속도로 달리고 있는 두 사람의 등 뒤에서 아직도 폭음은 끊이지 않고 들려왔다.

아마도 파사륵은 서광막이 준 이 기막힌 장난감을 터뜨리는 재미에 흠뻑 빠져 있을 터였다.

『세작 암류흔』 3권 끝

다세포 소녀 원작 만화 출간!!

초등학생이 반드시 읽어야 할 좋은 책 49권

각 학년별로 초등학생이 반드시 읽어야할 좋은 책을
선정하여 통합논술의 기본이 되는 '올바른 독서법'을
일깨워 줍니다.

교과서와 함께하는
초등학교 통합논술

초등1학년 | 값 12,000원 / 초등2학년 | 값 9,500원 / 초등3학년 | 값 11,000원 / 초등4학년 | 값 9,500원 / 초등5학년 | 값 9,500원 / 초등6학년 | 값 11,000원

♣ 혼자 할 수 있어요.

엄마가 책 읽는 방법을 가르쳐 주어도 좋아요.
독서지도하는 선생님이 가르쳐 주어도 좋답니다.
"초등 교과서와 함께하는 **통합논술 시리즈**"는
아이 스스로 독서할 수 있도록 꾸며진 책이에요.
엄마와 선생님은 요령만 가르쳐 주시면 된답니다.

♣ 교과서의 중요한 내용이 총정리되어 있어요.

각 학년별로 중요한 교과 내용이 함께 수록되어 있어요.
초등학생은 교과서 내용을 충실하게 공부해야 합니다.
아울러 그와 병행한 독서가 대단히 중요하지요.
"초등 교과서와 함께하는 **통합논술 시리즈**"는
두가지 방법 모두 알려준답니다.

♣ 이 책은 훌륭하신 선생님들이 함께 쓰신 책이랍니다.

동화작가 선생님들이 쓰셨어요. 소설가 선생님도 쓰셨답니다.
국어 논술독서지도 선생님들도 함께 쓰셨지요.
"초등 교과서와 함께하는 **통합논술 시리즈**"는
엄마의 마음으로 모든 선생님들이 함께 꾸민 책이랍니다.

입소문을 통해 아는 분은 다 알고 계십니다!
올 한해 공인중개사 최고의 화제작!

1~2권 합본 | 이용훈 지음
3~4권 합본 | 이용훈 지음
5~6권 합본 | 이용훈 지음
용어해설 | 이용훈 지음
1~2차 문제풀이집 | 이용훈 지음

수험생 기본 필독서
만화 공인중개사

제목 : 만화공인중개사 쓰신 분에게 감사드립니다.

학원을 두달 다녔어요. 근데 과연 그 숫자 외우기 그런게 몇 문제나 나올까 생각을 했어요.
아니라는 생각이 드네요. 학원강의를 뒤로 하고 서점을 갔어요. 내 머리에 가장 이해될 수 있는
책이 없나 하구요. 거기서 만화를 발견했어요. 무조건 세번 봤어요. 3개월 걸렸어요. 문제 집을
보라고 했는데 그건 시행을 못했어요. 근데 합격을 했네요.

어떻게 감사의 말을 해야 될지…

도서관에서 만화책 들고 다니니까 사람들이 바웃더라구요. 만화책으로 공인중개사를 공부한
다고 미친사람처럼 보더라구요. 근데 그거 다 감수하고 했던 내가 자랑스럽습니다.

어떻게 감사의 말을 해야 할지 정말 감사합니다.

부디 행복하세요. 제 나이 41살에 좋은 스승을 만난 거 같습니다.

엎드려 감사드립니다.

−본사 홈페이지에 독자분이 올린 메일 中 에서 발췌−

잘나가고 싶은 사람은 읽어라!

그에게 한눈에 반했다! 그것은 분위기 탓?
애인과 나란히 걸어갈 때 당신은 좌, 우 어느 쪽에 서는가?
이성은 왜 서로 끌리는 걸까? 그 심층 심리를 해명한다!

30초의 심리학

■ **30초의 심리학**
아사노 하치로우 지음 / 계일 옮김 | 값 8,500원

처음 본 사람인데 와 닿는 느낌이
너무나도 강렬한 사람이 있다.
흔히 하는 말로 '필이 꽂힌 사람',
그래서 잊혀지지 않는 사람,
한눈에 반했다고 하는 것이 바로 그것이다.
이런 인간의 감정을 논하는 데
남녀의 구분이 있을 수 없다.
사랑하는 그, 혹은 그녀를
생각하는 것만으로도 가슴이 두근거린다.
이상할 것 없다. 당연히 그럴 수 있는 것이다.
그렇기에 인간을 감정의 동물이라 하지 않는가.
그러나 그렇게 좋아하는 그 사람이
어느 날 갑자기 싫어지는 경우는 왜일까?